爆款短剧与微电影创作

118个编剧构思与剧本创意技巧

（AI赋能版）

千思影像 ◎ 编著

化学工业出版社

·北京·

内 容 简 介

创作爆款短剧和微电影是有技巧的。影视编剧与创作的第一步是确定题材和主题，第二步是建立结构和打造人设，第三步是设计台词和制造爽点，第四步是设置钩子、冲突和反转，第五步是描述大纲和打磨人物，然后再掌握流畅的叙事方法、视听语言与视觉效果、产生情感共鸣的方法。

全书通过118个实用技巧讲解+118集教学视频演示+180多张图片素材+20多个素材、效果和提示词，从编剧构思到剧本创意技巧，帮助小白快速成为爆款短剧、微电影创作高手！

本书具体内容包括：16个确定题材和主题的技巧，14个建立结构和打造人设的技巧，12个设计台词和制造爽点的技巧，13个设置钩子、冲突和反转的技巧，11个描述大纲和打磨人物的技巧，9种紧凑叙述故事的手法，13种视听语言与视觉效果，10种产生情感共鸣的方法，以及短剧创作流程实战和微电影AI创作流程实战。

本书适用于所有对短剧和微电影创作感兴趣的读者，特别是影视行业从业者，如编剧与创作者、导演与制片人，寻求创意与灵感的人群，如创意工作者、艺术总监及影视专业的学生，同时还适合在影视公司、广告公司或新媒体制作公司工作的从业人员阅读。

图书在版编目(CIP)数据

爆款短剧与微电影创作 ： 118个编剧构思与剧本创意技巧 ： AI赋能版 / 千思影像编著. -- 北京 ： 化学工业出版社, 2025. 7. -- ISBN 978-7-122-48155-9

Ⅰ. I053.5-39

中国国家版本馆CIP数据核字第202538HH80号

责任编辑：王婷婷　李　辰　　　　　　　封面设计：异一设计
责任校对：王　静　　　　　　　　　　　装帧设计：盟诺文化

出版发行：化学工业出版社（北京市东城区青年湖南街13号　邮政编码100011）
印　　装：大厂回族自治县聚鑫印刷有限责任公司
710mm×1000mm　1/16　印张12$\frac{1}{2}$　字数243千字　2025年8月北京第1版第1次印刷

购书咨询：010-64518888　　　　　　　　售后服务：010-64518899
网　　址：http://www.cip.com.cn
凡购买本书，如有缺损质量问题，本社销售中心负责调换。

定　　价：78.00元　　　　　　　　　　　　　　　　　版权所有　违者必究

前　言

◎ **系列图书**

短视频的火爆已经持续了好几年，很多人都能拍摄短视频，但是对大多数人来说，距离专业化水平还是有一定的差距。

短视频的内容是不断变化的，为了让大家掌握爆款短视频的拍摄、制作方法和流程，笔者一共为大家编写了三本书：《爆款短视频拍摄：118个分镜脚本与摄影技巧》《爆款短视频制作：118个剪辑思维与实战技巧（剪映版）》《爆款短剧与微电影创作：118个编剧构思与剧本创意技巧（AI赋能版）》。

本系列图书将为大家进行细分讲解。

拍摄短视频，从普通的手持手机拍摄，到如今的手持稳定器和使用无人机拍摄，人们对拍摄设备进行了更新，但是如何把视频拍出电影感？如何提升视频拍摄水平呢？掌握分镜脚本的创作和拍摄，这是一条细化之路，也是视频的升级之路，能让短视频拍摄更加专业。

《爆款短视频拍摄：118个分镜脚本与摄影技巧》从分镜脚本与摄影技巧等教学方面，帮助创作者学会拍摄爆款短视频！

只掌握短视频的拍摄和脚本写作技巧，还不能算是一个全面的短视频创作者。虽然视频剪辑很简单，但是如何让视频的主题呈现、逻辑排序更有节奏感，视频更加商业化和专业化呢？分镜头组接、音效、调色、字幕、特效等包装，都必不可少。

《爆款短视频制作：118个剪辑思维与实战技巧（剪映版）》从剪辑的思维、节奏的把握、风格的搭建、镜头的组接、音效的设计等多个层面和高维度，可以帮助创作者轻松学会剪辑思维和公式技巧，掌握爆款短视频的制作技巧！

在快节奏时代，短剧和微电影以爽点多、反转大、节奏快的特点，让观众节约了观影时间，越来越多的用户不再观看注水电视剧了，而是开始喜欢在短视频平台追短剧。风格类型越来越多样的短剧，深受大家的喜爱。

那么如何打造爆款短剧呢？《爆款短剧与微电影创作：118个编剧构思与剧本创意技巧（AI赋能版）》从剧本写作、创意技巧方面，帮助大家掌握挖掘创意、构建故事、拍摄制作及AI创作等方面的技巧，成为一名优秀的短剧与微电影创作者！

◎ 内容简介

本书是系列图书中的《爆款短剧与微电影创作：118个编剧构思与剧本创意技巧（AI赋能版）》，书中具体内容，主要分为以下10章。

第1章　影视编剧创作第一步，确定题材和主题
第2章　影视编剧创作第二步，建立结构和打造人设
第3章　影视编剧创作第三步，设计台词和制造爽点
第4章　影视编剧创作第四步，设置钩子、冲突和反转
第5章　影视编剧创作第五步，描述大纲和打磨人物
第6章　流畅感，9种紧凑叙述故事的手法
第7章　精美化，13种视听语言与视觉效果
第8章　情感线，10种产生情感共鸣的方法
第9章　短剧创作流程实战：《分手反转》
第10章　微电影AI创作流程实战：《兔子大冒险》

◎ 本书特色

一、技巧全面，实操案例

本书围绕爆款短剧与微电影的创作技巧展开，精准分析编剧构思和创意技巧，帮助用户学会确定题材和主题，建立结构和打造人设，设计台词和制造爽点，设置钩子、冲突和反转，描述大纲和打磨人物，流程更加细化。此外，还介绍了让剧本更具有流畅感的技巧，各种视听语言与视觉效果及产生情感共鸣的方法，让读者更深入地学习。更有短剧创作流程实战和微电影AI创作流程实战，让读者可以学以致用，理论、实战全面掌握。

二、案例实拍，教学视频

本书中的短剧创作流程案例都是分镜头实拍制作而成，并提供了效果文件，让读者可以模仿学习和拍摄。微电影AI创作流程实战更是使用了AI软件进行制作，更加智能化和易学。理论部分也有教学视频，总共118集教学视频，扫码即可观看，读者可以边看边学，学得更轻松。

三、赠送素材、效果、提示词

本书超值赠送20多个素材效果和提示词文件，海量资源辅助读者学习。

◎ 版本说明

在编写本书时，是基于当前软件版本截的实际操作图片（剪映电脑版版本为5.9.0、文心一言为基于文心大模型3.5的V3.1.0版），但书从编辑到出版需要一段时间，在这段时间里，软件界面与功能会有调整与变化，比如有的内容删除了，有的内容增加了，这是软件开发商做的更新，很正常，请在阅读时，根据书中的思路，举一反三，进行学习即可，不必拘泥于细微的变化。剪映中的部分功能需要开通会员才能使用。

还需要注意的是，即使是相同的提示词，文心一言和即梦AI每次生成的回复和图片也会存在差别，因此在扫码观看教程时，读者应把更多的精力放在提示词的编写和实际操作的步骤上。

◎ 资源获取

如果读者需要获取书中案例的素材、效果、视频和提示词，请使用微信"扫一扫"功能按需扫描书中对应的二维码即可。

本书由千思影像编著，参与编写的人员还有邓陆英等人，提供素材和帮助的人员还有向小红、高彪等人，在此表示感谢。

由于编写人员知识水平有限，书中难免有疏漏之处，恳请广大读者批评、指正。

目 录

第1章 影视编剧创作第一步，确定题材和主题……1

1.1 先发制人，确定短剧、微电影的题材……2
- 001 短剧、微电影是什么……2
- 002 女频短剧题材……4
- 003 男频短剧题材……6
- 004 文旅短剧题材……9
- 005 草根恶搞类型……9
- 006 青春爱情类型……10
- 007 家庭类型……11
- 008 唯美类型……12

1.2 灵魂升华，创新短剧、微电影的主题……13
- 009 紧贴时代脉搏……13
- 010 深入挖掘文化……14
- 011 聚焦多元群体……14
- 012 探索未来想象……15
- 013 深入心理与情感深度……16
- 014 进行跨界融合……16
- 015 融入地域特色……17
- 016 传达教育意义与增强互动性……18

第2章 影视编剧创作第二步，建立结构和打造人设……19

2.1 稳扎稳打，建立短剧、微电影的结构……20

017 剧名、电影名要取好…20
018 人物要少，以主线故事为主…21
019 把握黄金三集和开头效应…24
020 进行剧情建置…27
021 设置钩子串联故事…28
022 打造意犹未尽的结尾…30

2.2 独辟蹊径，打造新颖有趣的角色人设…31
023 给角色设计独特的性格特点…31
024 给角色设置一个背景故事…32
025 角色的语言有其独特的风格…34
026 给角色设计一些特殊的兴趣爱好…35
027 设计角色与其他人的关系…36
028 给角色一个成长的过程…37
029 给角色设置反差与冲突…39
030 给角色设计超能力或特殊技能…41

第3章 影视编剧创作第三步，设计台词和制造爽点…43

3.1 设计人物台词，让角色活起来…44
031 明确角色性格与说话风格…44
032 用台词展现人物情感与内心世界…45
033 用台词推动剧情发展与设置悬念…46
034 把握台词的趣味性与信息量…48
035 巧妙安排解释性对白…49
036 引入方言或特殊语言习惯…51

3.2 精心制作爽点，让观众欲罢不能…53
037 打造紧凑的剧情节奏…53
038 强烈的情感共鸣…54
039 塑造突出的角色…56
040 设置意想不到的剧情反转…58
041 创作代入感强的故事情境…59
042 经典爽点合集…61

第4章 影视编剧创作第四步，设置钩子、冲突和反转 ... 63

4.1 设置钩子，激发观众的好奇心 ... 64
- 043 钩子的类型 ... 64
- 044 如何设置钩子 ... 65
- 045 设置钩子的注意事项 ... 67

4.2 设置冲突，把故事推向高潮 ... 68
- 046 确立主角的目标和创建障碍 ... 68
- 047 构建对抗力量和逐步升级冲突 ... 70
- 048 设置转折点和加强悬念 ... 71
- 049 设置情感冲突 ... 73
- 050 设置价值观冲突 ... 75
- 051 利用环境制造冲突 ... 76
- 052 制造角色内心挣扎冲突 ... 77
- 053 让冲突逐渐升级 ... 79

4.3 设置反转，让观众惊喜连连 ... 81
- 054 反转的类型和作用 ... 81
- 055 设置反转的技巧 ... 82

第5章 影视编剧创作第五步，描述大纲和打磨人物 ... 84

5.1 描述大纲，完整地展示故事 ... 85
- 056 大纲包括哪些内容 ... 85
- 057 描述故事大纲 ... 86
- 058 描述分集大纲 ... 89

5.2 打磨人物，实现精益求精 ... 91
- 059 确定人物背景 ... 91
- 060 确定人物性格 ... 93
- 061 确定人物之间的关系 ... 94
- 062 探索人物内心 ... 95
- 063 把人物与现实相结合 ... 97
- 064 描写人物小传 ... 99
- 065 利用台词塑造人物 ... 101

066　利用道具、服装打造人物⋯⋯⋯⋯⋯⋯⋯⋯⋯⋯⋯⋯⋯⋯⋯⋯⋯⋯⋯⋯⋯⋯⋯⋯⋯102

第6章　流畅感，9种紧凑叙述故事的手法⋯⋯⋯⋯⋯⋯⋯⋯⋯⋯⋯⋯⋯⋯⋯⋯⋯⋯105
　6.1　掌握剧本创作的叙事结构⋯⋯⋯⋯⋯⋯⋯⋯⋯⋯⋯⋯⋯⋯⋯⋯⋯⋯⋯⋯⋯⋯⋯106
　　　067　三幕式叙事结构⋯⋯⋯⋯⋯⋯⋯⋯⋯⋯⋯⋯⋯⋯⋯⋯⋯⋯⋯⋯⋯⋯⋯⋯⋯⋯106
　　　068　线性叙事结构⋯⋯⋯⋯⋯⋯⋯⋯⋯⋯⋯⋯⋯⋯⋯⋯⋯⋯⋯⋯⋯⋯⋯⋯⋯⋯⋯108
　　　069　倒叙线性叙事结构⋯⋯⋯⋯⋯⋯⋯⋯⋯⋯⋯⋯⋯⋯⋯⋯⋯⋯⋯⋯⋯⋯⋯⋯⋯109
　　　070　环形叙事结构⋯⋯⋯⋯⋯⋯⋯⋯⋯⋯⋯⋯⋯⋯⋯⋯⋯⋯⋯⋯⋯⋯⋯⋯⋯⋯⋯111
　　　071　其他叙事结构⋯⋯⋯⋯⋯⋯⋯⋯⋯⋯⋯⋯⋯⋯⋯⋯⋯⋯⋯⋯⋯⋯⋯⋯⋯⋯⋯113
　6.2　掌握短剧叙事创作手法⋯⋯⋯⋯⋯⋯⋯⋯⋯⋯⋯⋯⋯⋯⋯⋯⋯⋯⋯⋯⋯⋯⋯⋯⋯118
　　　072　喜剧类短剧的叙事创作手法⋯⋯⋯⋯⋯⋯⋯⋯⋯⋯⋯⋯⋯⋯⋯⋯⋯⋯⋯⋯⋯118
　　　073　悬疑类短剧的叙事创作手法⋯⋯⋯⋯⋯⋯⋯⋯⋯⋯⋯⋯⋯⋯⋯⋯⋯⋯⋯⋯⋯119
　　　074　古装类短剧的叙事创作手法⋯⋯⋯⋯⋯⋯⋯⋯⋯⋯⋯⋯⋯⋯⋯⋯⋯⋯⋯⋯⋯121
　　　075　言情类短剧的叙事创作手法⋯⋯⋯⋯⋯⋯⋯⋯⋯⋯⋯⋯⋯⋯⋯⋯⋯⋯⋯⋯⋯122

第7章　精美化，13种视听语言与视觉效果⋯⋯⋯⋯⋯⋯⋯⋯⋯⋯⋯⋯⋯⋯⋯⋯⋯⋯124
　7.1　掌握视听语言的元素⋯⋯⋯⋯⋯⋯⋯⋯⋯⋯⋯⋯⋯⋯⋯⋯⋯⋯⋯⋯⋯⋯⋯⋯⋯⋯125
　　　076　画框与构图⋯⋯⋯⋯⋯⋯⋯⋯⋯⋯⋯⋯⋯⋯⋯⋯⋯⋯⋯⋯⋯⋯⋯⋯⋯⋯⋯⋯125
　　　077　景别与角度⋯⋯⋯⋯⋯⋯⋯⋯⋯⋯⋯⋯⋯⋯⋯⋯⋯⋯⋯⋯⋯⋯⋯⋯⋯⋯⋯⋯127
　　　078　焦距与景深⋯⋯⋯⋯⋯⋯⋯⋯⋯⋯⋯⋯⋯⋯⋯⋯⋯⋯⋯⋯⋯⋯⋯⋯⋯⋯⋯⋯129
　　　079　光线与色彩⋯⋯⋯⋯⋯⋯⋯⋯⋯⋯⋯⋯⋯⋯⋯⋯⋯⋯⋯⋯⋯⋯⋯⋯⋯⋯⋯⋯131
　　　080　运动镜头与固定镜头⋯⋯⋯⋯⋯⋯⋯⋯⋯⋯⋯⋯⋯⋯⋯⋯⋯⋯⋯⋯⋯⋯⋯⋯133
　　　081　机位设定⋯⋯⋯⋯⋯⋯⋯⋯⋯⋯⋯⋯⋯⋯⋯⋯⋯⋯⋯⋯⋯⋯⋯⋯⋯⋯⋯⋯⋯133
　　　082　场面调度⋯⋯⋯⋯⋯⋯⋯⋯⋯⋯⋯⋯⋯⋯⋯⋯⋯⋯⋯⋯⋯⋯⋯⋯⋯⋯⋯⋯⋯135
　　　083　视频声音⋯⋯⋯⋯⋯⋯⋯⋯⋯⋯⋯⋯⋯⋯⋯⋯⋯⋯⋯⋯⋯⋯⋯⋯⋯⋯⋯⋯⋯136
　7.2　掌握视觉效果的内容⋯⋯⋯⋯⋯⋯⋯⋯⋯⋯⋯⋯⋯⋯⋯⋯⋯⋯⋯⋯⋯⋯⋯⋯⋯⋯138
　　　084　特效制作⋯⋯⋯⋯⋯⋯⋯⋯⋯⋯⋯⋯⋯⋯⋯⋯⋯⋯⋯⋯⋯⋯⋯⋯⋯⋯⋯⋯⋯138
　　　085　合成与跟踪⋯⋯⋯⋯⋯⋯⋯⋯⋯⋯⋯⋯⋯⋯⋯⋯⋯⋯⋯⋯⋯⋯⋯⋯⋯⋯⋯⋯139
　　　086　颜色校正与分级⋯⋯⋯⋯⋯⋯⋯⋯⋯⋯⋯⋯⋯⋯⋯⋯⋯⋯⋯⋯⋯⋯⋯⋯⋯⋯141
　　　087　转场效果⋯⋯⋯⋯⋯⋯⋯⋯⋯⋯⋯⋯⋯⋯⋯⋯⋯⋯⋯⋯⋯⋯⋯⋯⋯⋯⋯⋯⋯142
　　　088　文本与图形⋯⋯⋯⋯⋯⋯⋯⋯⋯⋯⋯⋯⋯⋯⋯⋯⋯⋯⋯⋯⋯⋯⋯⋯⋯⋯⋯⋯143

第8章　情感线，10种产生情感共鸣的方法 145

8.1 深入探索人物内心世界 146
- 089　设定背景与动机 146
- 090　设定独白和情感冲突 147
- 091　使用心理分析方法 149

8.2 构建引人入胜的情节 150
- 092　设定鲜明的目标与障碍 150
- 093　制造情感弧线 152
- 094　细节描写与感官体验 153

8.3 运用真实的情感表达 154
- 095　运用同情心 155
- 096　展现对过去的怀念和对未来的期许 156
- 097　调动观众的求知欲 157
- 098　借用依附和虚荣心理 159

第9章　短剧创作流程实战：《分手反转》 160

9.1 短剧剧本创作流程 161
- 099　确定短剧的主题 161
- 100　确定结构和角色 162
- 101　设计人物台词 163
- 102　制作冲突和反转 163
- 103　描述大纲和打磨人物 164
- 104　展示短剧剧本成品 166

9.2 短剧的拍摄和制作要点 166
- 105　寻找合适的演员和团队 167
- 106　寻找合适的场景与道具 168
- 107　短剧拍摄的注意事项 170
- 108　剪辑短剧的注意事项 171

第10章　微电影AI创作流程实战：《兔子大冒险》 172

10.1 微电影剧本AI创作流程 173

	109	使用AI生成微电影主题 …… 173
	110	使用AI编写微电影故事 …… 176
	111	使用AI设计人物台词 …… 177
	112	使用AI设置高潮和反转 …… 177
	113	使用AI编写故事脚本 …… 179
10.2	微电影AI视频制作流程 …… 180
	114	登录即梦AI …… 181
	115	使用即梦AI进行绘图 …… 182
	116	在剪映电脑版中导入图片 …… 183
	117	在剪映电脑版中添加字幕 …… 184
	118	在剪映电脑版中添加特效 …… 186

第1章 影视编剧创作第一步，确定题材和主题

　　创作的第一步是确定题材和主题，这是因为题材和主题是创作的核心和灵魂，它们决定了短剧、微电影的整体方向和表达的内容。题材和主题是创作的起点，它们帮助创作者明确短剧、微电影的类型、风格和受众群体，使其具有明确的目标和意义，从而为后续的剧情构建和角色设定提供指导，本章将为大家介绍相应的内容。

1.1　先发制人，确定短剧、微电影的题材

在影视领域，题材指的是影视作品所涉及的主题、内容或故事背景的类别和范围。它是影视创作的基础，决定了作品的整体风格、情感基调和观众定位。本节将介绍如何确定短剧、微电影的题材。

001　短剧、微电影是什么

扫码看教学视频

对新手而言，可能刚接触影视编剧创作行业，不太了解短剧和微电影的具体定义，下面简要介绍短剧、微电影是什么，为创作者提供参考。

1. 短剧是什么

近年来，随着移动互联网的普及和用户对碎片化时间娱乐需求的增加，网络短剧得到了快速发展。2022年12月，国家广播电视总局印发了《关于推动短剧创作繁荣发展的意见》，提出新时代短剧创作要坚守人民立场，让人民成为作品主角。仅在2023年，短剧市场规模就达到373.9亿元。

根据国家新闻出版广电总局发布的《关于网络影视剧中微短剧内容审核有关问题的通知》可以了解，短剧是指网络影视剧中单集时长不足10分钟的剧集作品。所以，一般而言，短剧的时长都很短。

短剧是一种专为互联网平台设计的视频形式，具有以下特点，如图1-1所示。

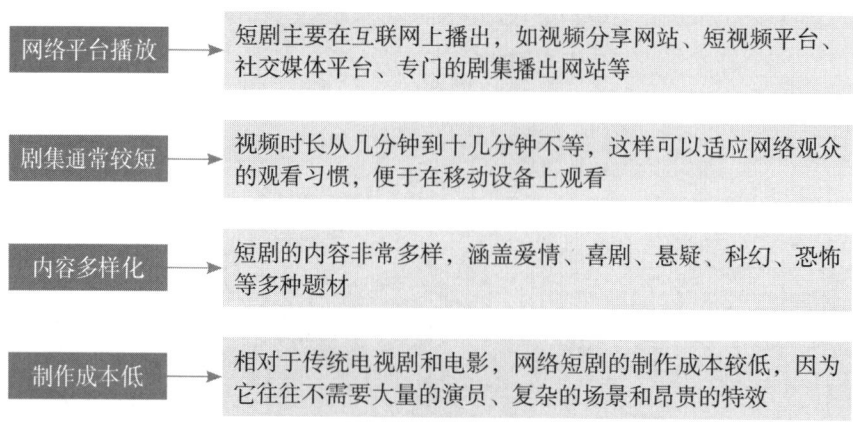

图 1-1　短剧的特点

除此之外，短剧还为创作者提供了较大的创作自由度，使其可以尝试不同的

表现手法和创新理念。

短剧依附于互联网而生,因此可以利用互联网平台的特性,与观众进行互动,例如通过弹幕、评论、投票等方式,增加观众的参与感。

短剧在互联网上传播的速度非常迅速,观众也可以随时随地通过智能手机、平板电脑等设备观看,不像之前的大型连续剧,必须在电视上定时观看。

总之,短剧是一种具有独特魅力的剧集形式,它们在时长、内容、形式、传播和制作等方面都具有明显的特点,短剧的兴起得益于互联网技术的发展和移动设备的普及,它为观众提供了丰富多样的观看选择,也为创作者提供了新的展示平台。

随着网络视频平台的不断壮大,网络短剧已经成为当代文化的重要组成部分,并且在全球范围内越来越受到重视。

2. 微电影是什么

微电影,也称为微影,是一种时长较短的影视作品。它和短剧一样,也是主要在互联网上播出,不需要进入院线。

微电影的时长通常较短,一般不超过60分钟。短的微电影可能只有几分钟,而较长的微电影可能接近一个小时。微电影具有以下特点,如图1-2所示。

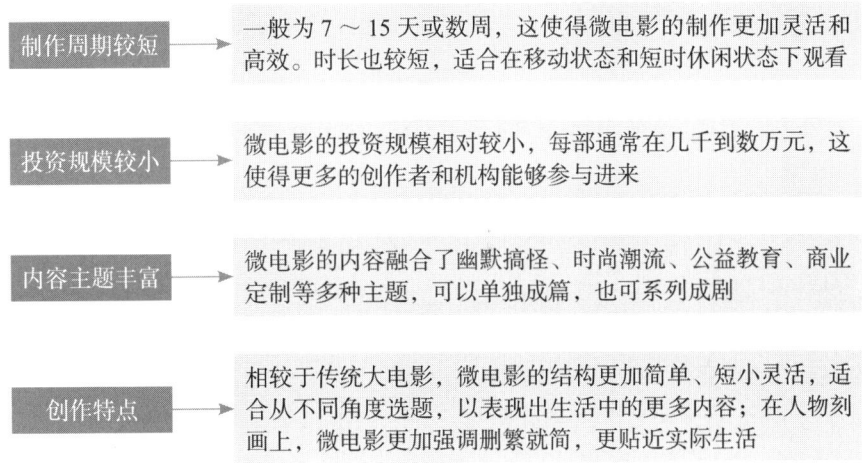

图1-2 微电影的特点

微电影的发展始于21世纪初,随着互联网的发展,人们开始在互联网上创作和分享短片作品。

近年来,微电影行业逐渐成熟,出现了越来越多的优秀作品和创作者,并探索了不同的题材和风格。

微电影作为一种新兴的艺术形式,也具有一定的商业价值。它们可以以广告、宣传片等形式，为企业或品牌进行推广。

总之，微电影是一种具有短小、灵活、投资小等特点的影视作品，通过互联网新媒体平台进行传播，内容丰富多样，能够完整表达一个故事或情感。它们不仅具有艺术价值，也具有一定的商业价值，是未来影视行业发展的一个重要方向。

002 女频短剧题材

扫码看教学视频

"女频"是指专门为女性观众提供的频道或分类。女频短剧题材是指专为女性观众设计的短剧题材，这些题材往往能够引起女性观众的共鸣，满足她们的情感需求和审美偏好。下面介绍一些常见的女频短剧题材。

① 浪漫爱情。这类题材以浪漫的爱情故事为主线，着重描绘男女主角的情感纠葛、爱情挑战和甜蜜时刻。

② 家庭生活。这类题材聚焦于家庭生活中的亲情、友情和爱情，展现家庭成员之间的互动和成长。

③ 职场女性。这类题材讲述女性在职场上的奋斗、挑战和成功，强调女性独立、自信和自我实现。

④ 女性成长。这类题材关注女性从青少年到成年人的成长过程，探讨女性在人生各个阶段所面临的困惑、选择和蜕变。

⑤ 女性友谊。这类题材围绕女性之间的友谊和情感支持，展现女性之间的互助、理解和支持。

⑥ 女性心理。这类题材深入探讨女性的内心世界，包括情感、心理和自我认知等方面。

⑦ 女性励志。这类题材讲述女性在逆境中坚持不懈、克服困难、实现梦想的故事，传递正能量和励志精神。

⑧ 女性悬疑。这类题材结合悬疑元素，展现女性在解决谜团、揭露真相过程中的智慧和勇气。

⑨ 女性古装。这类题材以古代女性角色为主角，展现她们在古代社会中的生活、爱情和成长。

⑩ 女性奇幻。这类题材融合一些奇幻元素，描绘女性在神秘世界中的冒险、成长和爱情等故事。

在选择女频短剧题材的时候，要考虑到女性观众的喜好和情感需求，通过生动的人物塑造、精彩的故事情节和深刻的主题表达，吸引女性观众的关注和喜爱。

同时，女频短剧也可以在一定程度上反映女性在社会、家庭和职场中的地位和价值，传递积极向上的女性形象。

比如女频短剧《凭爱意将月光私有》，就是走女性甜宠情感路线，情感细腻，剧情曲折，得到了许多女性观众的支持。

为了帮助大家掌握更多的女频短剧题材，下面对其进行精细的内容划分，列举一些创作形式，丰富大家的创作题库。

❶ 追妻火葬场

爽点：男主角一开始看不上女主角，或者有点讨厌女主角，等女主角不再坚持或者要离开时，男主角就会从"高冷霸总"秒变"痴情暖男"。前期女主角受的委屈和眼泪，最后都成了男主角的"火葬场"，观众的怒气和不满也随着男主角的悲惨结局而烟消云散。

案例：《陆总的漫漫追妻路》

❷ 闪婚、上错花轿嫁对郎

爽点：男女主角没有感情基础就被环境所迫闪婚或者成为"合约夫妻"，然后再慢慢产生感情；或者两对情侣在误打误撞后，进行换位配对，再先婚后爱。观众喜欢看这种"强制爱""日久生情""欢喜冤家"的故事。

案例：《我居然闪婚了禁欲男神》

❸ 马甲甜宠

爽点：男女主角隐藏身份相遇，进行闯关或者探案，尤其是在悬疑剧中。最后两个相爱的人发现了彼此的真实身份，是继续相爱还是相杀呢？除了观众，男女主角是最后知道真相的那一个。

案例：《闪婚后，傅总马甲藏不住了》

❹ 古代人穿越到现代

爽点：相较于现代人穿越到古代，古代人穿越到现代的故事，会给观众更多的惊喜和新奇感。古人在现代如何生活和适应，并且会与现代人发生什么样的故事？这些悬疑内容，都能吸引观众看下去。

案例：《哎呀，皇后娘娘来打工》

❺ 宅斗

爽点：主角从小就生长在深宅大院里，势力并不强盛，她该如何在家族斗争中步步为营，得到她想要的一切呢？故事将一步一步地展开，让观众看得停不下来。

案例：《深宅进阶录》

❻ 亲情虐心

爽点：主角的背景设定一般是小人物，主角的成长环境伴随着很多挫折，同样也有很多贵人，那么，主角和她的家人们是如何渡过一个个难关，实现最后的大团圆结局呢？其中的纠葛和解脱、误会与宽恕、泪水与欢笑，可以让观众产生情感共鸣。

案例：《遥不可及的爱》

❼ 年代剧

爽点：故事发生的背景一般处于20世纪末，主角的命运将随着历史的进程而转变，展现着那个年代的风貌和浪漫，突出人文关怀和人性美。

案例：《我在八零年代当后妈》

❽ 娱乐圈

爽点：通过展现娱乐圈的爱恨情仇和你争我夺，记录小明星成长为巨星的故事，故事元素包括爱情、梦想、野心、背叛、家庭等。用主角的视角，展现追梦过程的艰巨，同时带给观众正能量和感动。

案例：《不好意思，你才是替身》

❾ 豪门虐恋

爽点：豪门故事一般伴随着家族恩仇、金钱和权力的争斗，尔虞我诈的背后，也会伴随着纯真的爱情，主角们是家族的牺牲品，还是反抗者呢？故事越虐心，观众越能共情。

案例：《你是我的万千星辰》

❿ 重生复仇

爽点：主角在经历了背叛之后，带着复仇的决心重生了。重生之后，她该如何夺回属于她的一切，让坏人得到应有的惩罚，这是观众非常关心和在意的。

案例：《重生之女将星》

003 男频短剧题材

一般而言，男频短剧题材通常指的是专为男性观众设计的短剧题材，这些题材往往能够引起男性观众的兴趣，满足他们的审美偏好和情感需求。下面介绍一些常见的男频短剧题材。

扫码看教学视频

① 动作冒险。这类题材以动作、冒险和挑战为主，展现男性角色在各种危险环境中的勇敢和智慧。

② 科幻幻想。这类题材结合科幻和幻想元素，展现男性角色在未来的世界或异世界的冒险和成长。

③ 悬疑推理。这类题材以悬疑、推理和侦探为主，讲述男性角色在解决谜团、揭露真相过程中的智慧和勇气。

④ 武侠奇幻。这类题材以古代武侠世界或奇幻世界为背景，展现男性角色在江湖中的恩怨情仇和成长。

⑤ 历史战争。这类题材以历史战争为背景，展现男性角色在战争中的英勇和智慧，以及他们的忠诚和牺牲。

⑥ 都市职场。这类题材聚焦于都市职场中的男性角色，展现他们在职场上的竞争、挑战和成功。

⑦ 男性成长。这类题材讲述男性从青少年到成年人的成长过程，探讨男性在人生各个阶段所面临的困惑、选择和蜕变。

⑧ 玄幻修真。这类题材结合了东方的玄幻元素和修真文化，通常包含仙侠、妖魔、异能等元素。

⑨ 男性情感。这类题材深入探讨男性的内心世界，包括情感、心理和自我认知等方面。

男频短剧题材的选择要考虑到男性观众的喜好和情感需求，通过生动的人物塑造、精彩的故事情节和深刻的主题表达，吸引男性观众的关注和喜爱。

同时，男频短剧也可以在一定程度上反映男性在社会、家庭和职场中的地位和价值，传递积极向上的男性形象。

为了帮助大家掌握更多的男频短剧题材，下面对其进行精细的内容划分，列举一些创作形式，丰富大家的创作题库。

❶ 小人物逆袭

爽点：男主角一般一开始出场的时候是一无所有的，在经历了各种考验和巧合之后，凭着一股拼劲，开始了逆袭人生。这种咸鱼翻身的反转故事，可以满足观众的"慕强"心理，并激起斗志。

案例：《逆袭人生之无双神瞳》

❷ 无敌战神

爽点：天生具有神力的男主角，在面对黑暗势力的时候，不惧强权，遇神杀神、遇佛杀佛，这种战斗力爆表的戏码，以及各种战斗戏份，可以让观众大饱眼福，同时看得停不下来。

案例：《传奇》

❸ 赘婿翻身

爽点：男主角表面上看起来很无能，什么都靠妻子，后面在一些影响家族的大事件中，发挥了不可磨灭的作用，这种"扮猪吃老虎"的戏份，也是观众喜闻乐见的内容。

案例：《化龙》

❹ 复仇

爽点：复仇的故事在男频和女频剧里都很受欢迎，因为观众喜欢看到坏人得到应有的惩罚。复仇的过程充满着危险，也非常刺激，让观众看得非常爽。

案例：《狂龙战神》

❺ 都市异能

爽点：主角作为一位小人物，忽然具有了超能力或者天生拥有超能力，他会怎么使用这些能力呢？他会发生什么有趣的故事呢？这些都是观众喜欢观看的内容，这也是好莱坞漫威英雄电影系列受欢迎的原因。

案例：《我能看见回报率》

❻ 年代重生

爽点：主角从现代穿越到过去，带着对未来世界的了解，顺应历史潮流，在那个年代拼搏，帮助一大群人实现发家致富，同时也实现着自己的人生理想。

案例：《狂飙之扬名立万》

❼ 奇幻修仙

爽点：主角本身是一个小白，在进入奇幻世界之后，开始了冒险、修炼和战斗的故事，在通过了一个又一个关卡之后，主角也逐渐成长为大神。这种成长的戏码，让观众有"养成感"，并且沉浸其中。

案例：《武魂觉醒》

❽ 现代人穿越到古代

爽点：现代人在机缘巧合之下，穿越到了古代，性情大变的他，忽然陷入了危机中，他该如何化险为夷？这是观众比较好奇的内容。一般而言，主角已经预知了历史和未来，一切故事只能按照历史轨迹来。那么，主角是影响历史的人还是改变历史的人呢？这些内容可以发展出很多故事。

案例：《回到古代当太子》

❾ 高手下山

爽点：隐居山林的高手不得不下山，当他们出场的时候，期待值就已经拉满了,尤其是展示高强的武艺的时候,让观众大呼过瘾。

案例:《高手下山,我有六个姐姐》

❿ 职场奇幻剧

爽点:主角是一个底层打工人,但是每天都有新鲜的故事发生在他的身上,他也在体验着不同的人生,同时伴随着各种搞笑的故事。

案例:《万万没想到》

004 文旅短剧题材

文旅短剧融合了旅游文化宣传的元素,例如短剧《旅行奇迹之千岛湖》《等你三千年》《我在思明》,通常具有以下特点,如图1-3所示。

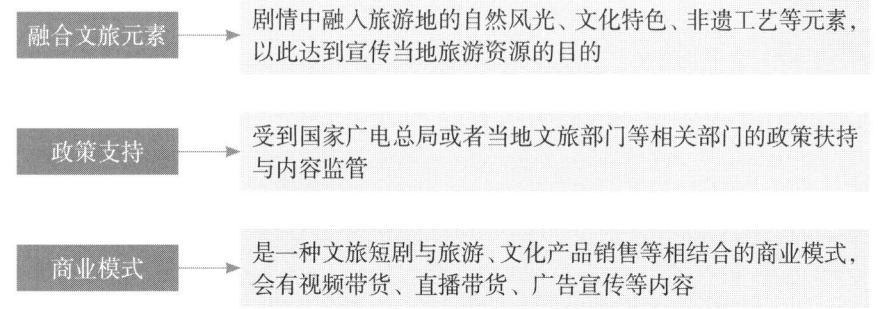

图1-3 文旅短剧的特点

文旅短剧的核心在于将地方的文化特色、历史背景、自然风光与剧情相结合,通过剧情展示目的地的魅力,促进文化的传播,增强旅游的吸引力。

文旅短剧一般题材广泛,既有讲述历史文化的故事,又有展现非物质文化遗产的内容,还能融入现代生活元素,创作空间大,鼓励创新表达。

对于地方政府或旅游机构,文旅短剧是推广城市或地区品牌,提升其知名度的有效手段,有助于带动地方经济发展和文化传承。比如,文旅电视剧《去有风的地方》,就带动了云南大理的旅游经济。

观众可以通过评论、分享等方式进行互动,部分短剧可以设计互动环节,鼓励观众"跟着短剧去旅行",增强观众的参与感和体验性。

005 草根恶搞类型

说到草根恶搞类型的影视作品,最有名的莫过于《人在囧途》。它通过草根幽默和对某些社会现象的恶搞,展示了草根文化如何在大

银幕上获得成功。片中包含的恶搞元素和接地气的笑点，影响了后续许多网络短剧的创作思路，尤其是在人物设定和情节编排上的借鉴。

草根恶搞短剧以亲民、幽默、创意和网络化等特点，在互联网时代展现出了强大的生命力和传播力。当代草根类型的短剧一般具有以下的特点，如图1-4所示。

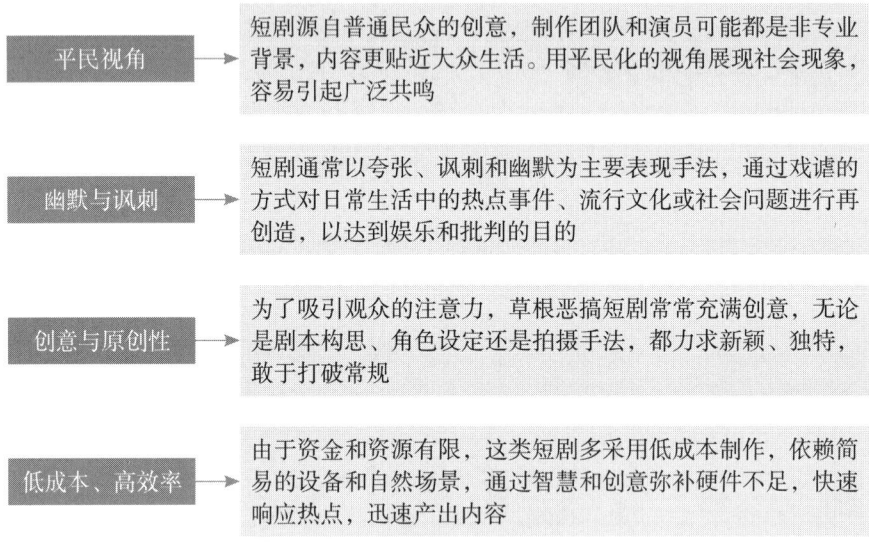

图 1-4　草根类型短剧的特点

比如，短剧《报告老板！》以贴近现实而又超越常规的幽默风格，对职场生态和社会现象进行了幽默的讽刺与解构，赢得了众多网友的喜爱，成为当时的一部热门网络剧。它不仅展现了职场中的种种挑战与困境，也传递了人们对电影梦想的坚持和对创意工作的热爱，是一部富有时代特色的喜剧作品。

006　青春爱情类型

青春爱情类型的短剧通常聚焦于青少年或年轻成年人的爱情故事。大部分互联网用户都是年轻人，这些青少年和年轻成年人正是此种类型短剧的主要消费者，他们对爱情故事有着持续的兴趣。

下面介绍一些青春爱情类型短剧的特点，帮助大家进行定位。

① 短小精悍。青春爱情类型短剧通常时长较短，每集可能只有几分钟到十几分钟，适合现代人快节奏的生活和碎片化的观看习惯。

② 青春气息浓厚。故事背景多设定在学校、大学或初入社会的年轻人生活

的环境，充满了青春的活力、梦想和困惑。

③ 情感真挚。剧情聚焦于青春期的爱情、友情和成长，情感表达直接且真挚，易于引发年轻观众的共鸣。

④ 浪漫梦幻。常常通过浪漫的场景、情节设计和音乐来营造梦幻般的氛围，满足观众对美好爱情的幻想。

⑤ 贴近生活。尽管不乏理想化的设定，但很多剧情仍能触及日常生活的真实细节，如学业压力、人际交往等，使得故事更加接地气。

⑥ 视觉美观。青春爱情短剧往往注重画面的美感，运用唯美的摄影、服装和场景设计来吸引年轻观众。

⑦ 双向救赎与成长。许多故事强调主角在爱情中的相互救赎与个人成长，传递正能量。

⑧ 轻喜剧元素。不少青春爱情短剧融入轻喜剧成分，让紧张或沉重的情感话题变得轻松有趣。

⑨ 智能模式与创新拍摄手法。运用无人机航拍、特效、快剪辑等现代技术手段，提升视觉效果和观赏性。

⑩ 社会化媒体互动。通过社交媒体平台进行互动推广，利用观众的反馈和讨论来增加热度和参与度。

快手星芒短剧《初恋是颗夹心糖》就是以校园为背景，讲述了一段甜蜜又略带酸涩的初恋故事，通过快节奏的剧情发展和浪漫的情节吸引年轻的观众。

还有《谎言使用法则》，这部18集短剧每集约13分钟，通过复杂的感情纠葛和人物心理描绘，展现了青春爱情中的信任与欺骗。

007 家庭类型

扫码看教学视频

家庭类型的短剧通常聚焦于日常生活中的琐事，展现家庭成员间的互动与情感，容易让观众产生共鸣。通过展现家庭成员间亲情、爱情的细腻变化，传递温暖或冲突的情感，触动人心。

故事内容往往围绕当代家庭面临的实际问题，如教育、代沟、婚姻、养老等社会议题，具有一定的现实意义。

短剧内的角色覆盖不同年龄层和社会角色，如父母、子女、祖父母，甚至是家中的宠物，展示多元的家庭构成。

短剧形式决定了其剧情必须精炼，快速进入主题，每个场景、对话都力求高效地传达信息。即便在处理家庭矛盾和冲突时，也常常穿插幽默的元素，让剧情既真实又不失轻松愉快的氛围。很多家庭短剧在娱乐的同时，也寓教于乐，传递正面的价值观和生活哲学。

比如大家都熟悉的《家有儿女》，虽然不是严格意义上的短剧，但这部家庭情景喜剧以每集独立成故事的模式，展现了重组家庭中的日常趣事，充满了幽默与温情，是中国家庭剧的经典之作。

还有2019年播出的《都挺好》，这部剧通过展现苏家三兄妹与父母之间错综复杂的关系，深刻揭示了原生家庭对个人成长的影响，虽然集数较长，但每集内容紧凑，对家庭问题的探讨极具深度，体现了家庭剧的特点。

以微电影《家的味道》系列为例，该片通过轻松幽默的方式，讲述了一个个关于亲情、理解与包容的小故事，传递家庭的温馨与幸福。

008 唯美类型

扫码看教学视频

唯美类型的短剧不多，市场上最多的还是唯美类型的微电影，它们通常具有以下特点。

① 视觉效果唯美。唯美风格的微电影和短剧特别注重画面的美感，通过精致的构图、色彩搭配、光影运用，以及精选的拍摄地点，营造出如诗如画的视觉效果，如电影《雏菊》，以其唯美的画面、深情的音乐，以及发生在阿姆斯特丹的浪漫爱情故事，成为唯美风格短剧的典范，影响了许多后来的微电影创作。

场景往往富有浪漫气息，如自然风光、古典建筑、梦幻般的室内装饰等，能够激发观众的审美感受。

② 情感饱满。这类作品通常情感细腻，以温柔、纯真或略带忧郁的情感为核心，讲述爱情、友情、家庭或个人成长的故事，能够触动人心，引发共鸣。

③ 叙事节奏慢。唯美类型的微电影和短剧往往节奏舒缓，不急于推进剧情，而是通过慢镜头、长时间的静止画面或者象征性的镜头语言来加深情感层次，让观众有足够的时间沉浸于故事的情绪之中。

④ 音乐与音效优美。配乐通常是这类作品不可或缺的一部分，音乐往往旋律优美，与画面完美融合，强化情感氛围，有时还会使用环境音效，来增强场景的真实感和氛围感。

⑤ 富含象征与隐喻。唯美作品中常运用象征和隐喻，通过具象的场景或物品传达抽象的情感或哲理，使故事层次更加丰富，留给观众更多的解读空间。

唯美类型微电影的魅力就在于，其无论是情感表达、视觉呈现还是故事叙述，都体现了对美的追求。

1.2 灵魂升华，创新短剧、微电影的主题

主题是电视剧和电影的灵魂，可以保障剧作在艺术性上的统一。在创作短剧和微电影的过程中，应当坚持正确的主题导向，积极传递正能量，体现社会主义核心价值观，并遵守相关法律法规，尊重知识产权，鼓励原创。

通过不断创新内容和形式，短剧和微电影可以成为文化传播的重要载体，丰富人们的精神文化生活。本节将为大家介绍如何创新短剧、微电影的主题。

009 紧贴时代脉搏

扫码看教学视频

短剧和微电影的剧本创作如何才能紧贴时代脉搏呢？这需要创作者关注当前社会的热点问题、流行文化、科技进步、社会变迁等方面。

关注并深入探讨当前社会的热点话题，具体如环境保护、性别平等、职场压力、技术伦理、公共卫生等，让作品与观众的生活紧密相连，引发共鸣。

《城市》是一部由刘仔酷导演的社会现实题材微电影，属于"城市"系列三部曲的第一部。该电影探讨了城市中人们的生活状态，尤其是那些像浮萍一样生活的人。这部电影获得了影像中南最佳导演奖、武汉微电影大赛银鹤奖最佳剪辑奖，并入围了北京大学生电影节剧情片。

短剧《二十九》是一部在抖音平台上非常受欢迎的短剧，由专业演员主演，它聚焦于即将迈入30岁的女性，探讨了自立和自处的问题，以及她们在成长过程中面临的挑战。

还有微电影《面相》，探讨了外貌与内在价值的关系，批判了社会中存在的外貌至上的观念，鼓励观众认识到每个人的独特价值，超越外表的评判。

《大王别慌张》和《执笔》这两部短剧则展示了微短剧在内容深度与艺术品质方面的进步。它们不仅关注流量，而且注重内容的质量和深度，反映了当代社会的多种主题和情感。

将现实问题融入剧情中，可以让短剧和微电影成为反映时代声音的窗口。好的影视作品能让观众照镜子，看到生活真实的模样，并产生情感共鸣。

因此，创作者不应该局限于时长和创作形式，而是要不断地挖掘主题，丰富创作内容，贴近人们的生活、反映社会现实，使短剧、微电影成为传播正能量故事、传递人间大爱和真善美的艺术载体。

010 深入挖掘文化

扫码看教学视频

在进行主题创新的时候，创作者可以从中华优秀传统文化中汲取灵感，并结合现代元素，创新性地展现传统文化的魅力，如对传统节日、历史故事、民间传说的现代表达。

短剧可以根植于地域文化，通过短剧的形式来吸引年轻的观众，传播本土文化。如《我的归途有风》是一部温馨美食治愈微短剧，共18集，每集大约4分钟。它通过微短剧的形式，结合四川乐山的美食美景和人文故事，成功地将地方文化特色和自然风光融入剧情之中，让观众在观看的同时感受到目的地的独特魅力。

除了通过剧情展现地方的历史故事、神话传说、民间习俗等，文化元素也成为推动剧情发展的重要因素。创作者还可以运用地方特色的服饰、建筑、风景等视觉元素，结合地方音乐、方言等听觉元素，营造独特的文化氛围。同时，可以通过角色的言行举止、价值观念、生活方式等，反映特定文化的内涵和特点。

微纪录短片《我在故宫修文物》，不仅记录了故宫博物院内修复师们的工作与生活，展现了文物修复这项古老技艺背后的匠心精神与文化传承，同时也传达了人们对传统文化的尊重与保护意识。

这些作品不仅为观众提供了丰富的文化享受，而且促进了文化的传播与传承，加深了观众对不同文化的理解和欣赏。

短剧和微电影作为流行的文化载体，能够有效传播和推广地方文化，提高文化的影响力。通过故事传达的文化知识和价值观念，能够教育观众，尤其是年轻一代，增强他们的文化自信和民族认同。

展示地方文化和风景的短剧和微电影不仅可以吸引游客，促进旅游业的发展，将传统文化与现代艺术形式结合，还可以激发新的艺术创作灵感，推动文化艺术的创新发展。

011 聚焦多元群体

扫码看教学视频

创作者在创作的时候，需要关注不同群体的生活状态和内心世界，如老年人、青少年、残疾人、外来务工人员等，可以通过他们的故事展现社会的多元性和人文关怀。在创作的时候，需要通过真实、细腻的描绘，展现不同群体的生活状态和心理变化，这样观众才能够感同身受。

在创作的时候，学会从不同群体的视角出发，展现他们的思考方式和价值观念，可以避免单一视角的局限性。比如短剧《大妈的世界》，让短剧的主人公不再只聚焦于年轻人，通过一系列故事，展现了老年群体与数字化社会之间的鸿沟，以及她们机智应对生活的态度。

除了聚焦于中老年人，还可以聚焦于社会的边缘群体，通过展现边缘群体的多维度面貌，可以帮助消除偏见，还原他们的真实生活和情感世界，并提高公众对这些群体的认识和理解，促进社会整体的同理心和包容性。

相较于大多数群体而言，以少数群体为主角的作品，可以带给观众更多的新鲜感，让观众看到不一样的视角和世界。所以，短剧的市场是非常大的，需要创作者把眼光放宽一点，多用不同的视角进行观察和创作。

012 探索未来想象

随着时代的发展，人工智能已经深入应用于数字健康、城市治理、智慧出行、智慧教育、智能制造、产业升级、新能源、智慧医疗等多个领域，富含科幻元素的作品也有着巨大的市场。大家可以利用科幻元素，构建未来世界的各种可能性，探讨科技进步对人类社会和个体命运的影响。

创作者可以通过展示未来可能的科技、社会结构或人类关系，激发观众对科技进步、伦理道德、生存环境等方面的思考，促进现实中的科技创新和社会讨论。

比如电影《第九区》，用外星生物与人类之间的冲突，传递出相应的理念，在追求科技进步的同时，必须关注人性的发展和社会的和谐。只有实现科技与人文的和谐共生，才能真正推动社会的进步和发展。

通过构建未来世界的镜像，影视作品实际上映射出了现代社会存在的问题和矛盾，为观众提供审视当下的新视角。

穿越剧也是一种具有科幻意义的作品。早期的《魔幻手机》就是一部集科幻与穿越于一体的电视剧。

借助未来情境讲述人性故事，可以引起广泛的情感共鸣，同时鼓励人们采取行动改变现状。

短剧《拜托了！别宠我》这部作品则集宫斗、穿越、架空、喜剧、情感等元素于一体，其以多元化的题材和丰富的情节，受到了观众的喜爱。

探索未来想象的影视作品往往融合了传统与现代、东方与西方的多元文化元素，既传承文化精髓，又推动文化创新。

随着技术的进步和观众口味的多样化，未来探索、未来想象类型的短剧和微电影将继续发展，为观众带来更多精彩的作品。

013　深入心理与情感深度

扫码看教学视频

关于人性的哲学，是一个深刻且复杂的话题，也是永恒的话题。在短剧和微电影中深入探讨人性的复杂性和情感的深度，可以通过人物内心的挣扎和成长，展现人性的光辉和阴暗面。

《寻找失去的孩子》这部公益微电影基于真实事件，探讨了拐卖儿童的社会问题，通过深入挖掘受害者家庭的心理创伤，展示了失去孩子的痛苦及寻子过程中的希望与绝望，触动人心，让观众看完后心情久久难以平复。

一部由中南大学学生自制的微电影，名字叫《熬夜》，专注于校园心理主题。虽然具体内容无法从搜索结果中得知，但校园心理剧通常会深入探讨学生的心理状态、人际关系，以及成长过程中的心理挑战。

短剧《二十九》主要讲述了袁袤和陆筱杉两名都市女性在生活与职场中遭遇困境，并相互救赎的故事。它通过角色的内心独白、梦境、回忆等手法，深入挖掘人物的内心世界，展现了女性在成长过程中的心理变化和情感波动。

这些作品通过深入描绘角色的内心世界和情感变化，不仅能够触动观众的内心，还能够引发观众对人性、情感和成长的思考。它们的成功表明短剧和微电影在深入挖掘心理和情感深度方面具有巨大的潜力和价值。

014　进行跨界融合

扫码看教学视频

进行跨界融合，主要是指尝试将不同的艺术形式与短剧、微电影相结合，如将戏曲、曲艺、绘画、音乐等元素融入其中，创造独特的视听体验。

近年来，许多短剧和微电影在探索跨界融合方面取得了显著成就，这些作品不局限于传统的叙事和表现形式，而是通过与其他艺术形式和产业相结合，创造出独特的视觉和叙事体验。下面是一些具体例子和相关信息。

比如，《恋恋小食光》这部短剧，故事内容以陕西为背景，深度展现陕西丰富多样的传统美食和自然风光。

它成功入选了全国"跟着微短剧去旅行"创作计划的第一批推荐作品。这部剧不仅展示了陕西的文化特色，还通过微短剧的形式，将文化与旅游产业深度融合，为观众提供了新的观看体验。

短剧《南辕北辙的我们》集创业、成长与爱情三大元素于一身，深入挖掘陕西当地文旅产业资源。它不仅是一部网络微短剧，还是一部结合了陕西特色旅游景点的精品网剧。通过这样的跨界合作，这部剧在内容创新和表现形式上都实现了新的突破。

在戏剧界，《杜丽娘与朱丽叶》采用戏剧形式的跨界融合，展现了中国昆曲与西方莎士比亚戏剧的对话，创新了戏剧表现形式，创造出了独特的文化对话。

在电影界，电影《扫黑行动》与"穿金戴银"进行跨界联合出品，通过产品植入技巧，将贵金属腕表与电影内容相结合，实现品牌与影视内容的双赢。

同理，短剧在变现的过程中，也与一些商家进行合作，通过植入广告的方式，进行商业变现，或者通过联名的方式进行带货。

这些作品通过与其他艺术形式和产业的结合，不仅丰富了微短剧的内容和形式，还提升了其在观众中的吸引力和影响力。随着技术的不断发展和市场的不断成熟，我们可以期待未来将有更多优秀的跨界融合短剧和微电影出现。

015 融入地域特色

扫码看教学视频

在短剧中，可以展现不同地域的风土人情，通过地方方言、民俗活动等特色元素，增强短剧和微电影的独特性和吸引力。

例如短剧《我的阿勒泰》，这部剧改编自同名散文集，讲述了生长在阿勒泰的汉族少女李文秀和开小卖部的母亲张凤侠的生活故事，以及她们与当地哈萨克族牧民相处的点滴。

这是一部融合了地域特色和深刻情感的短剧，它通过细腻的叙事和影像表达，展现了阿勒泰地区的自然风光和人文精神。

这部剧的特点在于其散文化的叙事方式，以及丰富、多元的景观，它不仅展现了阿勒泰地区的自然美景，如雪山、草原，还深入描绘了当地的风俗文化和人物情感。剧中的故事没有跌宕起伏的节奏和浓烈的冲突，而是缓缓地诉说，给观众带来一种温柔、绵长的感受。

《我的阿勒泰》的成功在于它不仅展现了阿勒泰地区的自然美景，还深入挖掘了当地的文化内涵和人物情感，使观众能够感受到阿勒泰地区独特的风土人情和人文精神。这部剧以其独特的叙事方式和深刻的情感表达，成为近年来国产短剧中的佳作之一，豆瓣评分也达到了8.9分。

微电影《不少一只羊》以中国甘肃省合水县为背景，讲述了村民杨三叔为了给儿子娶媳妇，努力放羊攒钱的故事，真实再现了山区农民的生活现状，同时揭示了高价彩礼的社会问题，展现了鲜明的地域特色和文化背景。

这些作品通过深入挖掘和展现各地的地域特色，不仅丰富了影视内容，而且促进了地方文化的传播与传承，提升了观众对不同地域文化的认知和兴趣。

016　传达教育意义与增强互动性

扫码看教学视频

习近平总书记在文艺工作座谈会上指出："我们要通过文艺作品传递真善美，传递向上向善的价值观，引导人们增强道德判断力和道德荣誉感，向往和追求讲道德、尊道德、守道德的生活。"

创作者在创作短剧和微电影的时候，可以结合教育主题，如诚信、友爱、勤奋、创新等社会主义核心价值观，创作具有教育意义的作品，传递积极向上的价值观念。

短剧和微电影可以通过简短精练的故事，寓教于乐，引导观众思考，传递正面价值观和教育信息。

《希望树》是根据真人真事改编的教育类微电影，展现了主人公刘寅信守承诺，赴云南大山深处支教的真实经历。通过他的无私奉献，影片向观众传达了关于责任、承诺、爱心和奉献的正面价值观，激发社会各界对偏远地区教育的关注和支持，起到了良好的社会教育作用。

《希望树》不仅是一部情感丰富的电影作品，更是一个社会行动的催化剂，通过艺术的形式推动了社会公益事业的发展，体现了影视作品在社会责任和公益传播中的积极作用。

随着互联网的发展，创作者可以创新互动方式，探索观众参与剧情的方式，例如通过线上投票决定剧情走向，或者让观众在特定环节参与表演，增加观看的趣味性和互动性。

在数字化媒体平台上，观众不再是被动接受者，而是成为故事的一部分了。例如，腾讯视频出品的《摩玉玄奇Ⅱ》就是一个典型的互动式微短剧，观众可以在观看过程中通过选择来决定剧情走向，从而获得个性化的故事体验，这种互动设计提升了观众的代入感。

此外，互动剧的例子还包括爱奇艺的自制互动影视剧《他的微笑》和芒果TV的《明星大侦探之头号嫌疑人》等。

互动剧的特点在于其强烈的互动性，这种互动性极大地提高了微短剧用户的观看兴趣和沉浸感。由于观众在每个剧情节点的选择不同，因此每个人所经历的剧情也会有所不同，这使得每一位观众都能获得独一无二的故事体验。

互动剧的交叉网状叙事结构比传统的线性叙事可以承载更加丰富的多线程剧情，从而为观众提供了更加深入的观剧体验，这也是未来短剧市场的一种发展方式。

第 2 章 影视编剧创作第二步，建立结构和打造人设

短剧和微电影虽然篇幅较短，但其剧本结构和人物设定同样需要精心设计，以确保故事紧凑、角色鲜明。短剧、微电影和长篇电视剧在剧本结构和人物设定上有一定的相似性，创作者在创作短剧、微电影的剧本和设定人物时，重要的是要确保剧情和角色都足够吸引人，并且能够引起观众的共鸣。无论时长长短，好的剧本和人物设定都是成功的关键。

2.1 稳扎稳打，建立短剧、微电影的结构

建立短剧和微电影的结构需要考虑故事的基本要素，如开头、中间和结尾，以及如何有效地利用有限的时长来传达核心信息。本节将介绍一些建立短剧和微电影结构的步骤和技巧。

017 剧名、电影名要取好

在确定故事题材和主题之后，接下来就需要确定短剧和微电影的名称。在为短剧和微电影取名时，虽然它们有共通之处，但也各有侧重点。

扫码看教学视频

下面介绍一些取名的技巧，如图2-1所示。

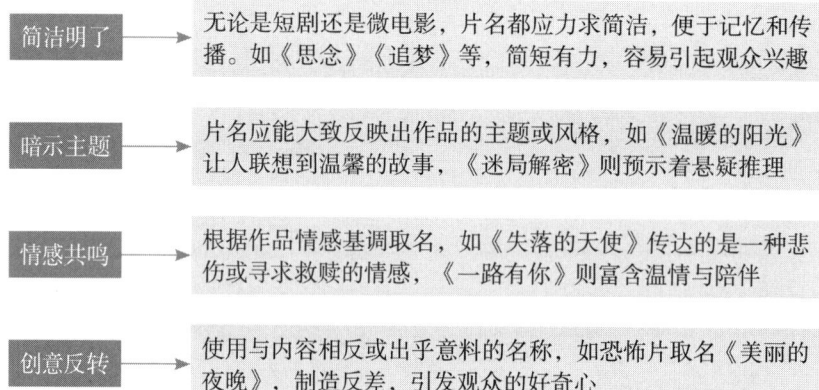

图 2-1 取名的技巧

短剧因播放时间更短，片名需要更快地抓住观众的眼球，如《生活小窍门》直接明了地告诉观众内容的实用性强。如果短剧是系列作品，可以采用统一或相似的命名格式，如《办公室笑料第X集》方便观众识别并连续观看。

微电影常用于艺术表达或深层探讨，片名可以更加抽象或富有象征意义，如《云之上》《花开的声音》，强调意境和哲思。

微电影虽短，但故事往往紧凑有力，片名应精准地提炼故事核心，如《选择》直接指向故事中关键的人生抉择。

如果微电影侧重于展现特定文化或地域特色，片名可以体现这一点，如《济南·济南》直接点明地域背景，增强文化认同感。

例如，快手短剧联合知竹工作室共同出品的短剧《长公主在上》，从片名就

可以知道，这是一部古装历史短剧，并且以女性为主角。

微电影《致父亲》，从片名也可以得知这是一部围绕父亲这个人物或者话题展开的家庭类影片。

如果短剧是某个品牌或项目的衍生作品，名字应该与品牌或项目相关联。如短剧《明星大侦探之头号嫌疑人》，利用了《明星大侦探》的品牌效应，吸引原粉丝的关注。

名字也可以在通俗易懂的同时带有悬疑感。例如，短剧《别惹白鸽》，片名中的"白鸽"作为隐喻，一方面是对那些对感情图谋不轨的人发出警告，另一方面也是对女性的鼓励，告诉她们在面对困境时要拥有选择的勇气。

短剧和微电影的取名技巧各有侧重，但都需要考虑到作品的特点、风格、主题和情感表达等因素。

018 人物要少，以主线故事为主

扫码看教学视频

短剧和微电影由于时长和制作成本的限制，往往需要集中精力在主要故事和关键人物上。要做到人物要少，并以主线故事为主，可以采取以下几种方法。

1. 聚焦核心角色

只选择对故事发展至关重要的角色。每个角色的存在都应该有明确的动机和目的，与主线故事紧密相关。下面介绍一些技巧。

① 明确核心角色定位。核心角色通常是剧本中的主角或主要人物，他们的命运和故事的发展是推动剧情的关键。在剧本创作初期，明确核心角色的性格特征、目标、动机，以及与其他角色的关系，确保这些元素与主线故事紧密相连。

比如短剧《大妈的世界》就是围绕王大妈和杨大妈这两个核心角色展开的，通过围绕她们之间各种有趣的故事展开情节。

② 突出核心角色的性格特点。通过对话、行为和心理活动等方式，展现核心角色的独特性格特征，使其在众多角色中脱颖而出。深入剖析核心角色的心理状态，揭示其内心世界和情感变化，让观众能够深入理解并产生共鸣。

在创作短剧或者微电影的时候，并不需要过多的路人甲、乙、丙、丁，只需要通过主要角色的主要对话展开故事情节即可，观众也可以记住主要角色和主要情节。

比如腾讯视频微短剧《妻子的反攻》，就是围绕贤妻白莹莹和其丈夫、婆婆等人之间的故事展开剧情的，从而塑造出带有强烈记忆点的人物。

③ 强化核心角色的情感线索。在剧本中设置与核心角色紧密相关的情感线索，如亲情、友情、爱情等，以引发观众的共鸣和情感投入。通过情感线索的展开和冲突，推动核心角色的成长和变化，使故事更具吸引力。

比如短剧《太子妃升职记》，就是围绕男女主相爱的历程展开的故事，虽然有男二单恋，但是主线是没有变动的。

除此之外，还可以通过为主角增加戏份、构建冲突和悬念、利用视觉和听觉手段，以及其他角色的衬托等方式，来聚焦核心角色。这些方法有助于将观众的注意力集中在核心角色身上，从而增强故事的吸引力和深度。

2. 简化情节

在创作的时候，最好去除不必要的副线和旁支，专注于清晰的主要情节，这有助于保持故事的紧凑和集中观众的注意力。下面介绍一些简化情节的技巧。

① 提炼核心信息。识别并保留剧本中的核心情节和关键事件，去除或简化与主题无关或次要的情节。突出主要人物和他们的动机、冲突和成长，减少次要角色的戏份和复杂性。

比如，在描述男女主恋爱、结婚的过程时，可以保留几个幸福的瞬间，省略一些不重要的吃饭、喝水情节。也就是将复杂的事件链简化为几个关键的、有代表性的情节点，合并相似的场景或事件，以减少冗余和重复。

② 集中塑造人物。聚焦主要人物的内心世界和成长轨迹，减少次要人物的复杂性和深度。突出主要人物之间的冲突和关系，使观众更容易理解和关注。这一点与聚焦核心角色也是一脉相承的。

③ 简化结构。使用简单明了的叙事结构，如三幕式（开头、中间、结尾）或线性叙事。去除复杂的时空交错或非线性叙事结构，以降低观众的理解难度。

短剧不同于大型电视剧或者电影，使用顺叙或者倒叙的叙事方式就可以了，尽量不要插入太多叙事旁支，如果处理不当，会造成叙事混乱，观众也会把握不到重点。如短剧《古相思曲》，以其独特的叙事风格和情感深度吸引了大量观众。虽然男主角穿越了6次，但在叙事上处理得就很好，在豆瓣获得了8.6的高分。

通过简化情节来加强主要人物的情感表达和观众的情感共鸣，使情节更加贴近观众的生活经验和情感需求，以增强故事的吸引力。

3. 深入刻画人物

虽然角色数量有限，但可以通过深入挖掘每个角色的背景、性格和动机来增加故事的深度，引起观众的共鸣。深入刻画人物的方法多样且关键，下面是一些具体的方法，按照不同的维度进行介绍。

（1）情感与动机的挖掘。

① 深入了解角色的内心世界，探索他们的情感、欲望和动机。比如，探索单亲妈妈角色的内心世界，了解她们的苦与甜。

② 设定角色的心魔，这是他们面临的转折点，也是推动剧情发展的关键。在一些设置反转的情节中，可以通过设置转折点，来实现角色价值观或者命运的转变。

③ 在创作的过程中，需要逐步了解人物，通过创作过程与角色培养感情，让观众对角色产生好奇、疑惑、理解和共鸣。

（2）故事背景与人物弧线。

① 为角色设定合适的故事背景，这有助于塑造他们的性格和行为方式。比如在描写草根人物的时候，设定的背景一定是平常百姓人家的孩子，而不是"富二代"或者"官二代"。

② 人物在故事中的成长和变化是吸引观众的重要因素，通过人物弧线的设定，展现角色从起点到终点的成长过程。这里的弧线是指人物成长的弧线，有起有落，这是能让故事更加有吸引力的秘诀。

比如，电影《天堂电影院》里的萨尔瓦托雷，一个对电影充满热爱的少年，通过与老放映师阿尔弗雷多的交往、学习，最终成长为一名导演。人物的成长弧线，让整个故事变得更加完整了。

（3）运用细节与标签。

① 在塑造角色时，注意细节的处理，如角色的言行举止、穿着打扮等，这些都能为角色增添更多的色彩。对于次要角色，可以适当地使用描述标签来快速定位他们的性格和特点。

比如一些扁平化配角人物，因为在短剧中，不需要花费太多的笔墨去塑造一个有血有肉的配角，给配角添加标签，可以节约叙事，并且快速推动情节的发展。

② 关于角色的出身和背景，外在描述和肖像描写是最直接的打造方法，可以让观众快速掌握重点。

③ 除此之外，还可以给予角色一些缺陷和不足，让他们更加真实和可信。同时，这些缺陷和不足也可以成为角色成长和变化的契机。

通过综合运用上述方法，可以创造出更加生动、有深度的角色形象，为观众带来更加丰富的观影体验。

4. 利用象征和隐喻

通过环境和物品的象征意义,以及微妙的隐喻,可以传达更深层次的主题和情感,减少对繁多人物的依赖。

在一些微电影中,可以在剧本中描述一些物品或者线索,起着隐喻的作用,串联故事情节。

在拍摄的时候,也可以使用一些特写镜头来进行象征和隐喻性表达。比如,《开端》作为一部围绕时间循环概念构建的悬疑短剧,其中包含了许多精心设计的线索镜头,这些镜头对推动剧情的发展、揭示真相及增加观众的参与度至关重要。

比如公交车爆炸的镜头,是整个故事的起点,每一次循环都从这里开始,它不仅设置了紧张的氛围,而且激发了主角肖鹤云和李诗情寻找爆炸原因和阻止灾难的决心。

019 把握黄金三集和开头效应

短剧的黄金三集是指在整部剧集中,最初的三集对吸引观众、建立故事基调和角色关系至关重要。下面是一些把握黄金三集的技巧。

扫码看教学视频

1. 打造引人入胜的开头

第一集需要迅速吸引观众的注意力,通常通过一个引人入胜的事件、悬念或强烈的视觉场景来实现。

尤其是在短剧开头的几分钟内,最好迅速建立故事背景、主要角色和核心冲突,让观众迅速进入情境。

比如NetFlix出品的短剧系列,一般第一集的前几分钟就充满吸引力。例如,《黑镜》系列,尤其是第一季的第一集,讲述了一个关于首相被迫与猪完成一个荒诞任务来解救被绑架的皇室成员的故事,以其辛辣的社会讽刺和惊人的转折吸引了大量观众。

2. 设定基调

通过音乐、摄影风格和叙事节奏,为剧集设定一个合适的基调,这将在整个观看过程中影响观众的情感体验。

例如短剧《病娇反派攻略计划》,与《传闻中的陈芊芊》有相似之处,通过女主穿越的设定,第一集就展现了既奇幻又略带黑暗的风格,快速吸引观众进入这个充满挑战与爱情的游戏世界。

短剧《授她以柄》第一集就呈现了一位疯批王爷与皇后强制爱的故事,虽然剧情狗血,但通过其独特的设定和精致的画面,成功在开篇就确立了既虐又甜、而且充满戏剧张力的基调。

3. 建立角色和冲突

在短剧的最初几集中和微电影的开头,应该清晰地介绍主要角色,让观众对他们产生兴趣和共鸣。通常通过鲜明的个性塑造、深刻的第一印象或独特的背景故事可以迅速吸引观众。

例如,《庆余年》,尽管不是严格意义上的短剧,但其电视剧版的第一集就成功地介绍了范闲这个角色,通过他的聪明才智、幽默风趣,以及身处复杂宫廷斗争中的立场,迅速让观众记住了这个角色。

同时,需要在早期就明确主要冲突或问题,这样观众就会想知道接下来会发生什么。在开篇即展现冲突,营造紧张或引人入胜的氛围,能够迅速吸引观众的注意力并激发其继续观看的兴趣。

例如,《哎呀!皇后娘娘来打工》这部短剧在上线24小时内用户充值即破1200万,展示了短剧如何在短时间内建立强烈的情感冲突和吸引观众。

《黑莲花上位手册》这部剧在上线24小时内就吸引了近2000万人充值,但由于"渲染极端复仇、以暴制暴"而被下架。它展现了典型的短剧风格,即快速引入主要角色和冲突,并通过密集的反转和强烈的情感冲突来吸引观众。

4. 快节奏叙事

由于短剧的时间有限,叙事通常需要紧凑和保持快节奏,确保每一集都有重要的情节发展。尤其是在前面几集,节奏尽量加快,这样观众获取的信息才能更多,也就是先埋伏笔,后面的剧集再慢慢揭晓谜底,这样可以吸引观众观看完全集。

例如,腾讯出品的微短剧《执笔》,作为一部黑马小短剧,其热度颇高。剧情围绕恶毒女配自救展开,女主聪明不圣母,所做的一切只为活命并得到公平对待,快节奏的叙事吸引了大量的观众。

下面再介绍一些实现快节奏叙事的技巧,帮助创作者把握叙事节奏。

① 使用简洁明了的对话。减少冗长的对话,确保每句台词都有推进情节或深化角色的作用,直接、有力的对话可以加快故事进程。

② 进行交叉叙事。通过同时展示不同地点或时间线上的事件,增加叙事层次,提升紧张感。这种技巧可以在短时间内展示更多信息,加快故事发展速度。

③ 快速转换场景。频繁但有序的场景变换可以避免拖沓,保持观众的注意力。每个新场景都应携带新的信息或推进故事线的进展。

④ 使用闪回或闪前。非线性叙事手法可以打破时间顺序,快速提供背景信

息或预示未来的事件，同时保持叙事的紧凑性。

⑤ 紧凑的剧本结构。剧本中的每个场景、每个情节都应有其必要性，去除所有非必要的细节，确保故事始终围绕核心冲突进行。

⑥ 视觉提示与象征。利用视觉元素快速传达信息，如特定的颜色、符号或物品，避免过多的解释性对话，加速观众对情节的理解。

⑦ 使用动感音乐与音效。后期配乐和添加音效可以显著提升叙事节奏，紧张的音乐、快速的鼓点或突然的静默都能有效控制叙事速度和情绪。

⑧ 角色行动驱动。让角色的行为直接推动故事的发展，减少冗长的心理描写，通过角色的主动选择和即时反应加快故事进程。

运用这些技巧，创作者可以有效地在保持故事连贯性和深度的同时，加快叙事节奏，使作品更加引人入胜。

5. 打造开头效应

微电影由于时长较短，通常在10分钟到60分钟，因此开头部分对于吸引观众、建立故事和情感连接至关重要，这就是所谓的"开头效应"。

微电影的开头需要迅速吸引观众的注意力，可以通过一个强烈的视觉图像、一个令人震惊的事件或一个深奥的问题来实现。

在开头部分建立情感联系，让观众立即与角色产生共鸣，这可以通过展示角色的强烈情感或一个普遍的人类经验来实现。

微电影的时间有限，因此应该在开头就明确主题，这样观众可以立即理解电影想要传达的信息。由于时间限制，微电影的叙事通常比较紧凑。开头部分应该迅速建立背景和情节，为接下来的故事发展奠定基础。

使用创意的摄影技巧、独特的视觉风格或非线性的叙事结构，可以使微电影的开头更加引人入胜。

例如，微电影《调音师》，其开头展示了一个钢琴调音师进入一个客户的家中，这个客户似乎隐藏着秘密。这个神秘的开头立即吸引了观众的注意力，并激发了他们对接下来发生事情的好奇心。

《交换日》这部微电影在开头展示了一个女人在一天结束时回顾她的一天。这个非线性的叙事结构激发了观众的好奇心，并使他们想要了解这一天中发生了什么。

通过这些技巧，有效地利用微电影的开头效应，可以迅速吸引观众并保持他们的兴趣。

020 进行剧情建置

进行剧情建置是创作剧本或剧情的一个重要阶段，其主要目的是为故事的展开做铺垫和准备。

剧情建置是故事或剧本的开端部分，通常占据全片的1/4左右（以一部40分钟的微电影为例，建置部分大约会占据10分钟）。在这个阶段，编剧需要向观众介绍主要角色、角色所处的环境、人物关系等关键信息。

剧情建置作为故事的开始，对于吸引观众的兴趣至关重要。它需要在短时间内（通常认为是在10分钟内）让观众明确故事的主人公是谁、故事发生的背景是什么、将要发生什么等关键信息。

此外，在剧情建置阶段，还需要通过一个极具戏剧性的情节（称为"情节点一"）来引导故事继续发展，并打破现有的平静状态，迫使人物做出行动，进而推动故事进入下一阶段。

剧情建置主要包括以下几个方面，如图2-2所示。

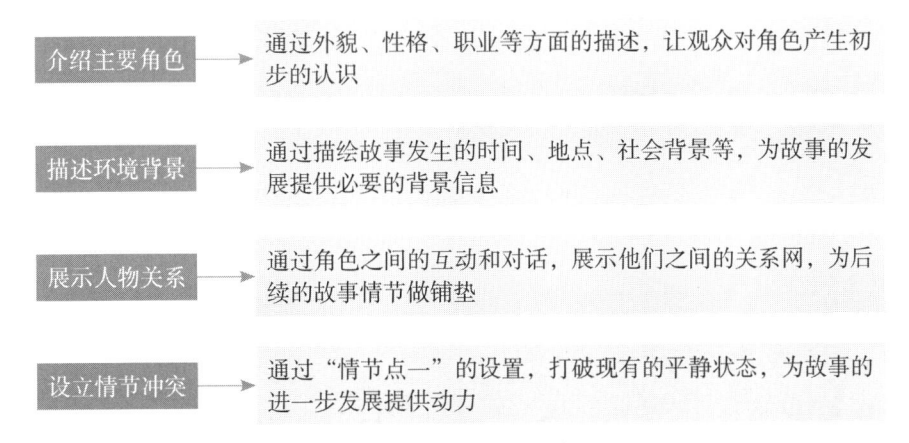

介绍主要角色	通过外貌、性格、职业等方面的描述，让观众对角色产生初步的认识
描述环境背景	通过描绘故事发生的时间、地点、社会背景等，为故事的发展提供必要的背景信息
展示人物关系	通过角色之间的互动和对话，展示他们之间的关系网，为后续的故事情节做铺垫
设立情节冲突	通过"情节点一"的设置，打破现有的平静状态，为故事的进一步发展提供动力

图 2-2　剧情建置的内容

短剧《念念无明》在剧情建置方面表现出色，成功地吸引了观众的注意并让他们保持了兴趣。

短剧《念念无明》的剧情建置十分精彩，它通过一系列紧凑而富有张力的情节，成功地引入了主要角色、故事背景及人物关系，为后续的故事发展奠定了坚实的基础。下面是关于《念念无明》剧情建置的详细介绍。

① 角色引入与背景设定。主要角色有丝念坊坊主司小念，一位风姿绰约、隐藏身份的江湖顶级女杀手，以成衣坊坊主的身份潜伏于市井之中；另一位则是仁安堂郎中晏无明，一位温润如玉、不能暴露暗卫营指挥使身份的朝廷官员，以

医生的身份在市井中生活。

故事背景发生在花陵城，一个充满江湖气息和朝廷纷争的地方。两位主角各自拥有双重身份，他们的生活充满了秘密和危险。

② 人物关系与冲突设置。司小念和晏无明在花陵城中相遇，两人一见钟情，结为夫妻。然而，他们并不知道彼此的真实身份，这为后续的故事发展埋下了伏笔。

两人结婚后，始终以两面身份生活。他们在外人面前是令人艳羡的佳偶，但实际上却各自背负着秘密任务。

③ 情节冲突与推进。"情节点一"在于在敌国做了10年质子的前太子即将归城。司小念和晏无明同时收到任务，一个需要暗中刺杀前太子，而另一个则需要保护前太子平安进城。这一情节冲突打破了两人平静的生活，迫使他们不得不面对彼此的秘密。

冲突升级：在执行任务的过程中，两人逐渐发现了彼此的真实身份。他们的感情因此受到考验，同时也为后续的剧情发展增添了更多的悬念和冲突。

《念念无明》的剧情建置通过紧凑的情节和丰富的人物设定，成功地吸引了观众的注意力。它巧妙地利用双重身份和隐藏任务等元素，为故事的发展增添了更多的悬念和冲突。同时，通过主要角色的情感纠葛和内心挣扎，使得观众更加深入地了解了角色的性格和命运。

这样的剧情建置为后续的故事发展奠定了坚实的基础，也为观众带来了更加精彩的观剧体验。

021 设置钩子串联故事

在创作短剧时，设置钩子串联故事是一种有效地吸引观众持续关注短剧的编剧技巧，关键在于在每一集结束时留下悬念，激发观众的好奇心，促使他们继续观看下一集。下面为大家介绍一些钩子类型，如图2-3所示。

悬疑线索类钩子	例如，主角在房间角落发现了一封未署名的信，镜头特写信封上的古老纹章，随即切换到主角惊讶的表情，然后剧集结束。观众会好奇信件的来源及内容，以及它将如何影响故事的发展
情感冲突类钩子	假设男女主刚刚经历了一场误会，就在要决裂时，突然插入一个场景，显示女主深夜独自坐在公园长椅上，这时手机屏幕亮起，显示男主的名字来电，画面戛然而止，观众会想知道后续是否有转机

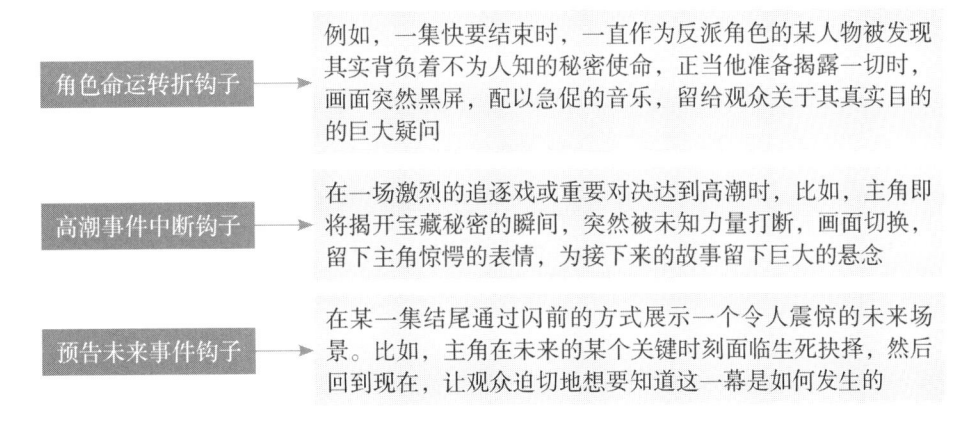

第 2 章 影视编剧创作第二步：建立结构和打造人设

角色命运转折钩子	例如，一集快要结束时，一直作为反派角色的某人物被发现其实背负着不为人知的秘密使命，正当他准备揭露一切时，画面突然黑屏，配以急促的音乐，留给观众关于其真实目的的巨大疑问
高潮事件中断钩子	在一场激烈的追逐戏或重要对决达到高潮时，比如，主角即将揭开宝藏秘密的瞬间，突然被未知力量打断，画面切换，留下主角惊愕的表情，为接下来的故事留下巨大的悬念
预告未来事件钩子	在某一集结尾通过闪前的方式展示一个令人震惊的未来场景。比如，主角在未来的某个关键时刻面临生死抉择，然后回到现在，让观众迫切地想要知道这一幕是如何发生的

图 2-3 一些钩子的类型

这些钩子的设置不仅能够增加故事的吸引力，还能确保剧情的连贯性和张力，让短剧在有限的时间内保持高度的观赏性。

比如，在短剧《时间陷阱》的开端，主人公意外发现自己被困在一个时间循环中，这个悬念促使观众想要了解主人公如何摆脱这个循环。

在《隐秘的角落》这部剧中，几个孩子发现了一个隐藏的秘密，随着故事的发展，这个秘密逐渐被揭开，观众对此充满好奇。

除了这些悬疑钩子，还有原始钩子，比如生存本能。像《火星救援》这种末日灾难类型的影视作品，如图2-4所示，就是利用求生本能作为钩子，吸引观众观看的。

图 2-4 电影《火星救援》截图

在一些情节中，还可以通过展现角色之间的矛盾或悖论，使观众对角色的动机、行为或情感产生疑惑，进而产生观看下去的欲望。

通过以上方法设置钩子并串联故事，可以使短剧剧情更加紧凑、引人入胜。在短剧中，每一集都应该设置一到两个钩子来吸引观众继续观看下一集。同时，整个故事也需要有一个贯穿始终的主线钩子来牵引整部短剧剧情的发展，这样可以使观众在观看过程中始终保持对剧情的关注和兴趣。

022 打造意犹未尽的结尾

短剧的结尾往往需要给观众留下深刻的印象，同时保持故事整体的连贯性和完整性。打造意犹未尽的短剧结尾，关键在于巧妙地运用叙事技巧和情感共鸣，留给观众想象的空间，激发他们对后续发展的讨论和期待。下面是一些具体的方法。

① 开放式结局。例如，短剧以主角做出重大决定的前夕结束，比如，是否接受一个远方的工作机会，而这个决定将彻底改变他的生活。画面定格在主角深思的面孔上，没有明确揭示选择，让观众自己想象和推测结局。

② 情感高潮后的宁静。剧情经历了紧张的情感冲突或高潮后，结尾突然转为平静温馨的画面，比如，一家人经历风雨后围坐在一起吃晚餐，没有对话，只有温暖的眼神交流。此时，配以柔和的音乐，营造一种安宁但又充满希望的氛围，让观众感受到故事虽结束，生活还在继续的感觉。

③ 哲思性的独白或对话。在结尾处，主角对着镜头或与另一位角色进行富有哲理的对话，提出一个问题或留下一句意味深长的话。例如，"我们总是在寻找答案，却忘了享受寻找的过程。"这样的结尾会引发观众对整部剧主题的深入思考。

例如，在情感短剧《爱的距离》中，主角在经历了一系列的误会和困难后，最终与心爱的人重归于好。在结尾部分，两人站在海边，看着夕阳缓缓落下，主角感慨道："原来，真正的爱情是需要时间和努力去经营的。"这样的结尾触动人心，引发观众对爱情的共鸣。

④ 暗示未来的新开始。通过一些细节暗示线即将展开新的故事，比如，在解决了一个案件后，侦探在桌上发现了一个新的匿名线索。这种结尾既是对现有故事的圆满收尾，又是对可能续集的预告。

⑤ 音乐与视觉的完美融合。使用一首引人深思的歌曲配合画面，展现角色的内心世界或故事的象征性场景。比如，随着夕阳西下，主角独自站在海边，如图2-5所示，背景音乐缓缓响起，歌词与主角的内心情感相互呼应，营造出一种淡淡的忧伤和无限的遐想空间。

⑥ 留白与想象。结尾简短且直接，但在最后几秒留下一个细节或场景，让观众自己填补空白。例如，短剧以一封未开启的信封落在门阶上结束，信封上的地址和邮戳透露出重要信息，但信的内容留给观众自行想象。

图 2-5　随着夕阳西下，主角独自站在海边

创作者可以根据短剧的类型、主题和观众群体来选择合适的结尾方式。无论是哪一种结尾，都能为短剧增添亮点和吸引力，让观众在结束观看后仍然回味无穷。

2.2　独辟蹊径，打造新颖有趣的角色人设

在短剧、电影、电视剧或任何形式的叙事作品中，打造新颖有趣的角色人设都扮演着至关重要的角色。本节将为大家介绍相应的技巧和方法。

023　给角色设计独特的性格特点

在短剧创作中，给角色设计独特的性格特点，可以通过多种方式实现，这些特点可以是角色的行为举止、言谈风格、价值观、情感反应或者特定的习惯和爱好。下面是一些设计技巧，如图2-6所示。

独特的交流方式	角色可以有自己独特的说话方式或沟通习惯，比如使用特殊的方言、引用诗句或者总是用比喻来表达自己的观点
特殊的爱好或者习惯	赋予角色一些不寻常的爱好或习惯，比如收集奇特的物品、进行某种特殊的艺术创作或者有特定的日常生活仪式
鲜明的价值观	让角色坚持一套独特的价值观或信念，这些可以在他们的决策和行为中体现出来
特定的恐惧或者弱点	每个人都有自己恐惧的内容和弱点，角色的这些特点可以增加他们的真实感和深度
特殊的背景或者经历	角色过去的经历可以塑造他们现在的性格，比如一个经历过战争的角色可能会有不同于常人的冷静和果断

图 2-6　给角色设计独特的性格特点的技巧

比如，在《迷离档案》剧本中，主角有这样一个特殊习惯：在调查案件时总是边听老式唱片边思考，这个习惯不仅为角色增添神秘感，而且让他在众多侦探角色中显得独特。

再比如，《搜神传》里女主角好彩妹的固定台词："笑口常开，好彩自然来。"如图2-7所示。这些固定台词对设计角色独特的性格特点具有重要的作用，同时还能加深观众对角色和作品的记忆。

图2-7 《搜神传》里女主角好彩妹的固定台词

通过这些方法，短剧创作者可以赋予角色独特的性格特点，使他们更加生动和难忘。角色的这些特点不仅能够增加故事的趣味性，还能帮助观众更好地理解和记住这些角色。

024 给角色设置一个背景故事

在创作剧本时，为角色设置一个背景故事具有重要的作用。设置背景故事可以使角色更加立体和多维，不仅可以展示其表面性格和特质，还可以揭示其内在动机、恐惧、愿望和成长历程。观众可以通过角色的背景故事更深入地理解其选择和行为。

角色的背景故事也能决定他们如何与其他角色建立联系，从而形成复杂的社交网络。共同的背景经历可能使角色之间产生深厚的情感纽带，而不同的背景则可能导致冲突和矛盾。

角色的背景往往隐藏着能够推动情节发展的关键信息或事件。随着故事的展开，角色的背景故事可能逐渐浮出水面，为情节提供新的转折点和冲突。

一个丰富而真实的背景故事可以使角色更加栩栩如生，使读者或观众更容易产生情感共鸣。通过描绘角色的成长环境、家庭背景、社会阶层等细节，可以增强故事的整体真实感。

在影视剧本创作中，给角色设置一个背景故事是塑造角色性格、动机和冲突的重要手段。以下是一些设置角色背景故事的技巧，如图2-8所示。

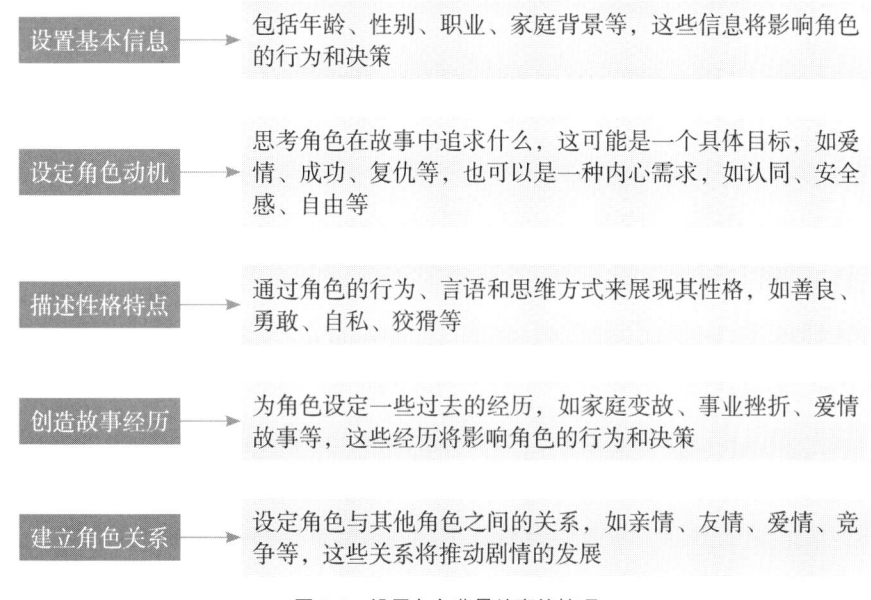

设置基本信息	包括年龄、性别、职业、家庭背景等，这些信息将影响角色的行为和决策
设定角色动机	思考角色在故事中追求什么，这可能是一个具体目标，如爱情、成功、复仇等，也可以是一种内心需求，如认同、安全感、自由等
描述性格特点	通过角色的行为、言语和思维方式来展现其性格，如善良、勇敢、自私、狡猾等
创造故事经历	为角色设定一些过去的经历，如家庭变故、事业挫折、爱情故事等，这些经历将影响角色的行为和决策
建立角色关系	设定角色与其他角色之间的关系，如亲情、友情、爱情、竞争等，这些关系将推动剧情的发展

图 2-8　设置角色背景故事的技巧

比如，在青春类型的短剧中，创作者可以为主角设置这样一个背景故事。

男主角小杨，一个即将毕业的大学生，面临着就业和爱情的双重压力。他在大学期间曾与女友分手，原因是两人对未来的规划不一致。毕业后，小杨努力寻找工作，同时试图挽回前女友的心。

在女频逆袭类型的短剧中，创作者可以为主角设置这样一个背景故事。

女主角小丽，一个来自农村的普通女孩，为了改变命运，她努力学习，考上了一所知名大学。在大学期间，她遇到了来自城市的富二代同学小明。两人经历了一系列的误会和冲突后，逐渐产生了感情。然而，小明的家人反对两人交往，小丽面临着巨大的压力。

总之，在剧本创作中，为角色设置一个合理的背景故事，有助于塑造立体的人物形象，使剧情更加丰富和真实。在创作过程中，还要注重角色动机、性格特点、经历和关系的刻画，以增强角色的可信度，引起观众的共鸣。

025 角色的语言有其独特的风格

在短剧和微电影中，角色的语言是塑造角色个性、推动情节发展、深化主题思想的关键因素。角色语言具有独特风格，可以发挥其应有的作用。

下面介绍独特的角色语言的作用，如图2-9所示。

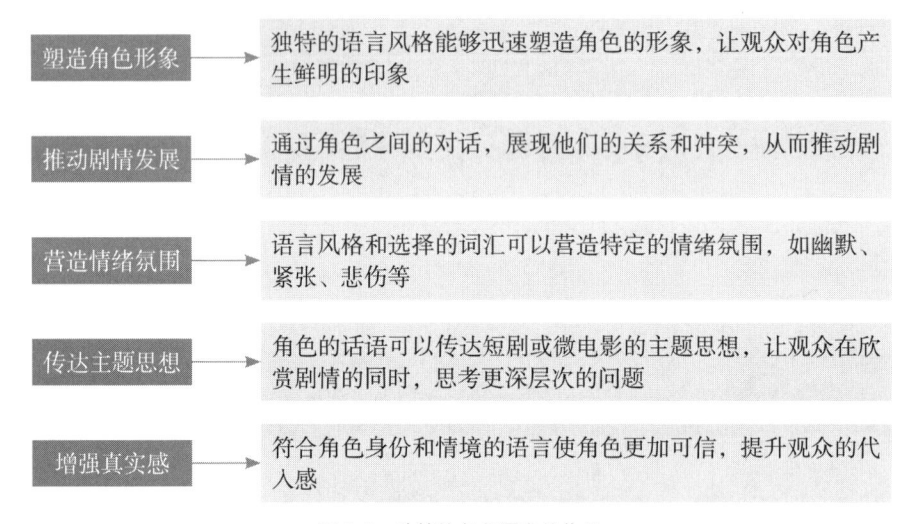

塑造角色形象	独特的语言风格能够迅速塑造角色的形象，让观众对角色产生鲜明的印象
推动剧情发展	通过角色之间的对话，展现他们的关系和冲突，从而推动剧情的发展
营造情绪氛围	语言风格和选择的词汇可以营造特定的情绪氛围，如幽默、紧张、悲伤等
传达主题思想	角色的话语可以传达短剧或微电影的主题思想，让观众在欣赏剧情的同时，思考更深层次的问题
增强真实感	符合角色身份和情境的语言使角色更加可信，提升观众的代入感

图2-9 独特的角色语言的作用

在短剧和微电影中，角色语言的设置对于塑造角色性格、推动剧情发展、传达主题思想和吸引观众注意力都至关重要。下面继续介绍一些设置角色语言的技巧。

① 设计个性化语言。根据角色的背景、性格、职业等特点，设计独特的语言风格。例如，一个知识分子可能使用更加书面化和文雅的语言，而一个街头小混混可能会说一些比较粗俗的语言。

② 在对话中体现冲突。通过角色之间的对话展现他们之间的矛盾和冲突，这样的对话能够增加戏剧张力，推动剧情向前发展。

③ 使用隐喻和象征的语言。通过角色的话语传达更深层的意义，使对话具有双重含义，增加剧本的深度和艺术性。

④ 语言要精练且富有节奏。在短剧和微电影中，时间有限，因此对话需要精炼，同时保持语言的节奏感，使之听起来自然流畅。

⑤ 适当保持沉默。有时候，角色的不语或者停顿比言语本身更有力量，能够传达角色的内心世界或者剧情的转折。

比如，故事的女主角是一个内向的女孩，因此她的语言就比较简洁，并需要通过沉默来表达自己的情感。惜字如金的语言风格体现了她的内向性格和内心的复杂情感。在与其他角色的对话中，她的简短回答、沉默与其他人可以形成鲜明的对比，从而增加戏剧张力。

例如，在《乡村爱情》中，角色们使用了大量朴实、接地气的方言和趣味语言，如"俺家那口子""这地儿真不错"等，突出了他们的农村背景和朴实无华的性格。

在《搞笑一家人》中，有一个性格幽默的角色经常使用俏皮话和双关语来逗乐观众，如"你这是在跟我玩'你猜我猜不猜'的游戏吗？""我可不是什么'超人'，我只是一个'超能吃'的人"等。这些语言可以使角色更加生动有趣。

通过精心设计的角色语言，短剧和微电影能够更加生动地展现角色的性格和故事，同时也能够提升作品的整体艺术效果和观赏价值。

026 给角色设计一些特殊的兴趣爱好

在短剧和微电影中，给角色设计一些特殊的兴趣爱好可以丰富角色的性格，增加角色的深度和真实感，同时也能够为剧情提供有趣的支线或者重要的转折点。

兴趣爱好能够反映出角色的价值观、生活方式和潜在的心理状态，使角色形象更加饱满。

爱好还可以成为情节的催化剂，通过角色在追求爱好过程中的经历，推动故事前进。与其他角色的爱好冲突或在追求爱好过程中遇到的障碍，可以制造戏剧冲突，提升故事的吸引力。

角色的爱好与故事主题相呼应，能够增加作品的内涵，让观众对主题有更深刻的理解。通过展示普遍或独特的兴趣爱好，可以让观众产生情感共鸣，提升观众的投入度。

例如，在《实习医生格蕾》中，梅雷迪斯·格雷是一名实习医生，她的特殊爱好是跑步。在剧中，跑步不仅是她的健身方式，也是她处理情感问题和压力的手段。她的跑步习惯在剧情中多次出现，从而反映了她的心理状态和成长过程。

还有《庭院里的女人》，其中吴老爷的特殊爱好是收集女人的鞋子和丝袜，这一癖好揭示了其封建家庭背景下扭曲的心理状态，对整个剧情氛围的营造和人物关系的发展起到了关键作用，反映了当时社会环境下的性别权力关系。

下面为大家介绍一些设计角色兴趣爱好的技巧，如图2-10所示。

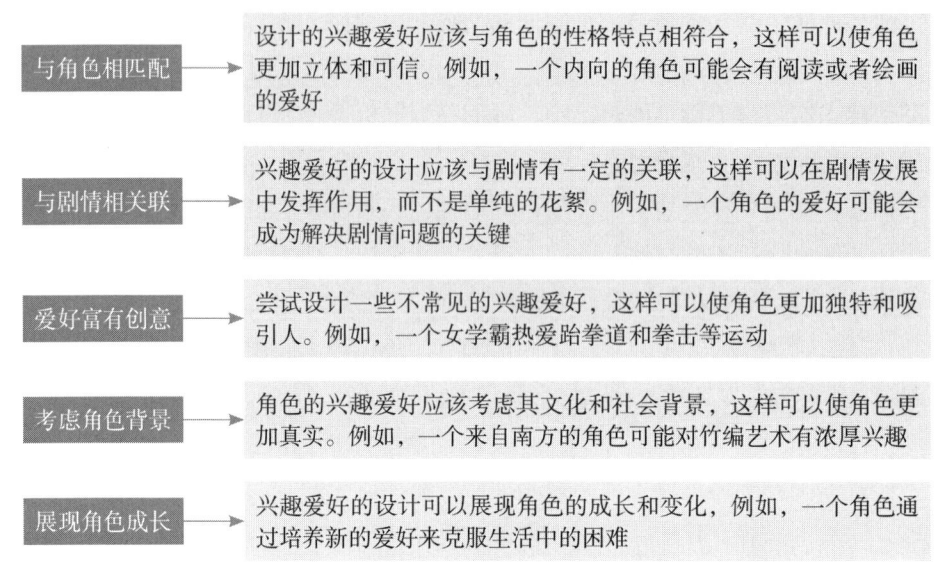

与角色相匹配	设计的兴趣爱好应该与角色的性格特点相符合，这样可以使角色更加立体和可信。例如，一个内向的角色可能会有阅读或者绘画的爱好
与剧情相关联	兴趣爱好的设计应该与剧情有一定的关联，这样可以在剧情发展中发挥作用，而不是单纯的花絮。例如，一个角色的爱好可能会成为解决剧情问题的关键
爱好富有创意	尝试设计一些不常见的兴趣爱好，这样可以使角色更加独特和吸引人。例如，一个女学霸热爱跆拳道和拳击等运动
考虑角色背景	角色的兴趣爱好应该考虑其文化和社会背景，这样可以使角色更加真实。例如，一个来自南方的角色可能对竹编艺术有浓厚兴趣
展现角色成长	兴趣爱好的设计可以展现角色的成长和变化，例如，一个角色通过培养新的爱好来克服生活中的困难

图 2-10 设计角色兴趣爱好的技巧

通过给短剧和微电影中的角色设计特殊的兴趣爱好，能够更加生动地展现角色的个性，同时也能够增加剧情的复杂性和观赏性。这些兴趣爱好不仅能够丰富角色的形象，还能够为剧情的发展提供有力的支持。

027 设计角色与其他人的关系

在短剧和微电影中，角色之间的关系设计是构建故事情节、深化主题、激发观众情感共鸣的关键。有效地设计角色关系能显著提升作品的观赏性和艺术价值。

下面介绍设计角色与其他人关系的作用，如图2-11所示。

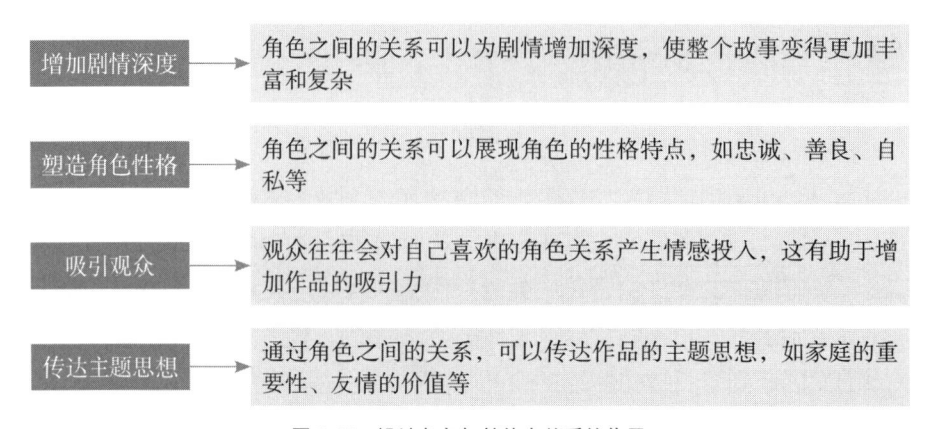

增加剧情深度	角色之间的关系可以为剧情增加深度，使整个故事变得更加丰富和复杂
塑造角色性格	角色之间的关系可以展现角色的性格特点，如忠诚、善良、自私等
吸引观众	观众往往会对自己喜欢的角色关系产生情感投入，这有助于增加作品的吸引力
传达主题思想	通过角色之间的关系，可以传达作品的主题思想，如家庭的重要性、友情的价值等

图 2-11 设计角色与其他人关系的作用

比如男主角和女主角是两个完全不同世界的人，男主角是一个成功的商业人士，而女主角是一个失业的艺术家。

他们从相遇时的互相误解和冲突，逐渐发展成为相互理解和支持的爱情关系。这种关系的设计不仅展现了两个角色的成长，也传达了爱情能够超越各种差异的主题思想。

比如男主角和男配角是一对好友，他们共同经营一家小公司。然而，随着剧情的发展，男主角发现男配角背叛了自己，将公司机密出卖给竞争对手。这种关系的设计增加了剧情的紧张感和戏剧性，同时也展现了友谊的脆弱性和利益的冲突。

下面为大家介绍一些设计技巧，帮助大家进行关系设计。

① 明确关系类型。确定角色之间的关系类型，如家庭关系、友情、爱情、竞争、上下级等，这将直接影响角色的行为和动机。

② 创造冲突和紧张感。在角色关系中设置冲突和紧张感，将为剧情增加戏剧性，推动故事向前发展。

③ 展现动态变化。角色关系应该随着剧情的发展而变化，展现角色之间的成长、和解或者破裂。

④ 使用对比和反差。通过对比和反差来强化角色关系，例如，一个内向的角色与一个外向的角色形成鲜明对比。

⑤ 注重细节描写。通过角色之间的对话、肢体语言和互动细节来展现他们之间的关系，增加剧情的真实感。

例如，《步步深陷》这部短剧，主要聚焦于一群人在爱情、友情和家庭责任中面临的挣扎与选择，特别是阿哲、正阳、乔医生和郑洋4名主要角色之间紧张且不断变化的关系。

他们的故事展示了在现实生活的压力下，人际关系的脆弱与坚韧，以及个人成长与牺牲的主题，使得角色之间的每一次互动都充满张力和深度。

在短剧和微电影剧本创作中，通过精心设计角色关系，能够更加生动地展现角色的性格和故事，同时也能够提升作品的整体艺术效果和观赏价值。角色之间的关系不仅能够推动剧情的发展，还能够增加观众对角色的情感投入和对剧情的兴趣。

028　给角色一个成长的过程

在短剧和微电影中，给角色一个成长的过程是塑造角色性格、推动剧情发展和吸引观众注意力的关键。

角色成长的故事线可以为观众提供一条情感上的旅程，使观众能够跟随角色经历挑战、克服困难，从而感到满足，获得激励，增强故事的吸引力。

例如，在短剧《月满西楼》中，随着剧情的发展，江印学会了信任与合作，特别是在与楼听月的合作中，她不仅展现出更加复杂的内心世界，还学会了放下个人仇恨，考虑更广泛的正义与家族的责任。她的成长体现在从单一的复仇目标转变为能够考虑更多人的利益和情感，让故事有了更深层次的内涵。

角色的成长往往与作品的核心主题紧密相连，通过角色的转变反映对其生活的理解、价值观的变化，从而深化故事的内涵。

例如，女主角是一个聋哑女孩，她的成长从孤独和封闭开始。之后，她遇到一位理解她并教她手语和音乐的爱人，于是她逐渐打开了心扉并发现了自己的潜力和价值。这种成长过程的设计不仅展现了角色的自我发现和成长，也传达了爱、理解和接受的主题思想。

观众还能在角色的成长中看到自己的影子，这种共情体验能加深观众对故事的记忆和喜爱。例如，电影《魔女宅急便》中的年轻女巫琪琪，从她离开家独立成长的故事里，许多刚步入社会的年轻人看到了自己面对新环境、挑战自我、寻找归属感的影子，让观众有代入感。

角色成长提供了故事发展的内在驱动力，角色的改变驱动着情节向前推进，保持故事的新鲜感和紧张感。例如，在电影《垫底辣妹》中，一个成绩垫底的女高中生通过不懈努力考上理想的大学，她的成长和转变不仅改变了她的人生轨迹，也吸引着观众。

下面为大家介绍一些设计角色成长过程的技巧，如图2-12所示。

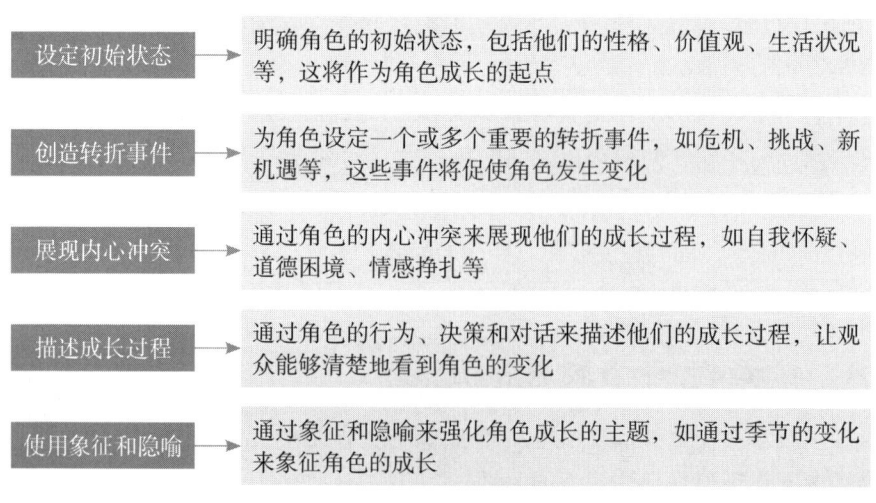

设定初始状态	明确角色的初始状态，包括他们的性格、价值观、生活状况等，这将作为角色成长的起点
创造转折事件	为角色设定一个或多个重要的转折事件，如危机、挑战、新机遇等，这些事件将促使角色发生变化
展现内心冲突	通过角色的内心冲突来展现他们的成长过程，如自我怀疑、道德困境、情感挣扎等
描述成长过程	通过角色的行为、决策和对话来描述他们的成长过程，让观众能够清楚地看到角色的变化
使用象征和隐喻	通过象征和隐喻来强化角色成长的主题，如通过季节的变化来象征角色的成长

图 2-12 设计角色成长过程的技巧

下面以一部成长类型的微电影为例，介绍如何给角色设计一个成长的过程。

① 角色设定。影片主要角色为刚踏入大学校门的小琳，她来自小县城，面对全新的大学生活充满好奇和憧憬。

② 成长目标。成长目标是让主角小琳在大学中找到自己的定位和价值，学会独立和自主。

③ 成长路径。小琳在富家女小彤的引导下，开始尝试打扮自己，追求时尚和名牌。之后，小琳逐渐意识到这种虚荣的生活方式并不是她真正想要的，开始反思自己的行为。最后，小琳在另一个学霸室友的帮助下，开始关注学业和兴趣爱好，逐渐找到了自己的人生方向。

④ 冲突和困境。小琳在追求时尚的过程中，与室友产生了矛盾。小琳在反思自己的行为时，遇到了自我否定的困境。

⑤ 内心变化。小琳从最初的虚荣和迷茫，逐渐变得自信和坚定。小琳在成长过程中，学会了独立思考和自主选择。

在创作的过程中，可以通过为角色设定明确的成长目标、设计合理的成长路径、设置冲突和困境，以及展现内心的变化等方式，来为角色塑造了一个完整的成长过程，这样能使角色的形象更加立体和饱满，同时也可以增强故事的吸引力和观众的投入感。

029 给角色设置反差与冲突

在短剧和微电影中，给角色设置反差与冲突是增加戏剧性、推动剧情发展和深化角色塑造的重要手段。

扫码看教学视频

下面为大家介绍一些设置反差和冲突的技巧，如图2-13所示。

内外反差	角色外表与内心世界的反差，如一个外表强悍、内心脆弱的角色，或者一个外表平凡、内心却充满激情的角色
性格反差	角色之间的性格差异，如一个乐观主义者与一个悲观主义者，或者一个冲动的人与一个稳重的人
目标冲突	角色之间的目标或愿望相互对立，如一个角色想要保守秘密，而另一个角色则想要揭露真相
价值观冲突	角色之间的价值观和信念差异，如一个角色坚持道义，而另一个角色则追求利益
关系冲突	角色之间的关系产生矛盾，如家庭纷争、友谊破裂或者爱情三角恋

图2-13 设置反差和冲突的技巧

反差与冲突能够增加剧情的紧张感和戏剧性，使观众对角色的命运和剧情走向产生兴趣。如早年间很火的《还珠格格》，紫薇和小燕子的性格形成了巨大的反差，让观众看到了性格多样的角色。还有格格们与皇后的冲突，这些冲突让剧情有了更多的发挥空间，推动着剧情发展。

角色的反差和冲突，可以让观众更深入地探索角色的性格和动机，使角色更加立体和真实。

例如，《权力的游戏》中的"熊女"莱安娜·莫尔蒙，她的年龄与她所承担的领导责任形成了鲜明的反差，这种反差让她在剧中显得尤为突出，一出场就收获了大量的粉丝，如图2-14所示。

图2-14 《权力的游戏》中的"熊女"莱安娜·莫尔蒙

反差与冲突是推动剧情发展的主要动力，它们引导角色采取行动，使剧情产生转折。比如，在短剧《二十九》中，袁裴的温柔与陆筱杉的独立、袁裴的家庭生活与陆筱杉的职场生活等形成了鲜明的反差，为剧情的发展奠定了基础。

袁裴与陆筱杉之间原本存在情感上的冲突和对立，但随着剧情的推进，她们逐渐从"敌人"转变为合作伙伴和朋友。同时，她们与渣男庄皓之间的冲突也是贯穿全剧的重要线索之一。这些冲突不仅推动了剧情的发展，还深刻揭示了现代女性要拥有独立意识和情感价值导向。

通过创造角色之间的反差与冲突，可以传达作品的主题思想，如人性的复杂性、社会问题等。比如《寄生虫》中的金基宇一家与朴社长一家。金基宇一家生活在贫困的地下室，而朴社长一家则住在豪华的别墅。金基宇一家试图通过欺骗和伪装进入朴社长一家的生活，从而引发了一系列冲突。电影通过这两个家庭的反差与冲突，揭示了社会阶层固化、贫富差距等社会问题，以及这些问题对个人命运的影响。

通过创造角色之间的反差与冲突，创作者可以在短剧和微电影中深入探讨人性的复杂性和社会问题。

这种叙事技巧不仅能够吸引观众的注意力，还能够引发观众对作品主题思想的深入思考。在实际创作中，创作者可以根据作品的需要，灵活运用这种手法来传达作品的主题思想。

030　给角色设计超能力或特殊技能

在短剧和微电影中，给角色设计超能力或特殊技能可以为剧情增添奇幻色彩，增强角色的吸引力，同时也可以为剧情提供新的冲突和解决问题的途径。

给角色设计超能力或特殊技能，一是可以增加角色的吸引力和魅力，使观众对角色产生兴趣；二是可以推动剧情发展，引发事件或者解决冲突；三是可以使观众产生共鸣，从而增强对角色的喜爱和对剧情的投入；四是可以丰富视觉效果，某些超能力或特殊技能可以为短剧或微电影提供丰富的视觉效果，如控制元素、时间旅行等。

例如，电影《时空恋旅人》通过男主角蒂姆的时空穿越技能，不仅讲述了一段浪漫的爱情故事，更深刻探讨了人生的意义、家庭的价值、时间的宝贵，以及如何在有限的生命里做出最有价值的选择，如图2-15所示。

图 2-15　电影《时空恋旅人》

短剧《触手可及的你》中的主角乔然是凌珂星人，他拥有超越常人的能力，如瞬间移动、读心术等。在剧中，他来到地球执行秘密任务，融入地球女生夏茗琪的生活，保护并鼓励她重拾舞蹈梦想。乔然的特异功能不仅推动了剧情的发

展，而且为观众带来了一场跨越星际的视听盛宴。

控制时间、瞬间移动、读心术等特异功能都是很多观众想拥有的技能，当角色拥有这些功能之后，不仅可以推动剧情的发展，而且为观众带来了更多的惊喜和乐趣。同时，这些角色的特异功能也反映了人性的复杂性和多样性，让观众在欣赏剧情的同时也能够思考更深层次的问题。

下面向大家介绍一些为角色设计超能力或特殊技能的技巧，如图2-16所示。

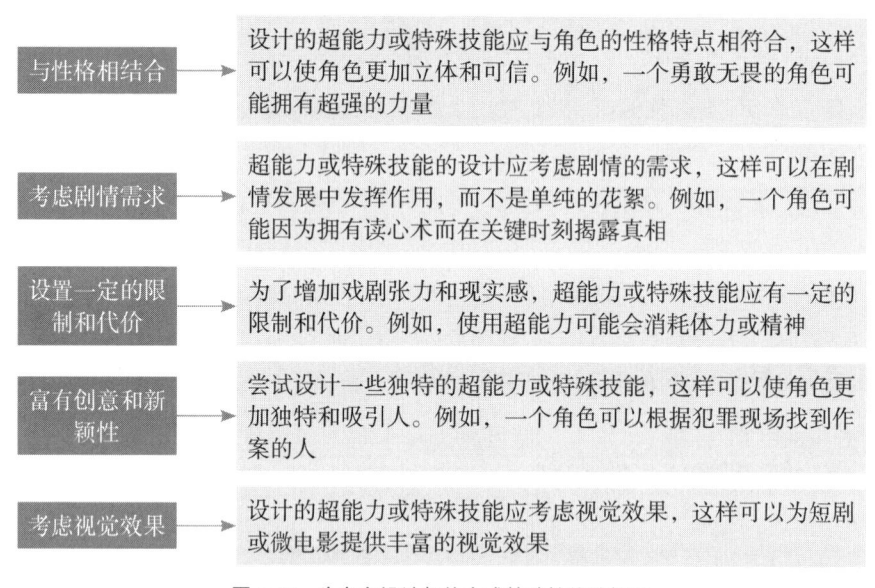

与性格相结合	设计的超能力或特殊技能应与角色的性格特点相符合，这样可以使角色更加立体和可信。例如，一个勇敢无畏的角色可能拥有超强的力量
考虑剧情需求	超能力或特殊技能的设计应考虑剧情的需求，这样可以在剧情发展中发挥作用，而不是单纯的花絮。例如，一个角色可能因为拥有读心术而在关键时刻揭露真相
设置一定的限制和代价	为了增加戏剧张力和现实感，超能力或特殊技能应有一定的限制和代价。例如，使用超能力可能会消耗体力或精神
富有创意和新颖性	尝试设计一些独特的超能力或特殊技能，这样可以使角色更加独特和吸引人。例如，一个角色可以根据犯罪现场找到作案的人
考虑视觉效果	设计的超能力或特殊技能应考虑视觉效果，这样可以为短剧或微电影提供丰富的视觉效果

图2-16 为角色设计超能力或特殊技能的技巧

在韩剧中，也有很多设计超能力的剧集。比如《九回时间之旅》这部剧，男主角偶然间获得了能够穿越回20年前的神秘日记本，他利用这一能力试图改变过去，挽救悲剧，但每次穿越都会引发连锁反应。通过在这一能力的作用下发生的故事，深刻探讨了命运、选择与后果，以及角色在不断尝试改变中的心理成长。

还有悬疑剧《信号》，这部韩剧虽然主角本身没有特异功能，但剧中的关键道具——一台能够连接过去与现在的对讲机，实际上赋予了角色们"与过去沟通"的超常能力。通过这一设定，过去与未来的警察合作解决了多起悬案，展现了角色基于这一特殊工具的成长和变化。

在短剧和微电影中，通过给角色设计超能力或特殊技能，能够更加生动地展现角色的性格和相关的故事，同时也能够提升作品的整体艺术效果和观赏价值。这些超能力或特殊技能不仅能够推动剧情的发展，还能够增加观众对角色的情感投入和对剧情的兴趣。

第3章 影视编剧创作第三步，设计台词和制造爽点

在短剧和微电影中，设计台词和制造爽点（即观众感到兴奋、满足或产生强烈情感的时刻）对于提升剧情的吸引力、塑造角色形象和加深观众印象至关重要。通过精心设计的台词和爽点，可以更加生动地展现角色的性格和故事，同时也能够提升作品的整体艺术效果和观赏价值。本章将介绍相应的技巧，增加观众对角色的情感投入和对剧情的兴趣。

3.1 设计人物台词，让角色活起来

人物台词是叙事艺术的灵魂，它不仅可以推动故事前进，更是塑造人物、传递情感、深化主题的重要载体，对整个作品的艺术成就有着不可替代的影响。

设计人物台词的技巧可以从下面几个方面入手，以确保台词既符合人物性格，又能有效地推动剧情的发展，同时吸引观众的注意力。

031 明确角色性格与说话风格

设计人物台词是一项精细的工作，首先需要明确角色的性格、身份、社会地位等，以便为其设计符合其特点的说话风格。

台词设计要符合角色身份与性格，创作者需要深入了解每个角色的背景、性格特点、教育水平和社会地位，确保他们的台词与其身份相符。每个角色都应有其独特的说话方式，包括用词、语气、语速等。比如，一个学者说话会更加文雅和专业，而一位工人说话可能更直接、口语化。

下面介绍一些设计台词的技巧，如图3-1所示。

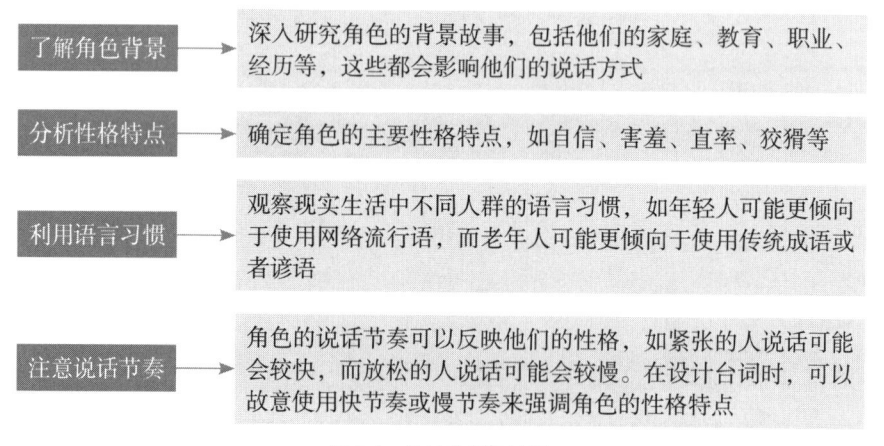

了解角色背景	深入研究角色的背景故事，包括他们的家庭、教育、职业、经历等，这些都会影响他们的说话方式
分析性格特点	确定角色的主要性格特点，如自信、害羞、直率、狡猾等
利用语言习惯	观察现实生活中不同人群的语言习惯，如年轻人可能更倾向于使用网络流行语，而老年人可能更倾向于使用传统成语或者谚语
注意说话节奏	角色的说话节奏可以反映他们的性格，如紧张的人说话可能会较快，而放松的人说话可能会较慢。在设计台词时，可以故意使用快节奏或慢节奏来强调角色的性格特点

图3-1 设计台词的技巧

除此之外，每个人都有自己的口头禅和习惯用语，这些可以用来强调角色的个性。设计角色特有的口头禅，如"你知道吗？""我说……"等，可以用来增强角色的辨识度。

在设计台词的时候，需要考虑角色之间的关系，以及他们如何通过对话来处理这些关系，因为角色之间的关系会影响他们的对话方式，如朋友之间可能更随意，而敌人之间可能更直接且具有挑衅性。

在设计对话时，可以故意制造冲突，让角色在冲突中展示他们的性格。如争论时坚持己见可以展示角色的固执，而妥协可以突出他们的灵活性。

例如，短剧《我在八零年代当后妈》，女主角的"别人朝我扔泥巴，我要讹他八万八"等台词，体现了女主角遇强则强的精神风貌。

创作者还可以观察其他影视作品中角色的台词，分析他们的说话风格是如何反映角色的性格的。从其他作品中汲取灵感时，要注意保持自己作品的独特性。

通过以上技巧，可以设计出既符合角色性格，又具有独特说话风格的台词，使角色更加生动和立体。记住，角色的说话风格应该是多方面的，不局限于某一两个特点，而是应该通过整个对话过程来展现角色的复杂性。

032 用台词展现人物情感与内心世界

台词设计是展现人物情感与内心世界的重要手段，下面是一些技巧，可以帮助创作者更好地通过台词来传达角色的情感和内心世界。

① 使用直接表达。角色可以直接表达他们的情感，如"我感到害怕""我很高兴"等，这样直接的表达可以让观众清楚地了解角色的情感状态。

② 使用隐喻和象征。通过隐喻和象征性的语言，角色可以间接地表达他们的情感和内心世界。例如，角色可能会用"我的心像被撕裂了一样"来表达悲伤。

③ 展示情感变化。角色在对话中的情感变化可以反映他们的内心世界。例如，角色可能会从愤怒转为悲伤，或者从犹豫转为坚定。

④ 利用对话的语气和节奏。角色的语气和说话节奏可以传达他们的情感状态。例如，紧张的角色可能说话更快，而放松的角色可能说话更慢。

⑤ 通过对话中的冲突和对抗。角色之间的冲突和对抗可以展现他们的情感和内心世界。例如，角色可能会因为某个话题而激动，或者因为某个事件而感到沮丧。

⑥ 使用独白或内心独白。独白或内心独白可以让角色直接表达他们的内心世界。例如，角色可能会在独自一人的时候说出他们的真实想法和感受。

⑦ 考虑对话的环境和情境。对话的环境和情境可以影响角色的情感和内心世界。例如，角色可能在紧张的环境下说出更直接的台词，或者在轻松的环境下说出更幽默的台词。

⑧ 运用对话中的沉默和停顿。沉默和停顿可以增加台词的情感深度，让角色有更多的时间去思考和感受。例如，角色可能在某个重要时刻停下来，然后说

出一句意味深长的台词。

通过以上技巧,编剧可以更好地通过台词来展现人物的情感和内心世界,使角色更加生动和立体。记住,角色的情感和内心世界应该是多方面的,不局限于某一两种情感,而是应该通过整个对话过程来展现角色的复杂性。

033 用台词推动剧情发展与设置悬念

在推动剧情发展与设置悬念时,台词设计是非常重要的。下面是一些通过台词设计来推动剧情发展和设置悬念的技巧。

① 引入关键信息。创作者可以通过台词适时地揭示关键信息,如谜题、暗示或秘密,来吸引观众的注意力。

例如,主角在探索一个神秘房间时,突然说:"这里似乎藏着一个古老的秘密。"这句台词就能立刻引起观众的好奇心,想要了解这个秘密是什么。

② 制造疑问和冲突。通过台词设置复杂的关系、遗留问题或对立的利益,引发观众的好奇心。

例如,在短剧《抉择》中,两位好友因为一桩意外事件产生了分歧,其中一人说:"你真的相信他是无辜的吗?那晚我们看到的……"这句台词留下了悬念,观众会开始猜测事件的真相和两位好友之间的信任危机。

③ 使用意想不到的情节转折。通过台词设置意想不到的情节转折,打破观众的预期,制造悬念。

例如,在夜晚的街道上,主角突然宣布了一个惊人的消息:"我要离开这个城市,开始新的生活。"这句台词让其他角色和观众都感到震惊,引发接下来一系列剧情的发展,如图3-2所示。

图3-2 "我要离开这个城市,开始新的生活。"

④ 刻画复杂的角色。通过台词展现角色的多面性和内心的矛盾,增加悬念。

例如,主角在面对不同人群时表现出截然不同的性格,他的内心独白揭示了他的矛盾和挣扎:"我到底要成为怎样的人?"这句台词让观众对他的真实身份和动机产生了猜测,如图3-3所示。

图 3-3 "我到底要成为怎样的人?"

⑤ 运用声音和音乐效果。虽然这更多的是后期制作的工作,但台词可以配合音效和音乐来增强悬念感。

例如,当主角在黑暗中追踪嫌疑人时,背景音乐逐渐紧张,同时主角的台词也充满了紧张感:"他就在前面,我必须小心。"这样的组合让观众更加紧张,并对接下来的剧情充满期待。

⑥ 留下伏笔和线索。通过台词设置意味深长的对白、小道消息或视觉提示,为观众提供猜测故事发展的线索。

例如,当主角在寻找一本失踪的日记本时,与一位神秘人物交谈,神秘人物说:"你知道吗?那本日记本里藏着一个惊人的秘密。"这句台词为观众提供了猜测的线索,同时也增加了故事的悬念,如图3-4所示。

图 3-4 "你知道吗?那本日记本里藏着一个惊人的秘密。"

通过以上这些技巧，可以帮助创作者通过台词设计来推动剧情发展和设置悬念，让观众更加投入到故事中来。

034 把握台词的趣味性与信息量

在设计台词时，要兼顾趣味性和信息量，确保既能让观众轻松愉悦，又能高效地传达剧情信息，下面介绍一些技巧。

① 使用幽默或者双关语。使用幽默元素或双关语，可以使台词既富含信息又不失趣味。

例如，在一部轻喜剧微电影《错位人生》中，主角误入一家身份互换体验馆，前台接待员微笑着说："欢迎光临，我们这儿换身不换心，保证您体验过后，连自己都不认识自己了！"这句话既介绍了服务特色，又以幽默的方式暗示了即将发生的身份错乱的故事。

② 台词简洁明了，充满智慧讽刺。简短有力的台词往往能快速地传递信息，而适度的讽刺则可增添趣味。

在设计短剧《智能公寓》的台词时，可以这样设计，让主角对着故障连连的智能家居系统说："看来，你比我还需要休息啊！"这句台词不仅迅速告知观众系统出了问题，还以讽刺的方式反映了科技产品的不可靠，引人会心一笑。

③ 融合角色特质。根据角色的性格特点设计台词，使趣味性自然流露，同时传递角色背景或推进情节。

例如，在编写微电影《古董店的秘密》的剧本台词时，可以这样设计，让一位古怪的古董店老板对顾客说："这把钥匙能开的锁，比你人生中遇到的问题还要少。"这句话不仅展现了老板的幽默和对古董的独特见解，还隐含了关于钥匙和故事背后的秘密，如图3-5所示。

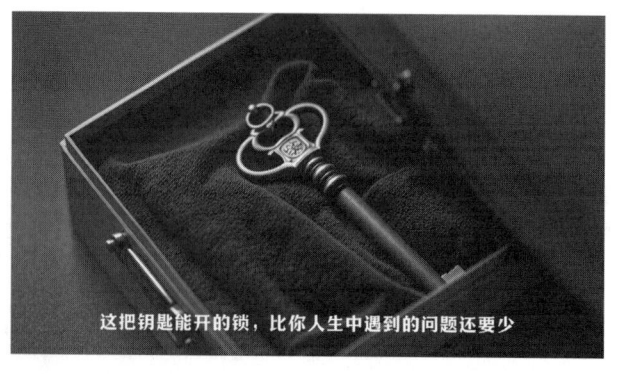

图3-5 "这把钥匙能开的锁，比你人生中遇到的问题还要少。"

④ 设计意外回答与情景反差。通过角色出乎意料的回答或与场景的不协调，制造笑点并传递信息。

例如，在短剧《办公室风云》中，可以这样设计台词。当新来的实习生被问及为何选择这份工作时，他认真回答："因为这里离家近，而且我擅长逃避社交。"从而透露出角色的个性特征，同时也反映了现代职场中的一些现实问题，如图3-6所示。

图3-6　"因为这里离家近，而且我擅长逃避社交。"

⑤ 巧妙引用典故与使用文化梗。适当引用流行文化、历史典故或网络梗，增加台词的文化趣味性，同时借以传达特定含义。

例如，在设计微电影《时光旅人》的台词时，当主角穿越回古代，面对一脸困惑的古人时，他打趣道："别紧张，我只是来'考古'的，不是外星人。"这里借用"考古"一词的现代网络含义（追老剧、回顾旧事），既展现了跨时代的幽默，又快速定位了主角的外来者身份。

通过这些技巧，创作者可以在台词设计中巧妙地平衡趣味性与信息量，让观众在笑声中深入剧情，享受观影体验。

035　巧妙安排解释性对白

解释性对白在短剧和微电影中扮演着重要角色，它能够帮助观众理解剧情、角色动机和背景信息。

巧妙安排解释性对白，是指在剧本创作中，以自然、不突兀的方式提供必要的背景信息或情节解释，同时保持对话的真实性和吸引力。下面介绍一些技巧。

① 融入动作与情境。将解释性对白与角色的动作或周围情境紧密结合，使信息传递更加自然、流畅。

例如，在创作短剧《寻宝记》的剧本台词时，两个主角在老旧的地图前进行研究。主角A（指着地图上的标记）："这里据说是藏宝图上的第一个线索，老船长说，当年风暴后，他们就是在这里抛锚的。"此时，角色的动作和地图上的细节一同帮助观众理解了寻找宝藏的起点，避免了生硬的旁白式解释。

② 角色间的自然交流。通过新角色提问或角色间的日常对话，自然地引入解释性内容。

在创作微电影《新手村往事》的台词时，新玩家向老玩家询问游戏规则，新玩家提问："为什么这个任务这么重要？"老玩家轻松地回答："哦，这是进入高级区域的关键，就像现实中你要先学会走路才能跑步一样。"如图3-7所示。

图3-7　微电影《新手村往事》的台词

这样的对话既解释了游戏机制，又增强了角色之间的互动，让信息传递显得自然且贴合情境。

③ 利用道具辅助说明。角色通过操作或讨论某个道具来解释背景或情节。

例如，在创作短剧《时光相机》的台词时，发明家展示他的发明，发明家说（拿起一台复古相机）："这不只是相机，它能捕捉瞬间，冻结画面里的昨天，就像这样。"（演示拍照，画面定格）

通过道具的演示和操作，观众不仅了解了相机的特殊功能，而且感受到了其蕴含的情感价值。

④ 幽默或讽刺手法。用幽默或轻微讽刺的方式包装解释性内容，使信息传递更加生动有趣。

例如，在创作微电影《未来邮局》的台词时，邮递员解释时间信件规则，邮递员说："记住，给过去的自己写信，别太诚实，否则你会收到一封来自未来的骂信。"这种幽默的表达方式让复杂的时空规则变得易于接受，同时也增加了故事的趣味性，如图3-8所示。

图 3-8 微电影《未来邮局》的台词

⑤ 逐步揭露。不是一次性全部解释清楚,而是随着剧情逐步透露信息,维持观众的好奇心。当设计短剧《迷雾小镇》的台词时,侦探与助手讨论案件,侦探说:"每个星期五,镇上的钟声都会提前响起,之后就会有人失踪。为什么?这就是我们要解开的第一个谜团。"

当对白具有解释、说明功能时,应像滴眼药一样,一点一点地挤给观众,而不是一次性将信息全部抛出。这种逐步揭秘的方式,让解释性对白成为推动剧情发展的动力,保持了故事的悬念,让观众可以快速理解剧情。

不过,在利用对白造成反转或幽默效果时,注意不要过早揭露真相,这样可以保持故事的悬念和吸引力。

036 引入方言或特殊语言习惯

我国方言种类繁多,地域广阔,每种方言都有其独特的特点。我国主要有7种方言:北方方言、吴方言、湘方言、赣方言、客家方言、闽方言和粤方言。每种方言都具有浓郁的地域特色,反映了当地的自然环境、历史文化和生活习惯。

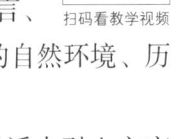

考虑到一些短剧和微电影故事发生的地域性,可以适当在对话中引入方言或特殊语言习惯,以增加真实感和代入感。在台词设计中引入方言或特殊语言习惯,不仅能丰富角色性格,同时还能增添作品的地方特色和文化深度。下面介绍一些设计技巧。

① 角色身份与方言匹配。根据角色的社会背景、地域出身设定相应的方言,增强角色的真实感和辨识度。

例如,在设计短剧《老街故事》的台词时,需要讲述一个发生在四川老街区的故事,让主角老张使用四川方言与邻居交谈:"你娃儿今天又切哪儿耍了嘛?"(意为:你今天又去哪儿玩了?)方言的运用立即勾勒出角色的地域特征和生活气息。

② 方言作为情节元素。在设计台词时，还可以将方言作为一种情节推进的工具，比如通过不同方言的交流障碍制造误会或笑料。

例如，在微电影《方言客栈》的剧本中，有这样的台词设计，来自天南海北的旅客因方言差异而产生了一系列啼笑皆非的误会。例如，北方客人问路："请问，厕所在哪儿？"南方服务员用带着浓重方言的普通话说："直走，左拐。"北方客人却因听不懂"左拐"的方言发音而走错了方向。

③ 方言对话的平衡与注释。在确保方言对话真实性的基础上，适度平衡，避免过度使用导致部分观众难以理解，必要时可加入字幕或角色间的解释。

以短剧《海边的日子》为例，在台词设计中，两位说着闽南话的老渔民讨论鱼汛，同时配以简明的字幕翻译。当外地青年加入对话时，其中一位渔民用带有闽南口音的普通话解释："我们说，海风变了，鱼群要来了。"如图3-9所示。

图3-9　短剧《海边的日子》的台词

④ 方言的象征与隐喻。即利用方言特有的表达方式作为情感或主题的象征，加深作品的内涵。

例如，在设计微电影《乡音未改》的台词时，每当远离家乡的主人公情绪波动时，会不由自主地说起家乡方言，方言成为他对故乡深深思念的象征，如"想家的时候，连做梦都是那句'回家吃饭嘞'。"

⑤ 方言与角色成长结合。通过角色方言的转变或掌握新方言，反映角色的成长或适应新环境的过程。

例如，在设计短剧《异乡人》的台词时，主角从北方到广东工作，最初与当地人沟通困难，随着剧情发展，他逐渐学会了粤语，从最初的"我唔识讲（我不会讲）"到后来的流利交流，方言的学习过程成为他融入新环境的重要标志。

通过这些技巧的应用，方言或特殊语言习惯不仅能够增加作品的独特魅力，而且能加深观众对角色和故事的理解与共鸣。

除了上述技巧，在设计台词对白时，还应考虑到演员的身体和声音在表演中的贡献，为演员留下足够的表演空间，使他们能够通过肢体语言和声音变化来增强台词的表现力。

注意：要慎用画外音，画外音虽然具有引导性，但过度使用可能会削弱故事的吸引力，可能还会破坏观众对故事的沉浸感，尤其是当声音与画面内容不匹配或者过于突兀时。在使用画外音时，应充分考虑其是否有助于故事的发展和人物的塑造。

通过以上技巧的运用，可以设计出既符合人物性格又富有表现力的台词，使故事更加引人入胜。

3.2 精心制作爽点，让观众欲罢不能

在短剧中精心制作爽点，以吸引并留住观众，需要巧妙地在剧情、角色、节奏和呈现方式等方面下功夫。本节将为大家介绍相应的技巧和方法。

037 打造紧凑的剧情节奏

在创作短剧剧本时，打造紧凑的剧情节奏对于吸引观众注意力、增强故事吸引力至关重要。下面介绍一些技巧。

① 设置清晰的目标和动机。即为角色设定一个明确的目标，并确保他们有强烈的动机去追求这个目标。

例如，在短剧中，剧情主要围绕主角展开，而主角的目标是拯救被绑架的朋友，这个目标驱使剧情迅速发展。

② 使用紧凑的剧情结构。例如，采用三幕式结构，包括开场、冲突和结局，使剧情紧凑而有节奏。

具体来说，就是在设计奇幻剧本剧情的时候，可以在开场展示主角意外获得时间旅行的能力，冲突是他如何使用这个能力来解决一个问题，结局是他成功地解决了问题。

③ 快速推进剧情。利用快速剪辑和紧凑的剧情推进，让观众始终保持紧张和好奇，让观众看得停不下来。

例如，在短剧《盲心千金》中，剧情结合了悬疑、爱情和家族斗争等多种元素，观众将跟随主角一起揭开真相，体验紧张刺激的剧情发展。

④ 避免不必要的对话和情节。即确保每一段对话和情节都有其存在的价值，避免冗余和无关紧要的内容。

例如，在设计侦探类的短剧剧本时，让主角和助手之间的对话围绕追踪线索展开，避免多余的闲聊。

⑤ 设置紧张的悬念。在剧情中设置悬念，让观众对后续发展充满期待。

例如，在《白夜追凶》中，主线与支线剧情层次分明，案件分析逻辑严密，条理清晰，悬疑元素层层递进，巧妙地引发观众的好奇心。同时，剧中潘粤明一人分饰两角的精湛演技也为剧情增添了更多悬念。

⑥ 使用强烈的情感冲突。角色之间的情感冲突可以增加剧情的紧张感和戏剧性，让观众看得欲罢不能。

例如《步步深陷》这部短剧，不仅探讨了情感、家庭和工作中的复杂问题，还通过两个故事情节展示了人们在面对这些问题时所经历的种种挑战和困惑，其中一个故事聚焦于一对情侣的情感纠葛。

⑦ 注意对话的节奏和速度。对话的节奏和速度应与剧情的发展和角色的情感相匹配。

例如，在短剧《盲心千金》中，千金大小姐和穷小子之间的爱情故事充满了波折和悬念，剧情也很紧凑。同时，其中的台词对话快速且富有张力，角色之间的冲突和矛盾通过对话得到了充分展现，让观众在观看过程中始终保持紧张感。

通过以上技巧，学习打造紧凑的剧情节奏，不仅可以有效地吸引观众的注意力，增强故事的吸引力，还能够提高短剧的观赏性，增强观众的参与度和情感投入。

038　强烈的情感共鸣

在短剧剧本创作中，制作强烈的情感共鸣是吸引并留住观众的关键。下面为大家介绍一些制作技巧。

① 价值共鸣。突出普遍价值观或道德议题，选择能够触动大多数人内心的正向能量，如家庭、友情、正义等，让观众在剧情中看到自己认同的价值观得到体现。

例如，在春节前夕，一位忙碌的年轻职员因工作延误了回家的火车。他沮丧地坐在车站，遇到同样错过车的老人。两人交谈中，年轻人了解到老人是去见多年未见的儿子，这让他想起了自己的父母。最终，年轻人决定租辆车带老人一同踏上归途，途中他们分享了关于家庭、牺牲与爱的故事。

② 观念共鸣。触及现代观念或社会议题，如图3-10所示。探讨当下的社会热门话题或观念冲突，让观众在剧中找到自己对这些问题的看法和感受。

图 3-10 触及现代观念或社会议题

例如，在一部都市短剧中，两位看似截然不同的朋友——一位是社交媒体上的时尚博主，另一位是热爱自然的环保志愿者。通过一系列误会和挑战，两者最终发现彼此的共同之处，展示出人们不应被表面标签限制，这样的故事可以鼓励观众反思个人偏见和包容多样性。

③ 经历共鸣。描述普遍的人生经历，选取生活中普遍的经历，如失恋、求职失败、成长的烦恼等，让观众在角色的遭遇中看到自己的影子。

例如，在一个职场短剧中，讲述3位不同背景的求职者在同一天参加同一公司的面试。每个人都有自己的困难和不安，有的是初次求职的毕业生，有的是失业后重振旗鼓的中年人，还有一位是试图转行的家庭主妇。通过他们等待面试的过程和内心独白，展现他们面对未知挑战的勇气和坚持。

④ 审美共鸣。创造视觉和听觉上的美感，利用画面构图、色彩、音乐等元素，营造特定氛围，激发观众的感官共鸣。

例如，在一个雨天的城市街头，一位街头艺人在空旷的广场上演奏吉他，如图3-11所示。随着音乐的流淌，周围的人们逐渐停下脚步，各自沉浸在回忆中。雨滴声、吉他旋律与人物的表情交织，形成一幅幅美丽的画面，传递出孤独与温暖并存的复杂情感。

图 3-11 一位街头艺人在空旷的广场上演奏吉他

⑤ 身份共鸣。关注特定群体的身份认同，聚焦特定人群的特殊经历或挑战，如留学生、单亲家庭、少数族裔等，让属于这些群体的观众感到被看见和理解。

例如，春节期间，一名在国外留学的学生因为没买到机票无法回国与家人团聚。孤独的节日夜晚，她意外地收到了邻居老乡送来的节日礼物。通过温馨的邻里互动，展现了即使身处异国他乡，也能感受到人间温情，强调归属感的重要性。

通过上述技巧和示例，可以看出，要创作有情感共鸣的短剧，关键在于深刻理解并精准捕捉观众的情感需求和社会关切，通过故事传达普遍的人性和真挚的情感。

039 塑造突出的角色

在创作短剧剧本过程中，塑造突出的角色是至关重要的，因为时间有限，需要快速且深刻地展现角色的多维性。下面介绍相应的技巧。

① 鲜明的初始设定，快速确立角色。通过角色的外貌、语言风格、行为习惯等特征，在开场几分钟内就让观众对角色有一个直观印象。

例如，让镜头跟随一位身着旧式邮政制服、骑着复古自行车的邮差穿梭在狭窄的胡同里。他哼着小曲，对每一只遇见的流浪猫都友好地打招呼，展现了其乐观、怀旧且富有爱心的性格。

② 通过冲突中的选择展示性格深度。设置冲突场景，让角色在面临选择时，彰显其性格、价值观和动机。

例如，邮差在整理邮件时发现一封未寄出的旧信，上面的地址已模糊不清。他面临着是否要花费额外的时间和精力去寻找收件人的选择。在决定放弃日常职责去追踪线索的过程中，他的责任感、好奇心和对人性的信仰得到了强化。

③ 通过内心独白或闪回，深入角色内心世界。利用角色的内心独白或短暂的闪回片段，揭示其过去的经历、梦想或恐惧，增加角色层次。

例如，在一个静谧时刻，邮差停下自行车，凝视着远方，内心独白透露他曾经的梦想是成为一名作家，但为了照顾家庭放弃了。这个瞬间让观众理解了他的选择背后有着怎样的牺牲和遗憾，如图3-12所示。

图 3-12　邮差停下自行车，凝视着远方

④ 与其他角色的互动，反映角色关系与变化。通过角色之间的对话和互动，展示角色之间的关系动态，以及角色在关系中的成长或转变。

例如，邮差终于找到了那封旧信的主人：一个孤独的老人。设置两人间的对话，从而揭示老人对过去爱情的怀念，而邮差的倾听和安慰体现了他的同情心和对人性的理解。这次互动不仅加深了老人的角色背景，也让邮差角色更加立体，展现出他不仅仅是递送信件，更是传递温暖与希望。

⑤ 运用符号或道具，强化角色象征。特定的物品或符号可以成为角色身份或心理状态的象征，增强观众记忆点。

例如，邮差总是随身携带一本破旧的记事本，偶尔会在休息时翻阅并记录些什么。这本记事本象征着他未曾放弃的写作梦，同时也是连接他的过去与现在、理想与现实的桥梁，如图3-13所示。

图 3-13 邮差翻阅记事本

通过这些技巧的应用，即便是在短剧的限制下，也能有效地塑造出深刻、立体的角色形象，让观众在短时间内产生强烈的共鸣和记忆。

040 设置意想不到的剧情反转

在短剧剧本创作中，设置意想不到的剧情反转是吸引观众并保持他们兴趣的关键手法之一。这种反转能够打破观众的预期，让他们在惊讶中重新审视之前的情节，从而加深对剧情和角色的理解。

不过，在设置剧情反转的时候，一是需要反转合乎逻辑，反转应建立在合理的基础上，即使是非常规的剧情发展，也应让观众觉得顺理成章；二是反转应与角色的情感和动机相符合，不能为了反转而反转。

总之，反转可以最大限度地增强戏剧张力，给观众带来强烈的情感冲击。

在短剧剧本创作中，设置意想不到的剧情反转有哪些技巧呢？下面为大家介绍相应的方法。

① 揭露隐藏的信息。在剧情中埋下看似无关紧要的细节，最后揭示这些细节实际上是推动情节反转的关键。

例如，一位年轻的艺术家偶然间获得一幅古旧画作，画中隐藏着一个未解之谜。观众随艺术家一步步解开画中暗含的线索，以为最终会导向宝藏。但在揭秘时刻，原来画中隐藏的不是宝藏地图，而是指引艺术家找到其家族失散多年的亲人的线索，揭示了一个关于家庭、失去与重逢的感人故事。

② 角色身份的反转。即让观众对某个角色的身份或立场产生误解，直到关

键时刻才揭露其真实身份或目的。

例如，短剧《盲心千金》的主角是一个看似娇生惯养的千金小姐，但实际上她隐藏着不为人知的秘密和身份，原来她是为了复仇而潜伏在豪门中的。她通过精心策划，一步步实现自己的复仇计划。

这种反转让观众对主角产生了更多的同情和理解，也在一定程度上增加了剧情的层次和深度。

③ 动机的再解释。即通过重新解释角色的行为和动机，使剧情走向发生戏剧性变化，让观众感到吃惊或者震惊。

例如，短剧《腹黑女佣》讲述了一名女佣为了复仇而精心策划的故事。女主角原本是一个被陷害的富家千金，失去一切后化身女佣，接近仇人，准备复仇。女主角的真实身份并不是普通女佣，而是有着深厚背景的富家千金。

剧情中还多次出现反转，如女主角与仇人的关系、复仇计划的细节等，都让观众始料未及。这种身份和情节的反转增加了剧情的紧张感和吸引力，使观众更加投入。

④ 时间或空间的错位。即利用时间旅行、梦境、虚拟现实等元素，创造出与预期完全不同的现实。

例如，电影《盗梦空间》，虽然这不是一部短剧，但其多层梦境的设定展示了精彩的空间错位反转。主角们进入不同层次的梦境，每层梦境都是一个独立的空间，但它们在时间上又形成了倍数关系。这种空间错位的设定使得剧情充满了想象力和不确定性，观众难以预测接下来会发生什么，同时也对梦境和现实之间的关系产生了深刻的思考。

通过这些技巧设置的剧情反转，不仅能够增加故事的趣味性和观赏性，还能深化主题，给予观众深刻的情感体验和思考空间。

041 创作代入感强的故事情境

在短剧剧本创作中，创作代入感强的故事情境是至关重要的。下面是一些技巧，可以帮助大家创作出让观众代入的故事情境。

① 创造真实可信的角色。即确保角色的性格、动机和背景都是真实可信的，让观众能够感受到角色的情感变化和内心的挣扎。

例如，《鱿鱼游戏》中的角色都有各自的背景和故事，观众能够从中找到自己的影子，理解他们的选择和挣扎。

短剧《大妈的世界》中的主角们，都是现实生活中常见的中老年形象，让观众感受到接地气，并充满亲切感。

② 触发观众的情感。即在故事中融入普遍存在的情感，如爱、恨、恐惧、希望等，让观众在情感上与角色产生共鸣。

例如，《我是余欢水》中的主角余欢水在面临生活困境时的挣扎和成长，让观众感受到了人生的无奈和希望。

在短剧《东栏雪》中，冷酷宫女与腹黑皇子在经历一系列困难后，互相救赎，共同成长。

③ 保持剧情的紧张感。即在剧情中设置悬念，让观众对接下来的发展充满好奇和期待，通过不断揭示新的线索和信息，推动剧情向前发展。

例如，短剧《妻子的秘密世界》，讲述了一名女子在车祸中失忆后，卷入了一系列阴谋。剧情跌宕起伏，充满了各种悬念和谜团，观众在观看过程中不断猜测和推理，增强了代入感。

④ 打造真实生动的场景。注重场景细节的表现，如环境、氛围和角色动作等，增强故事的代入感，让观众仿佛置身于故事中。

例如，在短剧《爱，死亡和机器人》中，每集短剧都通过精美的画面和场景设计，让观众仿佛置身于一个奇幻而真实的世界。

⑤ 展现复杂的人际关系。通过角色之间的互动和冲突，展现复杂的人际关系，让观众在角色之间的情感纠葛中产生代入感。

例如，《权力的游戏》中的人物关系错综复杂，角色之间的冲突和合作让观众拥有强烈的代入感。

⑥ 紧凑连贯的故事线索。确保故事情节紧凑连贯，每个情节都与主题和主线紧密相连。避免无关紧要的情节和冗余的对话。

例如，《纸牌屋》的情节紧密相连，每个情节都推动着剧情向前发展，让观众始终保持着高度的关注和代入感。

⑦ 鼓励观众参与和思考。在故事中设置一些让观众参与和思考的元素，如谜题、选择等，让观众在观看过程中积极思考并参与其中。

如《黑镜》系列，某些剧集中通过虚拟现实或科技元素，让观众在思考未来可能面临的问题时产生代入感。

除此之外，在创作短剧的时候，在后期制作中，通过视觉与听觉的震撼，也可以给观众带来爽感。演员幽默诙谐的台词和表演，也能让观众获得愉悦的感受。

在一些短视频平台中，会邀请观众参与讨论和猜测剧情的发展，或者设置投票环节让观众选择剧情走向，增加观众对短剧的参与感和期待感。

在制作短剧时，可以根据目标观众和题材特点，灵活运用以上方法，精心制作爽点，让观众欲罢不能。同时，也要注意保持剧情的逻辑性和连贯性，避免过于刻意或牵强的情节设置。

042　经典爽点合集

在短剧中，"爽点"通常指的是那些设计得巧妙的、能够迅速吸引观众的注意力、引起共鸣、让人感到满足或愉悦的元素。这些元素可能是剧情中的高潮部分，也可能是角色表现出的独特性格，或者是剧中的幽默桥段。

在介绍了一些爽点的制作技巧之后，下面将为大家介绍一些经典爽点合集，为创作者提供更多的创作灵感，如图3-14所示。

"扮猪吃虎"	主角在初期隐藏自己的实力，避免引起敌人的注意，然后在关键时刻一次性揭露自己的真实能力，给敌人以沉重的打击
"卖弄打脸"	角色自大地展示能力或知识，却最终遭遇失败或尴尬的情境。但这种手法需要谨慎使用，以免造成角色的不连贯性
"慧眼识珠"	在被他人忽视或贬低的情况下，主角能够发现事物真正的价值，并以此获得成功或优势
"能力碾压"	主角在面对挑战或对抗时，展现出远超对手的实力，以一种几乎碾压的姿态取得胜利
"报仇雪恨"	主角通过自己的努力，最终实现对敌人的战胜和复仇，从而洗刷耻辱，恢复名誉，观众会获得心理上的满足和平衡
"一夜暴富"	主角在经济或能力上的突然转变，从一贫如洗到富可敌国，或者从平平无奇到实力超群
"力挽狂澜"	主角在关键时刻挺身而出，拯救众人。在他人绝望之时，主角凭借自己的智慧或力量，挽救了整个局势，成为英雄
"狐假虎威"	反派角色错误地借用或夸大与主角的关系，以此来提升自己的地位或威望，却不知主角才是真正的权威或力量的源泉

图 3-14

"降维打击"	主角以高等级的能力或技术轻松应对低等级的挑战,从而形成一种实力上的绝对压制
"永不屈服"	主角面对逆境时坚韧不拔和不屈不挠。即使在最艰难的情况下,主角也拒绝放弃,最终创造出意想不到的奇迹
"平等待人"	主角拥有高尚的品格,即使面对社会地位较低的人物,也能保持尊重和公正
"幕后黑手"	主角在背后操控着整个事件的发展,是所有关键转折的真正推手。当真相揭晓时,观众会发现主角才是故事的主导者
"意外之喜"	主角因为之前的善良或智慧行为,获得了意外的回报,这种情节展现了善有善报的传统美德
"绝境逃脱"	主角在看似无望的困境中,凭借自己的智慧和勇气找到了生存的可能。这种情节很紧张刺激,同时也传递了希望和坚持
"反转打脸"	剧情中出现意想不到的转折,原本处于劣势的主角突然反败为胜,让原本自鸣得意的反派角色自食其果
"侥幸幸运"	主角在危急时刻意外获得解救,这种情节往往伴随着观众的紧张和担忧,当主角最终脱险时,观众会感到如释重负
"完美主义"	主角追求事物的完整性和极致,无论是收集稀有物品还是追求技艺上的精湛,这种对完美的执着能够引起观众的共鸣
"猎物猎人"	"最好的猎人总以猎物的身份出现"的爽点在于主角以猎物的形式出现,诱使他人上钩,而实际上却掌握着全局
"破镜重圆"	一对因误会或困难而分开的情侣,经过一系列的挑战和努力后,最终重归于好
"佛系赢家"	主角以一种超然的态度面对生活中的竞争和挑战,他们不急不躁,却总能在不经意间获得成功

图 3-14 经典爽点合集

第 4 章　影视编剧创作第四步，设置钩子、冲突和反转

　　钩子是吸引观众继续观看的关键，在短剧每一集的结尾处设置悬念，使观众产生好奇心，想要知道接下来会发生什么；冲突，可以是人物之间的矛盾，也可以是人物内心的挣扎，冲突的存在，使得剧情更加紧张刺激；通过反转，可以使剧情出现意想不到的变化，给观众带来惊喜。在剧本创作中，这些要素都能增加剧情的趣味性、紧张感和吸引力，本章将为大家介绍相应的创作技巧。

4.1 设置钩子，激发观众的好奇心

钩子是一种强有力的叙事工具，它能够抓住观众的注意力，激发他们的好奇心，驱使他们继续观看，直到故事的结局。本节将为大家介绍相应的设置技巧。

043 钩子的类型

钩子的类型多种多样，大家可以根据不同的剧情需求和叙事风格来选择使用。下面介绍一些常见的钩子类型。

① 神秘开场。这种钩子通过隐藏关键信息来引发观众的好奇心。

例如，在故事开始时，可以展示一个令人困惑或神秘的场景，但不立即揭示其背后的原因或意义。这样，观众就会被吸引并想要继续观看，以解开谜团。

② 建立威胁。通过在故事开场时建立对角色的威胁或对其所在世界的威胁，可以迅速将观众拉入剧情。这种钩子营造了紧张的氛围，并让观众担忧角色的安危，从而持续关注故事的发展。

③ 冷开场。这种开场方式通常提前叙述未来的危急时刻，然后再闪回到故事真正的起点。这种做法能够立即抓住观众的注意力，并让他们对即将发生的故事充满期待。这也叫倒叙，是很常见的一种钩子。

例如，短剧《逃出大英博物馆》中的玉壶女孩因不明原因从大英博物馆中逃出，化身为人形，然后出逃，随着剧情发展，玉壶女孩出逃的真正原因和背后的故事逐渐揭晓。

④ 悬疑线索。故意不按正常故事线讲述，而是通过展现结果或者部分情节，让观众化身侦探去拼凑故事的真相，或者在故事开头设置一个悬而未决的问题或谜团，让观众急于知道答案。

例如，一个神秘的包裹出现在主角家门口，里面装着什么？或者一个人突然消失，背后的原因是什么？

再比如，一个离奇案件的发生，先展现案件的结果，再逐渐展开嫌疑人和证据链，通常运用倒叙或插叙的手法。

⑤ 冒险寻宝。通过主角的视角开启新的探险，撬动观众的探险欲望。

比如，主角得到一张神秘的寻宝图，如图4-1所示，一路上面临重重困难，需要观众跟随主角一起破解难题。

⑥ 突发危机。通常发生在主角身上的突发险情，主打剧情反转，勾起观众的好奇心。

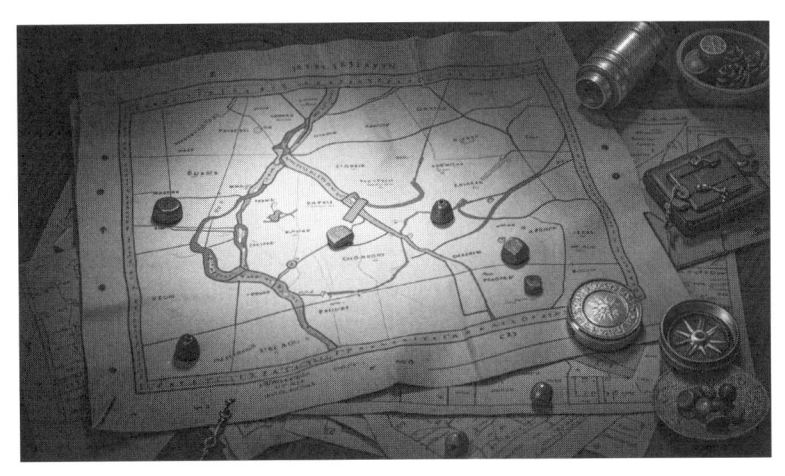

图 4-1 一张神秘的寻宝图

例如，主角原本过着平静的生活，突然有一天得知自己患了重病或者遭遇了其他重大变故。

⑦ 矛盾悖论。这类钩子通过展现前后剧情的自相矛盾或角色的心口不一，来引发观众的沉思。

比如，一个角色表面上对另一个人表达深情，但通过第三方的透露，其实背后有其他的目的或计划。

这些钩子类型并非相互排斥的，实际上，在复杂的剧本中，可能会结合使用多种钩子，以创造更丰富、更吸引人的故事体验。

044 如何设置钩子

在短剧创作中，设置"钩子"是为了吸引并保持观众的兴趣，确保他们渴望观看下一集或持续关注剧情发展。一个好的钩子通常在剧情的关键时刻抛出悬念、激发好奇心或者留下未解之谜。下面介绍一些在短剧创作中设置钩子的具体方法

❶ 设置悬念式钩子，例如"错位恋人"。

场景：在某一集中，女主角在咖啡店偶遇一位男士，两人相谈甚欢，即将交换联系方式时，女主角的钱包掉落，里面掉出一张与她刚刚描述完全不同的"男友"照片。

钩子：画面定格在男主角疑惑的表情和女主角尴尬的神色上，背景音乐戛然而止，字幕出现"他们之间究竟隐藏着怎样的秘密？"引导观众对下一集充满好奇，如图4-2所示。

图 4-2　字幕出现"他们之间究竟隐藏着怎样的秘密？"

❷ 设置逆转式钩子，例如"双面侦探"。

场景：侦探主角看似成功破解了案件，但在准备揭露凶手时，突然接到一个匿名电话，透露真正的幕后黑手另有其人。

钩子：就在侦探震惊之际，画面切换，电话那头的声音低沉地说："你只触碰到了冰山一角。"随后画面变黑，留下极大的想象空间，观众急于知道接下来的发展。

❸ 设置情感冲突钩子，例如"家族遗产纷争"。

场景：在家庭聚会上，父亲宣布遗嘱，却出乎所有人意料地将大部分财产留给了长期在外、几乎与家庭断绝联系的小儿子。

钩子：镜头聚焦于其他家庭成员震惊和不满的面孔，以及小儿子难以置信的表情，最后定格在一封未开启的信封上，如图4-3所示，暗示其中可能藏有关键信息，然后结束本集，让观众急于了解背后的原因和后续的家庭纷争。

图 4-3　定格在一封未开启的信封上

❹ 设置悬而未决的行动钩子，例如"逃出生天"。

场景：主人公被困在即将爆炸的大楼内，好不容易找到出口，正要逃脱时，回头发现还有一个人被困。

钩子：就在主人公决定是否回去救人的一刻，画面漆黑，配以紧张的背景音乐和字幕——"救还是不救？生死一瞬的选择"，如图4-4所示，留给观众紧张的悬念，等待下一集揭晓答案。

图 4-4 字幕"救还是不救？生死一瞬的选择"

通过这些案例可以看出，设置钩子的关键在于制造冲突、悬念或情感高潮，并在关键时刻中断，促使观众产生观看下一集的强烈欲望。同时，也要注意保持剧情的连贯性和合理性，避免过度使用导致观众疲劳。

045 设置钩子的注意事项

在短剧剧本创作中，为了吸引并保持观众兴趣，需要对关键情节或悬念设置钩子，下面介绍一些设置钩子的注意事项。

① 新颖性和创意。钩子应该新颖且富有创意，避免使用陈词滥调或过度俗套的情节。新鲜感可以激发观众的好奇心，使他们渴望了解更多。

② 适时放置。确保每个剧集的开头和结尾都有强有力的钩子。开头的钩子用来吸引观众入戏，而结尾的钩子则确保他们期待下一集，形成追剧的动力。

③ 与主题相关联。钩子应紧密围绕剧本的主题和核心冲突展开，不能只是为了制造悬念而脱离主线，这样可以保持故事的连贯性和深度。

④ 悬念要适度。在设置悬念时，要注意平衡，既要吊足观众胃口，又不能让谜底过于难以猜测，以免观众失去耐心。合理的线索分布能增加互动性，使观众享受解谜的过程。

⑤ 注意情感投入。通过角色的情感发展来设置钩子，让观众对角色产生共鸣，关心他们的命运。情感纽带是维持观众兴趣的强大工具，如图4-5所示。

图 4-5　情感纽带是维持观众兴趣的强大工具

⑥ 需要层次分明。钩子可以是多层次的，不局限于单一情节，可以是角色的秘密、未解之谜或即将到来的重大事件等，这样可以丰富故事结构。

⑦ 避免滥用。虽然钩子是吸引观众的有效手段，但过度使用或滥用可能会导致剧情显得人为造作，影响整体叙事质量。确保每个钩子都有其必要性和后续发展的合理性。

⑧ 逻辑性和连贯性。钩子的设计必须符合逻辑，与故事的世界观和人物设定保持一致，不可为了追求惊奇效果而牺牲故事的内在连贯性。

⑨ 逐步升级。随着剧集推进，钩子应当逐步升级，提高紧张感和期待值，确保剧情高潮迭起，不断给观众带来新鲜感和满足感。

⑩ 反馈与调整。在创作过程中，可以通过小范围预览或反馈收集，了解哪些钩子有效，哪些不够吸引人，据此进行适时调整。

总之，在设置钩子时，需要创作者精心设计，以确保短剧能够吸引并留住观众的注意力。

4.2　设置冲突，把故事推向高潮

在故事中设置冲突并将故事推向高潮是吸引观众并保持紧张感的关键，本节将为大家介绍相应的技巧和方法。

046　确立主角的目标和创建障碍

在设置冲突之前，首先明确主角想要什么，即他们的目标是什么。这个目标应该是观众可以理解和能够产生共鸣的。下面介绍一些技巧，如图4-6所示。

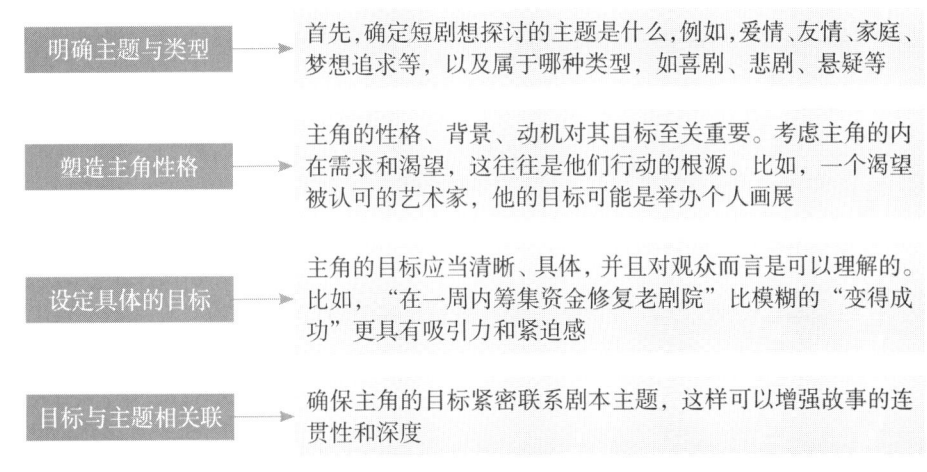

明确主题与类型	首先，确定短剧想探讨的主题是什么，例如，爱情、友情、家庭、梦想追求等，以及属于哪种类型，如喜剧、悲剧、悬疑等
塑造主角性格	主角的性格、背景、动机对其目标至关重要。考虑主角的内在需求和渴望，这往往是他们行动的根源。比如，一个渴望被认可的艺术家，他的目标可能是举办个人画展
设定具体的目标	主角的目标应当清晰、具体，并且对观众而言是可以理解的。比如，"在一周内筹集资金修复老剧院"比模糊的"变得成功"更具有吸引力和紧迫感
目标与主题相关联	确保主角的目标紧密联系剧本主题，这样可以增强故事的连贯性和深度

图 4-6　确立主角目标的技巧

障碍是阻止主角实现愿望的力量或因素。障碍可以有多种形式，包括其他角色的反对、社会环境的限制、内心的恐惧或矛盾等。障碍应该与主角的愿望直接相关，并且足够强大，以至于主角不能轻易克服。

下面为大家介绍一些设置障碍的技巧。

① 内外障碍并存。为主角设置内外两方面的障碍。外在障碍可以是具体的事件、反派人物、社会环境等；内在障碍则是主角自身的恐惧、不安全感、过去的创伤、童年的阴影等，如图4-7所示。

图 4-7　童年的阴影

② 逐步升级。障碍应随着剧情的发展而逐渐升级，从较小的挑战开始，逐

渐过渡到几乎看似不可逾越的难关。这能维持故事的紧张感和动力。

③ 与主角目标直接冲突。每个障碍都应直接阻碍主角达成目标，迫使他们做出选择或改变策略，展现角色的成长。

④ 利用意外元素。适时引入意外事件或信息，如突如其来的误会、秘密的揭露，可以增加剧情的不可预测性，使障碍更具挑战性。

⑤ 情感障碍的深度挖掘。情感层面的障碍往往能触动观众，比如主角必须在个人幸福与家庭责任之间做出选择，这样的冲突能深化角色的内心世界。

⑥ 解决旧障碍与引入新障碍。每当主角克服一个障碍后，可以立即引入新的障碍，保持故事前进的动力，直到最终高潮。

通过上述步骤，创作者可以为短剧中的主角设定一个既有吸引力又充满挑战性的目标，并围绕这个目标精心设计一系列障碍，从而创作出扣人心弦的故事。

047 构建对抗力量和逐步升级冲突

对抗力量是主角实现目标的直接障碍，可以是一个反派角色、一种不可控的力量，甚至是主角自己内心的挣扎。下面介绍一些构建技巧，如图4-8所示。

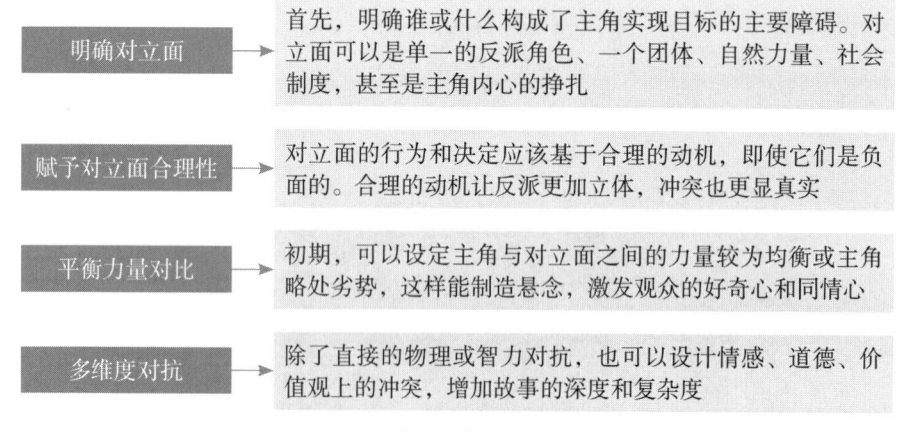

明确对立面	首先，明确谁或什么构成了主角实现目标的主要障碍。对立面可以是单一的反派角色、一个团体、自然力量、社会制度，甚至是主角内心的挣扎
赋予对立面合理性	对立面的行为和决定应该基于合理的动机，即使它们是负面的。合理的动机让反派更加立体，冲突也更显真实
平衡力量对比	初期，可以设定主角与对立面之间的力量较为均衡或主角略处劣势，这样能制造悬念，激发观众的好奇心和同情心
多维度对抗	除了直接的物理或智力对抗，也可以设计情感、道德、价值观上的冲突，增加故事的深度和复杂度

图4-8 构建对抗力量的技巧

随着故事的发展，逐步增加冲突的强度。每一幕都应该让主角面临更大的挑战，使冲突更加紧迫和复杂。创作者可以从以下几个方面升级冲突。

① 从小到大，逐步升级。冲突应从小规模开始，随着剧情推进逐步升级。例如，从简单的口角升级到公开对抗，再到生死存亡的危机。

② 增加风险和赌注。随着冲突升级，主角面临的后果越来越严重，比如失

去所爱、名誉扫地甚至生命危险，增加观众的情感投入。

③ 时间压力。设定时间限制，如"在午夜之前必须找到解药""比赛最后一天"等，可以极大地提升紧张感。

④ 转折点和意外。适时引入意料之外的事件或信息，如盟友背叛、新证据出现，这些转折可以彻底改变局势，推动冲突进入新阶段。

⑤ 内部冲突与外部冲突交织。主角不仅要面对外部的敌人或障碍，也要解决内心的矛盾和挣扎。这种内外交织的冲突使得角色更加饱满，剧情更加引人入胜。

⑥ 高潮与解决方案。在冲突达到顶峰时，设计一个或几个关键时刻，主角必须做出艰难的选择或采取大胆的行动来解决冲突。解决方案应既出乎意料又在情理之中，给观众带来满足感。

例如，富二代男主角为了和普通家庭出身的女主角在一起，需要克服重重难关，首先是父母的反对，然后是兄弟朋友的竞争，这些冲突一个个升级，剧情也会更有看头，观众会不自觉地被吸引，如图4-9所示。

图 4-9　富二代男主角为了和普通家庭出身的女主角在一起

通过以上方法，创作者可以构建出紧张激烈、层次分明的对抗力量，并巧妙地逐步升级冲突，创作出一部引人入胜的短剧剧本。

048　设置转折点和加强悬念

在故事中设置几个转折点，这些转折点是冲突发展的关键时刻，它们会导致主角采取新的行动或改变策略。下面介绍相应的技巧。

① 意料之外，情理之中。转折点应该既令人惊讶，又在回顾时觉得合乎逻辑。这意味着在剧本中埋下伏笔，让转折看似突然，实则有迹可循。

例如，美国短篇小说家欧·亨利的小说结尾充满了戏剧性和反转，既在意料之外，又在情理之中。

② 改变方向。转折点应彻底改变故事的方向或主角的境遇，使观众对接下来发生的事情充满好奇。比如，主角原本以为找到了解决问题的关键，却意外发现这正是更大麻烦的开始，如图4-10所示。

图4-10　主角意外发现这正是更大麻烦的开始

③ 人物弧光。利用转折点展现角色的成长或堕落，通过重大事件促使角色作出决定，改变他们的态度或信念。

④ 时间压力。在转折点加入时间限制，如倒计时、截止日期等，如图4-11所示，可以迅速提升紧张感，促使情节加速发展。

通过悬念的设置，让观众对即将到来的冲突和高潮充满期待。悬念可以通过未知的结果、即将揭晓的秘密或迫在眉睫的决策来创造。下面介绍一些设置悬念的方法。

图4-11　加入时间限制

① 信息不对称。让观众比某些角色知道得多，或者让观众和主角一样对某些重要信息保持无知。这种信息的不平衡会激发观众的好奇心，想要知道更多。

② 开放式问题。在剧本中设置未解之谜或留下悬念，比如暗示即将到来的危险、隐藏的秘密或角色的真实身份，如图4-12所示。

图 4-12　隐藏角色的真实身份

③ 紧张场景。利用紧张的对话、追逐场景或紧张的背景音乐来营造悬念氛围，使观众感到不安，急于知道接下来会发生什么。

④ 多线叙事。平行展开不同的线索，每条线索都可能藏着重要的转折或揭示，但不立刻揭示所有信息，保持观众的猜测和期待。

⑤ 假象与误导。故意设置误导性的线索或假象，让观众和剧中的人物一样误入歧途，然后通过转折点揭示真相，打造强烈的对比效果。

通过精心设计转折点和悬念，不仅能够保持故事的新鲜感和吸引力，还能引导观众深入情节，与角色同呼吸共命运，从而达到引人入胜的效果。

049　设置情感冲突

设置情感冲突是增加故事深度和吸引观众的重要手段。下面介绍一些策略和步骤，帮助创作者在剧本中设置情感冲突。

① 了解角色背景。在创作角色时，深入了解他们的背景故事，包括他们过去的经历、家庭环境、成长过程等。这些背景信息可以帮助创作者理解角色的情感状态和行为动机。

② 确定角色的情感需求。每个角色都有其情感需求，这些需求可能是爱、认同、安全感、自我实现等。明确角色的情感需求，可以帮助创作者构建与角色需求相悖的情感冲突。

③ 构建角色关系。在短剧中，角色之间的关系是情感冲突的主要来源。构建复杂和动态的角色关系，如爱情、亲情、友情或竞争关系，可以为情感冲突提供土壤。

④ 设置角色之间的对立。确保角色之间在情感上存在对立或矛盾。这种对立可以是价值观的差异、目标的冲突，或对同一事物的不同看法。

⑤ 利用角色内心的挣扎。角色内心的挣扎是情感冲突的重要表现形式。这种挣扎可以是角色在面对选择时的犹豫不决，也可以是对自己的期望与现实的差距。

⑥ 通过对话和动作展现情感冲突。在剧本创作中，通过角色之间的对话和动作来展现情感冲突。对话中可以包含争论、误解、揭露秘密等元素，而动作可以是拥抱、争吵、逃避等。

⑦ 情感冲突的升级。随着故事的发展，情感冲突应该逐步升级。角色之间的关系和情感状态应该发生变化，冲突的解决应该成为推动故事向前发展的重要动力。

⑧ 情感冲突的解决。在故事的结尾，情感冲突应该得到解决或至少有回应。这种解决可以是角色之间的和解，也可以是角色对自己情感的接受和释怀，如主角与配角握手言和，如图4-13所示。

图4-13 主角与配角握手言和

通过以上策略和步骤，创作者可以在短剧中设置有效的情感冲突，增加故事的情感深度，并引起观众的共鸣。记住，情感冲突是故事中角色的发展和观众投入的关键，它们可以使故事更加丰富和引人入胜。

050 设置价值观冲突

设置价值观冲突可以增加故事的深度和紧张感,是增强剧情张力和人物深度的关键手段,下面为大家介绍一些设置价值观冲突的方法。

① 明确主要角色的价值观。首先,需要明确主要角色各自持有什么样的价值观。这些价值观可以基于他们的背景、经历、信仰或个性。例如,一个角色可能重视家庭和传统,而另一个角色可能更看重个人自由和事业成功,如图4-14所示。

图 4-14 角色之间不同的价值观

② 构建情节以突出价值观冲突。通过设计特定的情节或事件,使角色的价值观之间产生冲突。这种冲突可以是个体之间的,也可以是角色与社会、自然或命运之间的。例如,一个角色可能需要在事业和家庭之间作出选择,或者面临道德困境,需要在忠诚和正义之间抉择。

③ 加强角色间的互动。通过角色间的互动和对话,进一步揭示和强化价值观冲突。在互动中,角色可以表达他们的观点、感受和需求,从而展现他们的价值观。同时,他们也可以尝试说服对方接受自己的观点,或者受到对方观点的影响,从而改变或坚持自己的价值观。

④ 设置高潮和解决方法。在剧本的高潮部分,价值观冲突应该达到顶点。此时,角色需要作出决定,是选择坚持自己的价值观还是做出妥协。这个决定不仅会影响角色的命运,也会推动剧情发展。在解决冲突时,可以通过角色成长、观念转变或外部因素的介入来实现。

⑤ 考虑观众的反应。在设置价值观冲突时,也要考虑观众的反应。成功的价值观冲突应该能够引起观众的共鸣和思考,让他们对角色的选择和命运产生兴趣和关注。因此,创作者需要了解剧本的目标观众,了解他们的价值观和关注点,以便在剧本中设置合适的冲突。

虽然冲突是核心,但也可以在剧本中探索如何通过理解和尊重不同的价值观达到某种平衡或和谐,传递正面信息。

通过以上技巧，可以创作出既富有戏剧性又具有思想深度的短剧剧本，让观众在享受故事的同时，也能反思自身的价值观。

051 利用环境制造冲突

环境对于构建故事背景、塑造氛围、影响角色行为及推动情节发展至关重要，通常分为以下几类，如图4-15所示。

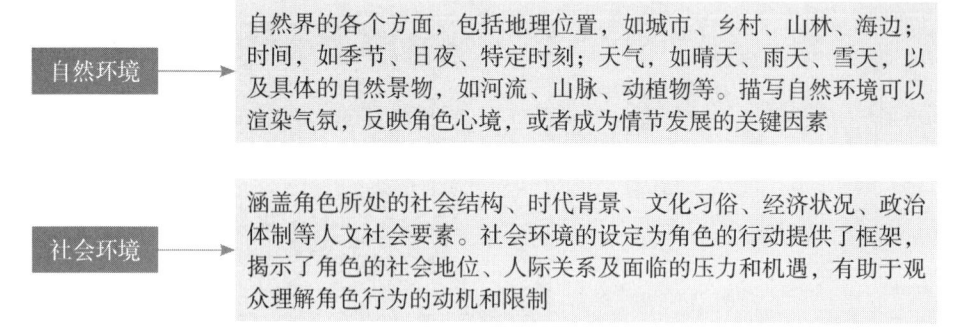

自然环境	自然界的各个方面，包括地理位置，如城市、乡村、山林、海边；时间，如季节、日夜、特定时刻；天气，如晴天、雨天、雪天，以及具体的自然景物，如河流、山脉、动植物等。描写自然环境可以渲染气氛，反映角色心境，或者成为情节发展的关键因素
社会环境	涵盖角色所处的社会结构、时代背景、文化习俗、经济状况、政治体制等人文社会要素。社会环境的设定为角色的行动提供了框架，揭示了角色的社会地位、人际关系及面临的压力和机遇，有助于观众理解角色行为的动机和限制

图 4-15 环境的分类

除此之外，还有细节环境，包含对自然环境和社会环境更为细致深入的描绘，通常聚焦于特定场景中的物品摆放、空间布局、光线明暗等微观层面。

细节环境的描写能增强故事的真实感，为情节增添紧张感或揭示角色的性格，有时还能作为线索参与情节的推进。

在剧本创作中，利用环境制造冲突是一种有效增强剧情张力和观众吸引力的方法。下面是一些具体的建议，用于在短剧剧本中通过环境来制造冲突。

① 设定特定的环境背景。选择具有象征意义的环境，比如一个废弃的工厂、一座偏远的孤岛或一座压抑的监狱，这些环境本身就带有一定的冲突氛围。

设定环境的时间，可以是过去、现在或未来，特定的时间背景能够增加故事的复杂性和冲突性。

② 自然环境与人物性格的冲突。制造人物性格与环境的对立，比如一个内向的人被置于一个喧闹的环境中，或者一个喜欢安静的人被迫生活在嘈杂的城市中。

呈现环境对人物性格的压迫，通过恶劣的自然环境（如极寒、酷暑、风暴等）来展现人物在面对困境时的挣扎和冲突。

③ 社会环境与人物目标的冲突。制造社会规则与人物欲望的冲突，人物的目标或欲望与社会普遍认可的价值观或规则相冲突，如爱情与道德、权力与正

义等。

让人物在社会环境中挣扎，可以是在社会环境中遭受排斥、歧视或压迫，如种族、性别、阶级等问题引发的冲突。

④ 利用环境变化制造冲突。制造突然的环境变化，如地震、火灾、洪水等自然灾害，如图4-16所示，或者人为造成的环境变化，如爆炸、毒气泄漏等，这些突发事件能够迅速改变人物的状态和剧情走向。

图4-16 火灾和洪水

或者制造渐进的环境变化，如季节的更替、天气的变化等，这些渐进的环境变化可以逐渐积累冲突，为剧情的高潮作铺垫。

⑤ 通过场景设计制造冲突。制造内景与外景的对比，通过内外景的对比来强调人物内心的冲突，如人物在温馨的家中与在冷酷的办公室中的不同表现。

随着剧情的发展，可以通过场景的转换来逐渐升级冲突，如从家庭纠纷升级到社会斗争。

在拍摄的过程中，还可以通过摄影、灯光等视觉效果来展现环境的特点和冲突，如暗淡的灯光、摇晃的镜头等，这些视觉效果能够增强剧情的紧张感和冲击力。

总之，在创作短剧剧本过程中，利用环境制造冲突是一个重要且有效的手段。通过设定特定的环境背景、人物性格与环境的冲突、社会环境与人物目标的冲突、利用环境变化制造冲突以及通过场景设计制造冲突等方法，可以创造出更加引人入胜和富有张力的剧情。

052 制造角色内心挣扎冲突

制造角色内心挣扎冲突是增加故事深度和复杂性的有效手段，也是提升剧情吸引力的关键。角色的复杂性，主要是靠冲突来实现的，下面为大家介绍一些制造角色内心挣扎冲突的技巧。

① 建立角色的内心世界。首先，创作者需要深入了解每个角色的内心世界，包括他们的欲望、恐惧、梦想、创伤和信念，这些内心元素是制造内心挣扎的基础。

② 设定角色的目标。清晰定义角色想要达成的目标或内心的渴望，比如爱情、成功、复仇、自我认同等。角色的欲望应当强烈且具有说服力，这样才能让观众理解并关心他们的挣扎。

然后设定一个或多个障碍，这些障碍可以是外在的，也可以是内在的，如角色自身的限制或恐惧、事业成功与家庭幸福之间的选择。

③ 利用角色的多重身份。如果角色具有多重身份，如家庭成员、职业角色、社会成员等，这些身份之间的冲突可以成为内心挣扎的来源。比如，一个单亲妈妈也是出租车司机，在家庭和事业之间，她该如何兼顾？

④ 引入道德困境。让角色面临道德上的选择，这种选择没有明显的对错，但无论选择哪个都会带来痛苦或损失。这种困境可以引发角色深刻的内心挣扎，如图4-17所示。

图 4-17　困境引发角色深刻的内心挣扎

⑤ 展现角色矛盾的情感。角色可能同时对某个人或事物有着矛盾的情感，如爱恨交织、信任与怀疑并存等。这些矛盾的情感可以成为内心挣扎的源泉。

⑥ 利用回忆和闪回。通过回忆和闪回等插叙手法，展示角色过去的经历，特别是那些对角色产生深远影响的经历，这些经历可以是角色内心挣扎的根源。

⑦ 通过对话和独白展现角色内心的挣扎。在剧本中，通过角色之间的对话或角色的内心独白来展现他们内心的挣扎。这些对话和独白可以揭示角色的思考和情感波动。

⑧ 角色做出决策的后果。让角色内心的挣扎影响他们的决策，并展示这些决策带来的后果。角色做出的决策不仅影响他们的命运，也会影响其他角色。

⑨ 内心挣扎的解决。在故事的结尾，角色的内心挣扎应该得到解决或至少是回应。这种解决可以是角色对自己情感的接受和释怀，也可以是角色做出了艰难的决策，让故事有始有终，画上句号。

记住，角色内心的挣扎是故事中角色发展和观众投入的关键，它们可以使故事更加丰富和引人入胜。除此之外，还需要平衡冲突，让观众在紧张与释放之间感受到故事的节奏感。

053　让冲突逐渐升级

每当冲突逐渐升级时，故事的吸引力和紧张感就会增加，角色的发展和主题表达也能上升到一个新的层次。

在创作短剧剧本时，要让冲突逐渐升级，需要精心规划，保证逻辑上的连贯性，确保冲突的发展既自然又引人入胜。

如何升级冲突呢？下面介绍一些技巧和方法。

① 确立基础冲突。开篇即明确核心冲突，比如角色间的对立、目标的冲突或内心的挣扎。简单介绍冲突背景，为观众铺垫基础理解。比如，在一个村落里，开篇就介绍原始居民和外来侵略者的冲突，如图4-18所示。

图 4-18　原始居民和外来侵略者的冲突

② 情境铺设与细节深化。通过角色的日常互动或特定情境，逐渐展现冲突的多面性，增加观众的好奇心和期待感。如原始居民和外来侵略者的冲突，具体到吃饭、居住等方面，描述一些环境或情境细节，为冲突升级埋下伏笔。

③ 小规模冲突展现。引入一系列小冲突,这些冲突虽小但直接关联核心冲突,为后续升级做准备。每个小冲突都应有所进展,或揭示角色性格,或推进故事线索。用这些小规模冲突,可以逐一介绍相应的角色和其性格特征。

④ 角色动机与选择的复杂化。随着剧情的发展,让角色面对更多选择,每个选择都伴随着风险和后果,增加角色内心的挣扎。明确展示角色动机的变化,这些变化应合理且符合人物性格的发展。

⑤ 外部压力增加。引入外部事件或新角色,加大冲突的外部压力,使局势更加紧张。比如,新增一批侵略者,他们更霸道且奸诈。外部压力应与核心冲突相关联,避免突兀,保持逻辑的连贯性。

⑥ 转折点与冲突升级。利用关键情节转折,如揭露秘密、一次失败或做出重要决策,显著提升冲突级别。比如,原始居民开始谋划如何把侵略者赶走,反抗可能成功,也可能失败,这是一个转折点。转折应基于前期铺垫,使观众感到既意外又在情理之中。

⑦ 冲突的连锁反应。展示冲突升级后的连锁效应,影响到其他角色或情境,形成多线冲突。保持各线冲突间的逻辑联系,避免故事分散。

⑧ 情感与心理的深层挖掘。深入挖掘角色的情感变化和心理活动,展现更深层次的内心挣扎。通过对话、独白或象征性场景,增强情感共鸣。如,在决战之前,主角与父亲的对话表达了角色内心的挣扎,以及对部落未来的担忧,如图4-19所示。

图4-19 主角与父亲进行对话

⑨ 冲突的高潮。汇聚所有冲突的线索,将故事推向最高潮,解决或暂时解决核心冲突。高潮应该是逻辑发展的必然结果,同时保持足够的戏剧性和冲击力。

⑩ 后果与反思。描述解决冲突后的后果,包括角色的成长、关系的变化及

世界观的重塑。反思环节提供对冲突本质的深层探讨，留给观众思考的空间。

总之，在短剧剧本创作中，让冲突逐渐升级需要精心设计和控制。通过以上方法和技巧，可以构建出紧张、引人入胜的故事情节。

4.3 设置反转，让观众惊喜连连

在短剧剧本创作中，反转是一个非常重要的叙事技巧，它不仅能够提升剧情的吸引力，还能让观众在观看过程中获得意想不到的惊喜和深度体验，本节将为大家介绍相应的反转类型、作用和技巧。

054 反转的类型和作用

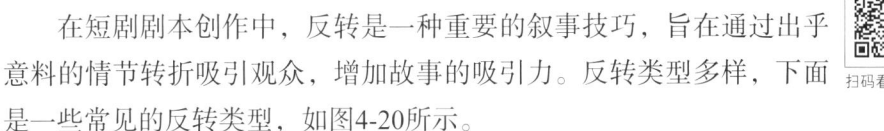

在短剧剧本创作中，反转是一种重要的叙事技巧，旨在通过出乎意料的情节转折吸引观众，增加故事的吸引力。反转类型多样，下面是一些常见的反转类型，如图4-20所示。

身份反转	角色的真实身份与先前展现的不同，比如隐藏的身份被揭露，如平民实际上是贵族、敌人变盟友等
动机反转	观众对角色行为动机的理解被颠覆，原来以为的善行可能是出于恶意，或反之
情境反转	故事环境或条件发生巨大变化，使得之前的情节基础被推翻，角色不得不面对全新的挑战
情感反转	角色间的情感关系发生逆转，如从爱到恨、从敌对转为合作或突然澄清长期的误解
认知反转	观众或角色对某事件的认知发生根本性改变，通常是新证据或信息被揭露导致的
实力对比反转	弱势方突然展现强大的能力，或者强者露出致命弱点，改变力量的平衡
连环反转	在一个故事中包含多个连续的反转，每次反转都建立在前一次反转之上，层层递进

图 4-20 一些常见的反转类型

除此之外，还有道德或价值观反转、时间或因果关系反转、预期结果反转、心理反转、喜剧与悲剧反转等。通过这些不同类型的反转，创作者可以创作出丰

富多彩、引人入胜的故事，让观众始终保持高度的关注和兴趣。

介绍了反转的类型之后，下面为大家介绍反转的作用，如图4-21所示。

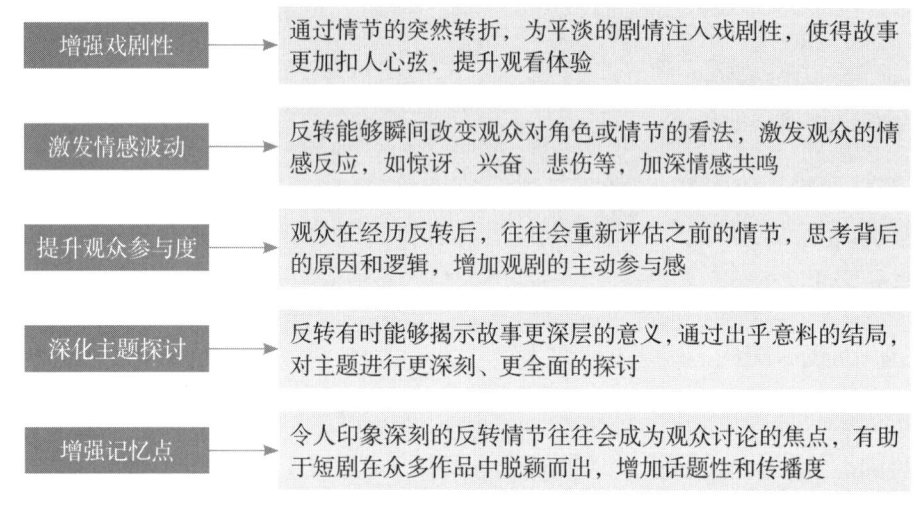

增强戏剧性	通过情节的突然转折，为平淡的剧情注入戏剧性，使得故事更加扣人心弦，提升观看体验
激发情感波动	反转能够瞬间改变观众对角色或情节的看法，激发观众的情感反应，如惊讶、兴奋、悲伤等，加深情感共鸣
提升观众参与度	观众在经历反转后，往往会重新评估之前的情节，思考背后的原因和逻辑，增加观剧的主动参与感
深化主题探讨	反转有时能够揭示故事更深层的意义，通过出乎意料的结局，对主题进行更深刻、更全面的探讨
增强记忆点	令人印象深刻的反转情节往往会成为观众讨论的焦点，有助于短剧在众多作品中脱颖而出，增加话题性和传播度

图 4-21　反转的作用

好的反转不仅令人惊讶，而且能够加深故事的主题，提供新的视角或见解。因此，创作者要善于在短剧中加入一定的反转，让观众在紧张刺激的氛围中享受观看的乐趣。

055　设置反转的技巧

在短剧中设置反转是提升剧情吸引力和观众参与度的关键，下面是一些设置反转的技巧，帮助增强剧情吸引力和提升观众的兴趣。

① 设定初始误导信息。在剧情开始时，通过角色的行为、对话或场景设置，给观众一个初始的、错误的预期或判断。

例如，初始设定是男主和女主在餐厅互相谦让买单，展现了一对恩爱情侣的形象。然而，随着剧情发展，观众发现他们实际上是因为没钱而互相推脱。

② 逐步揭露隐藏的信息。在剧情中，逐步揭露之前隐藏的信息或秘密，这些信息与观众之前的预期相反，形成反转。

例如，男女主角在街道上相遇并产生了一系列浪漫的互动，观众可能会以为他们将有一段美好的爱情故事。然而，在剧本的结尾，女孩戴着戒指拿出钱包，暗示可能已有伴侣，打破了观众对浪漫爱情的预期，如图4-22所示。

图 4-22　女孩戴着戒指拿出钱包

③ 角色行为或性格的突变。在剧本中，让角色的行为或性格发生突然的转变，这种转变与之前的形象形成鲜明对比，形成反转。

例如，在短剧中，可以设定一个角色在剧情开始时是善良、乐于助人的，但随着剧情的发展，因为某种原因，如被背叛、受到打击等，突然变得冷酷无情，这种性格的转变会让观众感到意外和震惊。

④ 情节的反向发展。在剧情中，将原本看似简单或正常的情节进行反向发展，使其与观众的预期完全相反。

例如，在短剧中，可以设定角色即将成功实现某个目标，如升职、赢得比赛等，但在最后关头却遭遇意外失败或挫折，这种情节的反向发展会让观众感到意外和紧张。

⑤ 结局的意外转折。在短剧的结尾设置意外转折，使原本看似圆满或悲伤的结局发生颠覆性的变化。

例如，在短剧中，可以设定一个看似悲伤的结局，如主角失去亲人、失去爱情等，但在最后关头却出现了奇迹或转机，使结局变得温馨或充满希望。这种结局的意外转折会让观众感到惊喜和感动。

在短剧中设置反转的技巧多种多样，但关键在于打破观众的预期和创造意外。通过初始设定的误导、对隐藏信息的逐步揭露、角色行为或性格的突变、情节的反向发展，以及结局的意外转折等方式，可以有效地提升短剧的吸引力和观众的参与度。

同时，在设置反转时，还需要注意逻辑性和合理性，确保反转的发生既出人意料又在情理之中。

第 5 章　影视编剧创作第五步，描述大纲和打磨人物

在短剧创作中，描述大纲和打磨人物是两个至关重要的步骤，它们共同决定了短剧的质量和吸引力。描述大纲是短剧创作的基石，它定义了整个故事的框架和情节发展。在短剧中，人物是故事的灵魂。打磨人物可以让角色更加生动、真实，并增强观众的代入感。本章将为大家介绍描述大纲和打磨人物的创作技巧。

5.1 描述大纲，完整地展示故事

在短剧创作中，在设定好故事背景、主题、人物和情节之后，就可以描述大纲了。描述大纲是一个重要的步骤，它为整个短剧的构思和制作提供了框架，可以让创作者完整地梳理故事。本节将为大家介绍相应的技巧。

056 大纲包括哪些内容

大纲是短剧创作的关键步骤，它为整个短剧的构思和制作提供了蓝图，大纲通常包含以下内容，如图5-1所示。

- **标题** → 短剧标题应该能够吸引观众的注意力并暗示短剧的主题
- **主题** → 短剧的核心或信息，这是短剧想要传达给观众的基本思想或情感
- **类型** → 短剧的类型，如喜剧、悲剧、戏剧、悬疑、科幻等
- **背景** → 故事发生的时代背景、社会环境、地点等，这些背景信息为短剧的情节和人物行为提供了必要的情境
- **人物** → 主要角色的列表，包括每个角色的姓名、年龄、性别、职业、性格描述，以及他们在短剧中的角色和重要性
- **情节概要** → 短剧的基本情节，包括开端、发展、高潮和结局。情节概要可以概括短剧的主要事件和转折点
- **结构** → 短剧的结构，包括幕数、场数、每一场的简要内容和目的
- **冲突** → 短剧中的主要冲突，无论是人物内心的冲突还是人物之间的冲突，这些都是推动情节发展的关键因素

图 5-1 大纲包含的内容

除此之外，大纲里可能还包括风格、音效和音乐、视觉效果、时长、目标受众和创作意图等内容。

描述大纲是短剧创作的起点，它可以帮助创作者和制作团队聚焦于短剧的关键元素，确保创作的方向和目标的一致性。随着创作的深入，可能还会进一步发展和细化描述大纲。

057 描述故事大纲

故事大纲和分集大纲在创作过程中起着不同的作用，它们之间的区别主要体现在以下几个方面。

❶ 在定义和目的上。

故事大纲是整个故事的构架，用于呈现一部剧的整体故事框架，包含主要人物、背景、故事起伏等要素。它是对故事的缩写或复述，旨在明确故事的总体走向和主要情节。

分集大纲是将整个故事拆分成若干个分集，并在每个分集中详细描述情节走向、人物关系、对白等细节。它是创作过程中的重要参考，可以帮助创作者更好地规划每个分集的情节和进度。

❷ 在内容和详细程度上。

故事大纲通常较为简洁，只包含故事的主要框架和关键情节，不涉及具体的细节描述。它主要用于向制片人、出版商等介绍故事内容，以便决定是否进一步开发。

分集大纲则更为详细，需要具体到每一集的内容。每集的分集大纲大约3000字，要清晰表达人物关系、情节变化节点等，确保在影视公司审读时能够通过。

❸ 在作用和应用上。

故事大纲是整个故事创作的基础，用于明确故事的方向和主题，确保故事的连贯性和吸引力。它对后续的剧本创作和故事发展具有重要的指导作用。

分集大纲在剧本创作过程中发挥着关键作用，它帮助创作者更好地规划每集的内容，确保每集都有吸引观众的亮点和悬念。同时，它也是影视公司决定是否投资拍摄的重要依据之一。

总的来说，故事大纲和分集大纲在创作过程中分别承担着不同的职责。故事大纲是建立整个故事构架的基础，而分集大纲则是将故事细化到每一集的具体内容。它们共同构成了完整的故事创作流程，确保故事的质量和吸引力。

描述故事大纲是构建一个故事的初步蓝图，它概述了故事的主要元素、情节发展和角色关系。下面介绍描述故事大纲的一些技巧。

① 进行引言。简要介绍故事的背景设置，包括时间、地点、环境等，引出故事的主题或核心概念，让读者对故事的目的有所了解。

② 介绍主要角色。列出故事的主要角色，包括主角、配角和反派角色，并简要描述每个角色的性格特征、背景故事，以及他们在故事中的作用。

③ 介绍故事开头。描述故事的开篇场景，以吸引读者的兴趣。引入故事的冲突或问题，为故事的发展奠定基础。

④ 描述情节发展。详细描述故事的主要情节，包括高潮、转折点和冲突升级，突出每个情节对故事主题和角色发展的影响，保持情节的连贯性和逻辑性，确保读者能够跟随故事的发展。

⑤ 介绍角色关系。阐述角色之间的相互作用和影响，以及他们如何共同推动故事的发展，突出角色之间的情感纠葛和内心变化，增加故事的吸引力。

⑥ 介绍故事结局。描述故事的结局，包括主要角色的命运和故事的最终结果，确保结局与故事的开头和主题相呼应，形成一个完整的故事闭环。

⑦ 进行主题深化。揭示故事的主题或寓意，让读者在欣赏故事的同时思考更深层次的问题。通过角色的经历和成长，展现主题在不同阶段的表现和深化。

总之，简要回顾故事的主要内容和亮点，让读者对故事有一个整体认识。强调故事的主题和意义，引导读者思考故事所传达的价值观或启示。

在描述故事大纲时，可以根据实际情况进行适当的调整和补充，重要的是保持大纲的简洁明了和逻辑清晰，让投资商能够轻松了解故事的主要内容和结构。

同时，也可以根据自己的创作风格和故事特点，加入一些个性化的元素和细节，使故事大纲更具吸引力和独特性。

下面以短剧剧本《爱在旅途》为例，介绍故事大纲。

① 背景设定。

时间：未定，但可想象为现代。

环境：充满奇遇和未知的外太空世界，如图5-2所示。

图5-2 充满奇遇和未知的外太空世界

地点：多个星球，如小王子的星球、玫瑰所在的星球、思雨所在的星球。

② 主要角色。

小王子：本剧的主角，离开自己的星球寻找真爱。

玫瑰：一朵娇艳却任性的玫瑰，与小王子有情感纠葛。

清风：潇洒的男子，对思雨一见钟情，是小王子的竞争者。

思雨：美丽、善良的女孩，小王子的真爱。

③ 故事开头。

小王子在自己的星球上感到孤独，决定离开这里寻找真爱，如图5-3所示。

图 5-3　小王子在自己的星球上感到孤独

他先来到了一个陌生的星球，遇到了玫瑰。

④ 情节发展。

第一集：邂逅玫瑰。小王子对玫瑰一见钟情，开始照顾她。

玫瑰任性、娇气，对小王子提出了无理要求。

第二集：离开星球。小王子无法满足玫瑰的要求，决定离开。

他踏上新的旅程，继续寻找真爱。

第三集：邂逅思雨。小王子来到另一个星球，遇到思雨。

小王子对思雨产生感情，但清风成为竞争者。

第四集：清风的追求。清风对思雨一见钟情，勇敢追求。

小王子感到挫败，但鼓起勇气向思雨表白。

第五集：领悟真爱。小王子意识到真爱需要付出和包容。
他决定离开，让思雨自己选择。
第六集：幸福的结局。思雨选择了小王子，两人回到小王子的星球。
他们过上了幸福、快乐的生活，一起经历冒险和各种其他体验。
⑤ 角色关系。
小王子与玫瑰：从相识到分离，小王子学会了成长。
小王子与思雨：真爱让他们走到一起，共同面对挑战。
清风与思雨：清风是小王子寻找真爱路上的考验。
⑥ 故事结局。
小王子和思雨幸福地生活在一起，证明了真爱的力量。
故事以温馨和积极的结局结束，传递了正能量。
⑦ 主题深化。
通过小王子的旅程，展现真爱需要勇气、付出和包容。
玫瑰和思雨两个角色，象征着成长和改变。
这个故事大纲清晰地展示了《爱在旅途》的主要情节、角色关系和主题思想，通过小王子的旅程，向观众传达了关于真爱和成长的深刻启示。

058　描述分集大纲

分集大纲是在故事大纲基础上的进一步细化，将整个故事按照播出的集数划分，每一集都有独立而又相互衔接的内容概述。

分集大纲需要确保每集都有足够的冲突、高潮和转折，保持观众的兴趣，同时保证剧情在不同剧集之间均衡发展，不偏重也不遗漏重要情节。

分集大纲需要列出每集的主要事件、场景转换、关键对话提示和角色发展要点，有时还会包括场景设置和必要的情感走向。

对制作团队而言，分集大纲是拍摄和制作的具体指导，帮助导演、演员和制作人员理解每集的拍摄重点和所需资源。

在描述分集大纲时，需要具体说明每一集的故事走向、情节高潮、角色互动，以及该集对整体故事发展的贡献。

下面以短剧剧本《时光的秘密》为例，描述其中第一集的分集大纲。

《时光的秘密》第一集分集大纲如下。

① 标题页。
标题：《时光的秘密》第一集——相遇的奇迹。

② 开场。

场景：繁忙的都市街头，早晨的阳光透过云层洒下，行人行色匆匆。

画面：快速切换至一间装饰温馨的咖啡馆，时钟指向早晨八点。

旁白：在这个繁华的都市里，每个人都有自己的秘密，等待着与命运的相遇。

③ 主要情节。

角色引入：介绍女主角小晴，一个普通的白领，善良而坚韧，对生活充满期待。

男主角小杰，一位神秘的男子意外出现，眼神深邃，看似与小晴的世界格格不入。

相遇：小晴在咖啡馆不慎将咖啡洒在小杰身上，两人因此相识。小杰对小晴的善良和真诚产生好感，两人开始交谈。

秘密初现：小杰无意中透露出自己似乎拥有穿越时空的能力。小晴对此感到惊讶和好奇，但小杰并未深入解释。

冲突与转折：小晴对小杰的身份和秘密产生怀疑，开始调查。小杰在帮助小晴解决工作问题时，展现出与众不同的智慧和能力。

高潮：小晴意外发现几本日记本，如图5-4所示，日记本中记载着关于时光的秘密。小杰向小晴袒露自己确实是穿越时空而来，目的是寻找一件失落已久的宝物。

图5-4 几本日记本

④ 结尾。

小晴决定帮助小杰寻找宝物，两人开始共同探索时光的秘密。

画面渐暗，留下悬念，预告下一集的内容。

⑤ 附加信息。

本集通过小晴和小杰的相遇和初步了解，为观众展现了故事的主要背景和设定。

通过小杰的时空穿越能力和神秘的宝物，为故事增添了奇幻色彩，并设置了悬念，引发观众的好奇心和期待感。

在角色塑造上，通过小晴的善良和坚韧，以及小杰的神秘和深沉，为观众呈现了两个个性鲜明且吸引人的角色形象。

这个分集大纲清晰地描述了《时光的秘密》第一集的情节走向、角色互动，以及对整体故事发展的贡献，同时也预留了足够的悬念，吸引观众继续观看下一集。

5.2 打磨人物，实现精益求精

在剧本中打磨人物是至关重要的，因为人物是推动剧情发展、引发观众共鸣和给观众留下深刻印象的核心，本节将为大家介绍相应的技巧和方法。

059 确定人物背景

在短剧剧本中，确定人物的背景是塑造角色和推动故事发展的关键步骤，也是一项关键的准备工作，它直接影响到故事的深度和角色的可信度。确定人物背景有哪些技巧呢？下面为大家进行详细介绍。

① 明确人物背景的目的。人物背景应有助于解释角色的动机、行为和决策，它应该与故事的主题和情节紧密相连。

② 详细化个人背景。设置个人背景能让观众记住人物角色，下面为大家介绍个人背景主要包含哪些内容。

家庭背景：包括家庭成员、家庭关系、经济状况等。

情感经历：如恋爱、婚姻等，这些经历会影响角色的情感状态和心理变化状态。

生活状态：角色的日常生活、工作环境、社交圈子等。

工作现状：职业、职位、工作环境，以及与同事的关系等。

性格爱好：角色的性格特点、兴趣爱好和特长等。

③ 利用外貌和行为揭示背景，通过描述角色的外貌特征，如衣着、发型、体态等，以及行为习惯来间接展示其背景。

例如，一个穿着正式、举止优雅的角色可能来自富裕的家庭或有着专业的职业背景，如图5-5所示。

图 5-5　一个穿着正式的角色

④ 通过动机和思维揭示背景。角色的动机和思维方式通常与其背景密切相关，深入了解角色的动机和思维方式有助于人们更准确地确定其背景。

⑤ 书写背景故事。在剧本中适当地穿插角色的背景故事，以增加角色的深度和可信度。对于背景故事，可以通过角色的回忆、其他角色的叙述或旁白等方式呈现。

⑥ 选择合适的时机和方式揭示背景。在剧本中逐步揭示角色的背景信息，避免一次性给出过多信息导致观众难以理解。可以通过对话、内心独白、场景描绘等方式来揭示背景信息。

⑦ 注意背景与剧情的融合。人物背景应与整个剧情紧密相连，避免与剧情脱节或产生矛盾。在设计人物背景时，要考虑到剧情发展的需要和角色之间的关系。

综上所述，确定短剧剧本中的人物背景需要综合考虑多个方面，包括明确人物背景的目的、详细化个人背景、利用行为和外貌揭示背景、直接展示话语和行动、通过动机和思维揭示背景、背景故事的书写以及选择合适的时机和方式揭示背景等。

通过以上这些方法，可以构建出具有深度和可信度的角色形象，为短剧的成功奠定基础。

060 确定人物性格

在短剧剧本中确定人物性格是一个细致且具有创意的过程，它需要创作者深入了解角色，并通过多种技巧来塑造鲜明、有吸引力的人物形象。下面介绍一些有效的方法来确定和塑造人物性格。

① 明确角色功能。首先，确定每个角色在故事中的作用和目的，是主角、配角还是反派，如图5-6所示，这有助于界定他们的性格特征，确保他们能有效地推动剧情发展。

图 5-6 确定每个角色在故事中的作用和目的

② 设定戏剧目标。为每个主要角色设定一个清晰的戏剧目标，即他们在故事中想要达成的目的。人物性格应与这一目标相匹配，他们的行动、反应和做出的决策都应围绕这一目标展开。

③ 性格与冲突的结合。人物性格的复杂性和多样性往往在与故事冲突的互动中体现出来。思考角色面对不同情境时可能的反应，这些反应能揭示其性格深处的特质。使用"如果"情景，通过"如果……，将会怎样？"的问题设定情境，想象角色在特定情况下的行为，这有助于挖掘角色性格中的独特性和深度。

④ 塑造对立性格。通过对比和对立来突出人物性格，如乐观与悲观、勇敢与胆怯等。对立性格的碰撞可以增加剧情的张力和趣味性。

⑤ 设计心理动机和背景故事。为角色设计一个合理且有影响力的心理动机和背景故事，这些因素往往是性格形成的关键。了解角色的过去，可以帮助编剧塑造其现在的性格特征。

⑥ 语言和行为习惯。通过角色的对话风格、口头禅、肢体语言等细节来体现性格，这些非言语的表达方式常常能更直观地体现角色的个性。

⑦ 进行测试和调整。在剧本创作过程中，要不断测试人物性格在剧情中的适应性和有效性，必要时进行调整，确保人物性格既符合剧本逻辑，又能吸引观众。

⑧ 人物关系的考量。人物性格在与其他角色的互动中得到进一步的定义和深化。编剧要考虑角色间的关系如何影响他们的行为和决策，以及这些关系如何促进或阻碍他们性格的展现。

⑨ 保持一致性与可信度。虽然人物性格需要复杂和多维，但也要确保其在整个剧本中保持一致性，避免性格突变，除非有充分的剧情理由和铺垫。

通过这些技巧，编剧可以创作出既符合剧本需求又具有吸引力的人物性格，从而为短剧增添深度和感染力。

061 确定人物之间的关系

在剧本创作过程中，确定人物之间的关系是构建故事框架和增强观众代入感的关键步骤，下面为大家介绍一些设置方法。

① 明确主要角色和次要角色。主要角色通常是剧情的核心，承载着故事的主线。次要角色则为主要角色提供支持和衬托，性格可能较为简单，但也可能成为故事中的关键人物。

② 分析人物性格和背景。深入了解每个角色的性格、经历、目标和愿望，这有助于观众理解他们如何与其他角色互动。人物之间的关系需要真实，符合角色的特点和性格。

③ 设定人物之间的关系类型。人物关系可以是多种多样的，如爱情、友情、家庭关系、师徒关系等，如图5-7所示。

分析主要角色之间是否存在矛盾和对立，或者是互相依赖和支持的关系。

④ 构建人物关系网。以主要角色为中心，构建与其他角色的关系图，包括他们之间的相互作用和冲突。描绘角色之间的情感、欲望和动机，使角色之间的互动更加丰富和深入。

图 5-7　师徒关系

⑤ 创造共同经历。角色之间的共同经历是建立紧密关系的重要手段。通过设定角色之间共同的背景故事、经历或目标，可以增强角色之间的互动和联系。例如，主角们因为同一个目标，最后团结在一起努力打怪。

⑥ 利用对话和互动。对话和互动是展现人物关系的重要方式，通过塑造角色之间的对话和互动方式，可以深入揭示角色之间的关系和互动方式。利用对话的紧凑性和戏剧性，可以使人物之间的关系更加紧密和具有张力。

⑦ 增加冲突和挑战。角色之间应该经历一系列的冲突和挑战，这些冲突和挑战可以来自内部矛盾，也可以来自外部的环境压力。通过角色之间共同面对挑战并克服障碍，可以增强他们之间的互信和紧密关系。

⑧ 注重情感的多样性和真实性。人物的情感是关系的核心。在刻画人物关系时，需要体现情感的多样性，包括喜怒哀乐等。同时，情感应该是真实的，符合角色的背景和特点，让观众能够产生共鸣。例如，在女主角坚强的背后，其实还有一段故事，这些经历和情感，让女主角的人设更加丰满了。

通过以上步骤，可以在短剧剧本中有效地确定和展现人物之间的关系，增强故事的吸引力和观众的代入感。

062　探索人物内心

探索人物内心是一个重要的阶段，因为它有助于观众更深入地理解角色，增加故事的吸引力和情感深度。下面介绍一些技巧，可以帮助创作者在短剧剧本中有效地探索人物内心，如图5-8所示。

扫码看教学视频

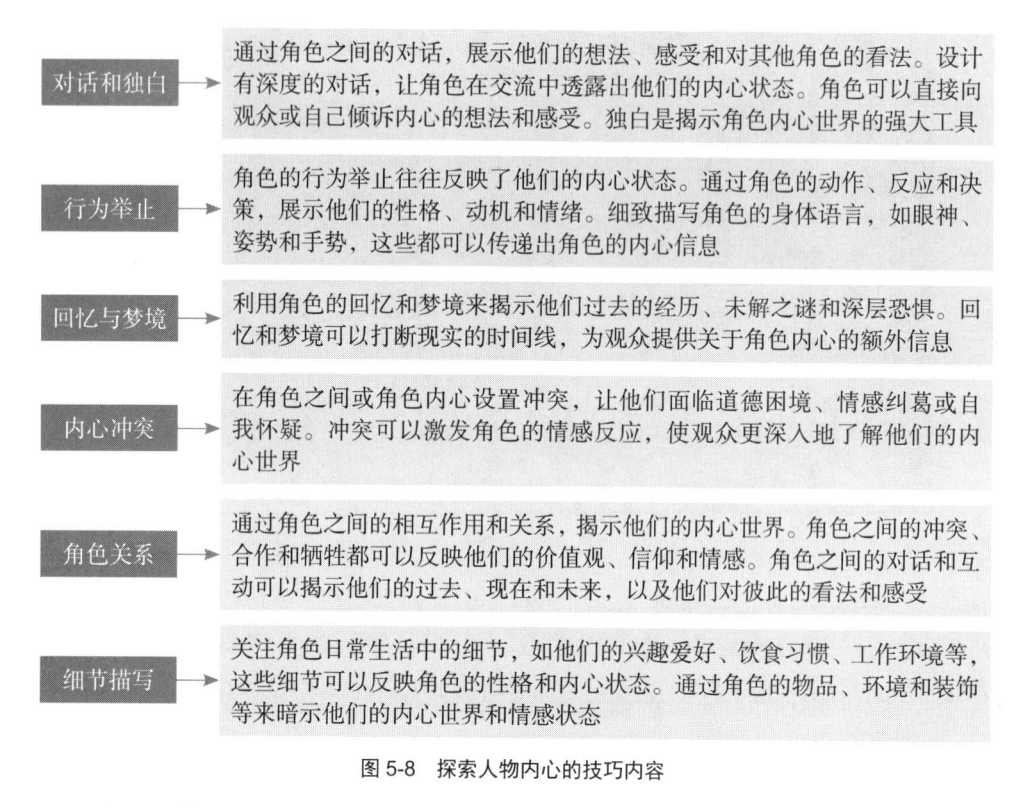

对话和独白	通过角色之间的对话，展示他们的想法、感受和对其他角色的看法。设计有深度的对话，让角色在交流中透露出他们的内心状态。角色可以直接向观众或自己倾诉内心的想法和感受。独白是揭示角色内心世界的强大工具
行为举止	角色的行为举止往往反映了他们的内心状态。通过角色的动作、反应和决策，展示他们的性格、动机和情绪。细致描写角色的身体语言，如眼神、姿势和手势，这些都可以传递出角色的内心信息
回忆与梦境	利用角色的回忆和梦境来揭示他们过去的经历、未解之谜和深层恐惧。回忆和梦境可以打断现实的时间线，为观众提供关于角色内心的额外信息
内心冲突	在角色之间或角色内心设置冲突，让他们面临道德困境、情感纠葛或自我怀疑。冲突可以激发角色的情感反应，使观众更深入地了解他们的内心世界
角色关系	通过角色之间的相互作用和关系，揭示他们的内心世界。角色之间的冲突、合作和牺牲都可以反映他们的价值观、信仰和情感。角色之间的对话和互动可以揭示他们的过去、现在和未来，以及他们对彼此的看法和感受
细节描写	关注角色日常生活中的细节，如他们的兴趣爱好、饮食习惯、工作环境等，这些细节可以反映角色的性格和内心状态。通过角色的物品、环境和装饰等来暗示他们的内心世界和情感状态

图 5-8 探索人物内心的技巧内容

除此之外，还要允许角色表达各种情绪，如愤怒、悲伤、喜悦、恐惧等，并细致地描绘角色的情绪变化，使观众能够感受到他们的情感起伏和内心波动。情绪是连接角色内心与观众情感的桥梁。

最好不要一次性揭示所有角色的内心信息。通过剧情的推进和事件的发展，逐步揭示角色的内心世界，这样可以保持观众的兴趣和好奇心，同时让他们更深入地了解角色的成长和变化。

利用主题和象征来探索角色的内心世界也是不错的方法。通过剧本中的特定主题，如爱、牺牲、自我发现等，以及象征性元素，如物品、动物、自然现象等，传达角色的内心感受和价值观。例如，在主角非常悲伤的时候，可以安排下雨或者下雪的场景，如图5-9所示。

在探索角色的内心时，需要让观众与角色建立情感联系，让观众能够感受到角色的喜怒哀乐，这样观众就能更深入地理解和关心角色的命运。

总之，探索人物内心需要综合运用多种策略和技巧。通过细致的描写、深刻的对话、内心冲突的设置，以及逐步揭示角色的内心世界等方法，可以使观众更深入地了解角色并与之建立情感联系。

图 5-9 下雪的场景

063 把人物与现实相结合

在剧本创作中，将人物与现实相结合是一个挑战，但也是创作过程中不可或缺的一部分。将人物与现实相结合，不仅能让故事更具吸引力，还能增强观众的情感共鸣。将人物与现实相结合意味着将角色的设计、行为动机、面临的挑战及所处的社会环境等与观众熟悉的现实元素相联系，下面为大家介绍一些具体的方法。

① 设置真实背景。为短剧设定一个具体的现实背景，包括时代、地点、社会环境等，这些背景信息可以帮助观众更好地理解人物的行为和决策。

例如，在一个关于年轻创业者的短剧中，主角李明是一位大学毕业生，梦想创办自己的科技公司。剧本将故事设定在当前的科技创业热潮中，引用真实的科技行业趋势、政策和竞争环境。李明在寻求投资、招聘团队、面对市场变化等过程中遇到的挑战，都是基于现实情况改编的。

② 塑造具有普遍性的角色。观察现实生活中的人物，了解他们的行为、对话和日常生活，这些观察可以作为塑造角色的参考。

例如，在讲述家庭关系的短剧中，可以设定一个普通家庭，其中父母面临着中年危机、子女教育问题、经济压力等普遍问题。通过展示这些角色在日常生活中的喜怒哀乐，观众可以很容易地产生共鸣，感受到家庭关系的复杂性和温馨。

③ 引入现实事件和新闻。在短剧中加入现实生活中的元素，如新闻事件、

社会问题、流行文化等，这些元素可以帮助观众更好地与人物产生共鸣。

例如，在一部关于灾害的短剧中，可以引用最近发生的真实地震、洪水、火灾等事件作为背景。通过展示受灾群众的痛苦、救援人员的勇敢、社会各界的援助等情节，将观众带入真实的灾难场景中，通过对现实的写照，引发观众的同情和共鸣，如图5-10所示。

图5-10 火灾场景

④ 融合社会现象和热点话题。选择一个当下社会关注的话题作为背景，使人物的困境与现实问题交织。

例如，在讲述青少年成长的短剧中，可以引入"网络成瘾""校园霸凌""性别平等"等现实热点话题。通过展示这些话题在青少年群体中的影响和主角如何面对和解决这些问题，让观众思考并关注这些社会现象。

⑤ 利用真实场景和细节。通过日常生活中的琐碎细节来勾勒人物，使之贴近观众的生活经验，尽量利用真实存在的地点或文化背景作为故事发生的舞台，让角色与这个环境产生互动。

例如，在描述城市生活的短剧中，可以利用真实的城市地标、交通状况、生活细节等。比如，主角在上班高峰期挤地铁、在街头小摊吃早餐、在咖啡厅加班等场景，都能让观众感受到城市的繁忙和生活的压力。

⑥ 呈现真实情感和心理。关注那些跨越时间和地域、普遍存在于人性中的议题，如爱、失去、成长、恐惧等。

例如，一部短剧围绕一位即将退休的老师和他的学生之间关系的变化，探讨师生间的传承、尊重与理解，这些主题能够触动不同年龄层观众的心弦。

将人物与现实相结合是短剧剧本创作的重要步骤，它有助于塑造真实、立体的角色形象，增加故事的深度和复杂性，更强烈地引起观众的共鸣。通过以上方法，可以更好地将人物与现实相结合。

为了让大家可以具体执行，下面介绍一些实施步骤，如图5-11所示。

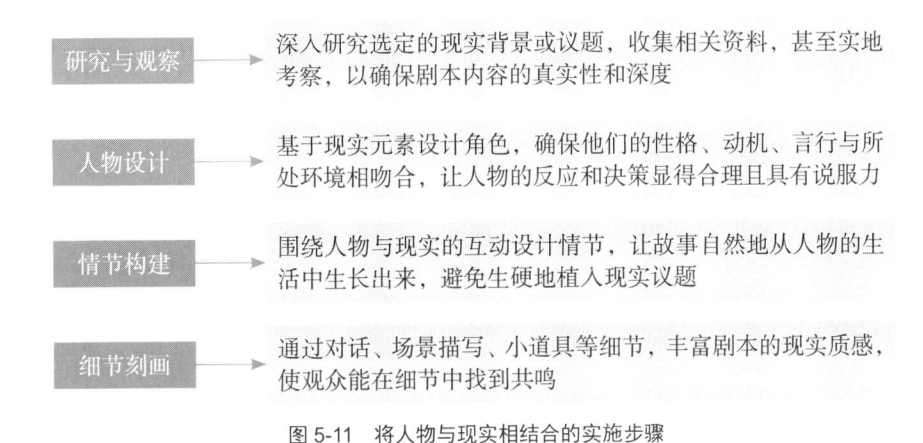

研究与观察	→	深入研究选定的现实背景或议题，收集相关资料，甚至实地考察，以确保剧本内容的真实性和深度
人物设计	→	基于现实元素设计角色，确保他们的性格、动机、言行与所处环境相吻合，让人物的反应和决策显得合理且具有说服力
情节构建	→	围绕人物与现实的互动设计情节，让故事自然地从人物的生活中生长出来，避免生硬地植入现实议题
细节刻画	→	通过对话、场景描写、小道具等细节，丰富剧本的现实质感，使观众能在细节中找到共鸣

图 5-11　将人物与现实相结合的实施步骤

台词对白是非常重要的，尽量使用真实、自然的对话，避免使用过于夸张或不自然的语言，这样可以使人物的行为和决策更加可信，并尽量接地气。

创作者还可以与团队成员讨论人物与现实的关系，收集反馈意见，并根据反馈进行修改和完善。

064　描写人物小传

人物小传，又称人物背景故事，是剧本创作前期准备工作中非常重要的一部分，它为剧本中的角色提供了一个详尽的个人历史和性格剖析。下面介绍一些描写技巧。

① 描写出生与成长环境。描述人物的出生地、家庭背景、社会经济状况，以及这些因素如何影响其性格的形成和价值观。

② 描写关键生活事件。列举几个对人物影响深远的事件，如童年创伤、成就、失败、爱情经历等，这些事件往往是人物性格特质和行为模式的来源。

③ 描写教育与职业路径。记录人物的教育背景、职业生涯的起伏，以及这些经历如何影响其技能、态度和世界观。

④ 描写人际关系。描述人物与其他重要角色，如家庭成员、朋友、对手等的关系，如图5-12所示，以及这些关系如何影响人物的行为和做出的决策。

图 5-12 朋友关系

⑤ 描写性格特点与习惯。详细描绘人物的性格，包括优点、缺点、怪癖、习惯、恐惧和梦想，这些细节使角色更加鲜活。

⑥ 描写目标与动机。明确人物在故事中的短期和长期目标，以及驱动这些目标背后的深层动机。还有语言与行为风格，通过概述人物说话的方式、常用语句、身体语言和典型行为模式，可以帮助演员理解和表现角色。

一般而言，人物小传由编剧编写，有时需要角色扮演者本人和编剧一起描写。人物小传对演员理解角色有重要的作用，方便演员代入角色。下面介绍人物小传的作用，如图5-13所示。

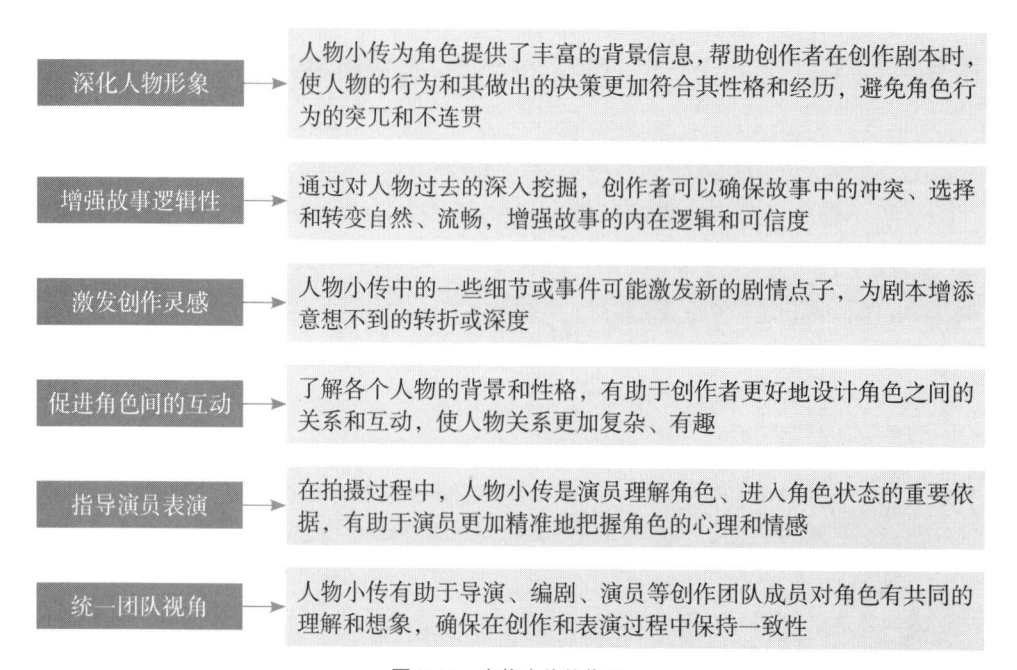

深化人物形象	人物小传为角色提供了丰富的背景信息，帮助创作者在创作剧本时，使人物的行为和其做出的决策更加符合其性格和经历，避免角色行为的突兀和不连贯
增强故事逻辑性	通过对人物过去的深入挖掘，创作者可以确保故事中的冲突、选择和转变自然、流畅，增强故事的内在逻辑和可信度
激发创作灵感	人物小传中的一些细节或事件可能激发新的剧情点子，为剧本增添意想不到的转折或深度
促进角色间的互动	了解各个人物的背景和性格，有助于创作者更好地设计角色之间的关系和互动，使人物关系更加复杂、有趣
指导演员表演	在拍摄过程中，人物小传是演员理解角色、进入角色状态的重要依据，有助于演员更加精准地把握角色的心理和情感
统一团队视角	人物小传有助于导演、编剧、演员等创作团队成员对角色有共同的理解和想象，确保在创作和表演过程中保持一致性

图 5-13 人物小传的作用

总之，人物小传是连接角色的过去与现在、内在与外在的桥梁，是剧本创作不可或缺的基石，对提升故事质量和人物深度至关重要。

065 利用台词塑造人物

在剧本创作中，台词是塑造人物性格、推动剧情发展、展现人物关系和传达主题思想的关键。有效利用台词可以让人物栩栩如生，下面是几种通过台词塑造人物的方法及其示例。

① 设计个性化语言风格。根据人物的职业、教育背景、性格特点设计独特的语言风格，包括词汇选择、语速、语气等。

例如，一位老练的侦探可能使用简练、机智的语言，如"线索比烟雾还薄，但火源总归藏不住。"而一个天真烂漫的孩子则可能用充满想象力和童真的语言表达，如"月亮姐姐是不是偷偷喝了银河的果汁，才这么亮晶晶的？"

② 通过内心独白揭示性格。利用人物的内心独白展示其未表露在外的想法和感受，深化观众对其性格的理解。

如"每当夜深人静时，我总会问自己，追求的到底是对错，还是那份不甘心？"这句内心独白透露了主角内心的矛盾和挣扎。

③ 展现对话中的冲突与妥协。通过人物之间的对话展现性格差异，利用冲突与妥协过程中的台词，体现人物的价值观和决策方式。

例如，主角A："我们不能为了成功不择手段！"主角B："但在这样的竞争环境下，道德成了奢侈品。你愿意被淘汰吗？"这段对话展示了A的正直和原则性，以及B的实用主义和对现实的妥协。

④ 借用口头禅和习惯性表达。为人物设计独特的口头禅或习惯性表达，强化其特征，使其个性更加鲜明。

例如，每次遇到难题，乐观的角色可能会说："天无绝人之路，总会有办法的！"这种积极口头禅成为其标志性特征。

⑤ 台词反映时代背景与文化特征。在台词中融入时代特有的语言风格或文化元素，以帮助创作者建立人物与背景的联系。

例如，在一部设定于20世纪90年代的短剧中，角色可能会说："那时候还没有智能手机，我们的青春都留在了磁带和BP机里。"电视剧《繁花》中的台词，就是围绕20世纪80年代的经济背景来设计的，如图5-14所示。

图 5-14　电视剧《繁花》中的台词

⑥ 间接描写与他人评价。通过其他角色对某个人物的描述或评价，侧面展现该人物的性格特点。

例如，A对B说："他呀，表面上冷若冰霜，其实内心比谁都温暖。"这种间接描写使人物更立体，激发了观众的好奇心。

通过上述方法，创作者可以精心设计每一句台词，使之成为塑造角色性格、推动情节发展的有力工具。记住，台词不仅是人物交流的载体，更是展现人物内心世界和深化剧作主题的桥梁。

066　利用道具、服装打造人物

道具和服装是塑造人物形象和性格的重要手段，它们能够提供关于角色的背景、社会地位、经济状况、兴趣爱好等信息，从而帮助观众更好地理解角色。

道具有很多种类型，下面介绍一些分类，如图5-15所示。

类型	示例
职业道具	例如，一个侦探角色总是带着放大镜、笔记本和一支老式手枪。这些道具不仅表明了他的职业身份，还暗示了他对细节的关注和对古老侦探故事的热爱
情感道具	例如，一个失去亲人的角色可能总是携带一个旧照片框，里面装着家人的照片。这个道具能够直观地展现角色的情感状态，让观众感受到他的悲伤和怀念
象征性道具	例如，一个角色总是随身带着一把破旧的吉他，这把吉他不仅代表了他的梦想，还象征着他追求自由、不受拘束的精神

图 5-15　道具分类

总之，通过角色使用的专业工具或标志性的物品，可以展示角色的职业、身份或社会地位。利用具有特殊意义的道具，还可以反映角色的情感世界或过往经历。道具可以作为关键情节的催化剂，推动故事向前发展。

服装有哪些区别和作用呢？下面将继续介绍，如图5-16所示。

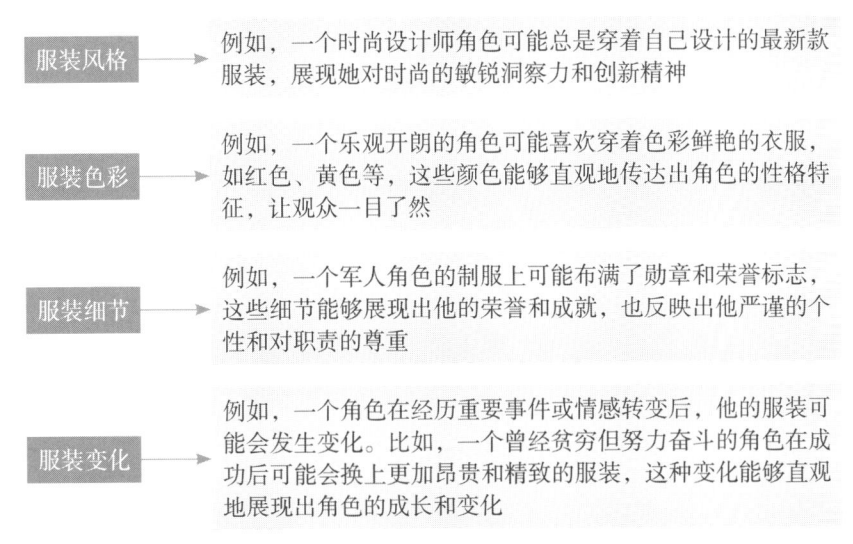

服装风格	例如，一个时尚设计师角色可能总是穿着自己设计的最新款服装，展现她对时尚的敏锐洞察力和创新精神
服装色彩	例如，一个乐观开朗的角色可能喜欢穿着色彩鲜艳的衣服，如红色、黄色等，这些颜色能够直观地传达出角色的性格特征，让观众一目了然
服装细节	例如，一个军人角色的制服上可能布满了勋章和荣誉标志，这些细节能够展现出他的荣誉和成就，也反映出他严谨的个性和对职责的尊重
服装变化	例如，一个角色在经历重要事件或情感转变后，他的服装可能会发生变化。比如，一个曾经贫穷但努力奋斗的角色在成功后可能会换上更加昂贵和精致的服装，这种变化能够直观地展现出角色的成长和变化

图 5-16 服装的区别和作用

总之，服装的风格和色彩，可以传达角色的性格特点或心理状态。

服装设计还需要符合剧本设定的时代背景，帮助营造特定的历史氛围或文化特色。例如，一部以唐朝为背景的短剧，女性角色身穿襦裙套装，上衣称为襦或衫，下装为长裙，体现了那个朝代的风尚，如图5-17所示。

图 5-17 身穿唐朝服装的女性角色

还可以通过道具和服装的对比，突出角色的特点。例如，一个角色穿着华丽的服装，而另一个角色则穿着破旧的服装，可以展现他们之间的差异。

通过以上技巧，创作者可以利用道具和服装在短剧剧本中塑造出真实、立体的角色形象，增强观众的共鸣和理解。

第 6 章　流畅感，9 种紧凑叙述故事的手法

　　在短剧和微电影的剧本创作中，故事叙述需要紧凑，使用合适的手法可以有效地组织和呈现故事情节，以吸引并保持观众的兴趣。起承转合是使故事具有连贯性和节奏感的技巧，并且有多种叙事结构，可以让观众沉浸在故事中。本章将介绍叙事结构和叙事手法，并介绍如何使这些手法相互配合，构成一个完整的、引人入胜的故事。

6.1 掌握剧本创作的叙事结构

叙事结构是指组织和讲述故事的方式。剧本创作的叙事结构类型多种多样，创作者可以根据故事的内容、风格和自己的创作意图来选择不同的结构。本节将为大家介绍相应的叙事结构。

067 三幕式叙事结构

三幕式叙事结构是一种常见的剧本创作结构，它将故事划分为3个主要部分：开头、中间和结尾。这种结构有助于清晰地组织故事，使观众能够更容易地跟随情节的发展。下面介绍三幕式叙事结构的组成部分，如图6-1所示。

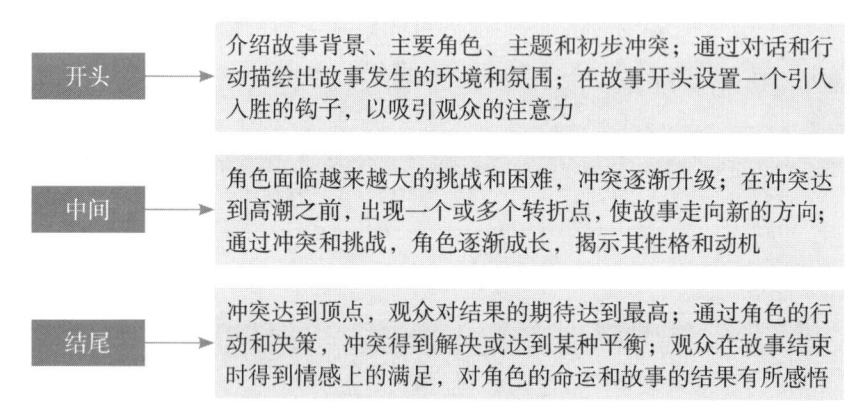

开头	介绍故事背景、主要角色、主题和初步冲突；通过对话和行动描绘出故事发生的环境和氛围；在故事开头设置一个引人入胜的钩子，以吸引观众的注意力
中间	角色面临越来越大的挑战和困难，冲突逐渐升级；在冲突达到高潮之前，出现一个或多个转折点，使故事走向新的方向；通过冲突和挑战，角色逐渐成长，揭示其性格和动机
结尾	冲突达到顶点，观众对结果的期待达到最高；通过角色的行动和决策，冲突得到解决或达到某种平衡；观众在故事结束时得到情感上的满足，对角色的命运和故事的结果有所感悟

图 6-1 三幕式叙事结构的组成部分

下面以微电影《失落的钥匙》剧本设计为例，介绍三幕式叙事结构。

❶ 开头

引入：小爱在寻找一把重要的钥匙，这把钥匙是她已故父亲的遗物，对她有着特殊的意义。

设定场景：小爱在自家的老房子中翻找，同时与她的好友丝丝通过电话交流。

提出钩子：小爱在一张旧照片背后发现了一条线索，指向了一个她从未去过的地下室。

❷ 中间

冲突升级：小爱进入地下室，发现里面充满了陷阱和谜题。她必须解开这些谜题才能找到钥匙。

转折点：在解谜过程中，小爱意外发现了一个隐藏的房间，里面装满了她父亲的日记和信件。这些发现让她对父亲有了更深的了解，但也让她更加困惑和焦虑。

发展角色：通过解谜和发现，小爱逐渐变得更加勇敢和坚定。她开始相信自己能够找到钥匙，并勇于面对内心的恐惧和不安。

❸ 结尾

高潮：小爱在最后一个谜题中找到了钥匙，但同时也发现了一个惊人的秘密——她的父亲并没有去世，而是被囚禁在地下室的最深处，如图6-2所示。

图6-2　父亲被囚禁在地下室

解决冲突：小爱决定救出她的父亲，她与丝丝一起制订了一个计划并成功地将父亲救出。

情感满足：在故事的结尾，小爱与父亲团聚，她感到无比的幸福和满足。观众也为小爱和她的父亲感到高兴，并为她的勇气和坚持点赞。

通过这个剧本示例，大家可以看到如何利用三幕式叙事结构清晰地组织故事，并引导观众跟随情节的发展。在每个部分中，可以看到相应的技巧和元素被运用，以增强故事的吸引力和感染力。

在创作的时候，需要确保每个角色都有明确的目标，特别是主角。随着故事的进展，冲突应该变得更加紧迫和复杂，这样观众就能更专注于故事本身。

角色应该经历某种变化或成长，有一个成长弧线。整个故事应围绕一个核心主题或信息，不脱离主题。在叙事的时候，还需要保持故事的节奏，避免冗长或拖沓。三幕式结构可以帮助创作者组织故事，确保故事有头有尾，冲突和解决过程都得到充分的展示。

068　线性叙事结构

线性叙事结构是一种遵循时间顺序的传统叙事方法，它通常按照"开端—发展—高潮—结尾"的模式来构建故事。使用这样的结构，创作者将事件按照它们发生的先后次序呈现给观众或读者，这样便于观众或读者理解和跟随故事的发展。线性叙事强调因果关系，每个事件都是前一个事件的结果，并且影响后续的事件。

下面介绍线性叙事结构的创作技巧，如图6-3所示。

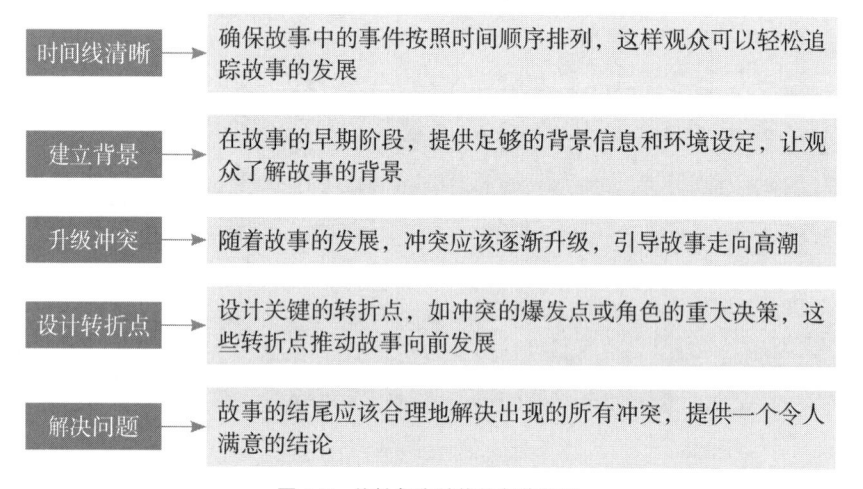

时间线清晰	确保故事中的事件按照时间顺序排列，这样观众可以轻松追踪故事的发展
建立背景	在故事的早期阶段，提供足够的背景信息和环境设定，让观众了解故事的背景
升级冲突	随着故事的发展，冲突应该逐渐升级，引导故事走向高潮
设计转折点	设计关键的转折点，如冲突的爆发点或角色的重大决策，这些转折点推动故事向前发展
解决问题	故事的结尾应该合理地解决出现的所有冲突，提供一个令人满意的结论

图 6-3　线性叙事结构的创作技巧

下面以微电影《信使》为例，介绍线性叙事结构。这部电影主要讲述了一位邮递员在一个风雨交加的夜晚为了完成最后一份送信任务所经历的故事。

❶ 开端

时间设定：晚上9点，雨下得很大。

背景介绍：邮递员小杰是一个认真负责的人，他坚持把今天最后一封信送到客户手中。

触发事件：小杰得知这封信非常重要，关乎一个家庭的团聚。

❷ 发展

情节推进：小杰在雨中艰难前行，遭遇了各种困难，如街道积水、意外摔倒等。

冲突升级：小杰的手机没电了，无法联系外人求助，而且他发现目的地比想象中要远得多。

转折点：就在小杰几乎要放弃的时候，一位好心的路人提供了帮助，为他指引了正确的路线。

❸ 高潮

决定性时刻：小杰终于找到了收信人的家，但是大门紧闭，无人应答，如图6-4所示。

图 6-4　大门紧闭

冲突爆发：小杰决定冒雨等待，直到收信人归来。

❹ 结尾

解决：收信人终于回家了，被小杰的坚持感动，两人分享了一个温暖的瞬间。

结局：故事以小杰安全返回家中，家人对他表示关心并以他为骄傲的场景结束，强调了责任和家庭的重要性。

通过这样的线性叙事结构，观众可以清楚地看到故事是如何从一个简单的出发点发展到一个具有情感深度和意义的结局的。

069　倒叙线性叙事结构

倒叙线性叙事结构是一种非传统的叙事手法，它从故事的某个非起始点开始叙述，通常是故事的高潮或结局，然后再回到故事的起始点，按照时间顺序回溯到最初事件。

这种方法可以立即吸引观众的注意力，因为它往往从一个令人惊讶或引人入胜的场景开始，然后解释这一场景是如何发生的。

在影视作品和短剧中经常采用这种结构，因为它能有效地制造悬念，激发观众的好奇心，并引导他们更深入地了解故事的来龙去脉。

下面介绍倒叙线性叙事结构的创作技巧，如图6-5所示。

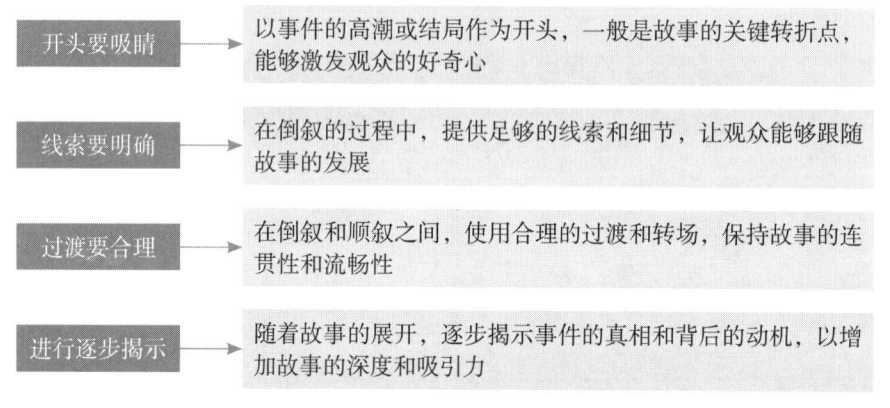

开头要吸睛	以事件的高潮或结局作为开头，一般是故事的关键转折点，能够激发观众的好奇心
线索要明确	在倒叙的过程中，提供足够的线索和细节，让观众能够跟随故事的发展
过渡要合理	在倒叙和顺叙之间，使用合理的过渡和转场，保持故事的连贯性和流畅性
进行逐步揭示	随着故事的展开，逐步揭示事件的真相和背后的动机，以增加故事的深度和吸引力

图 6-5　倒叙线性叙事结构的创作技巧

下面以微电影《遗失的信件》为例，介绍倒叙线性叙事结构。这部电影主要讲述了一个关于寻找一封重要信件的故事。

❶ 开端：高潮点

场景设定在一间昏暗的书房里，主人公华丽发现了她已故奶奶的一本日记本，里面夹着一张旧照片和一封未发出的信件。

华丽阅读信件，泛着泪光，镜头定格在她的脸上，如图6-6所示。

图 6-6　镜头定格在她的脸上

❷ 发展：回到过去

故事倒叙至几天前，华丽收到奶奶去世的消息，她回到奶奶的老房子处理遗产和遗物。

华丽对奶奶的过去一无所知，在整理物品时她开始对家族历史产生好奇。

华丽开始翻阅老照片，试图拼凑出奶奶的生平。

❸ 高潮：信件的秘密

华丽在清理书房时偶然发现了那封信件和照片，信件中提到了一个名叫晋钟的男人，以及他和奶奶未曾实现的爱情故事。

华丽决定追寻真相，她开始询问家族长辈，但每个人都避而不谈。

❹ 结尾：真相大白

华丽通过一系列调查，最终找到了晋钟的孙子，他向华丽展示了他爷爷保留的所有信件。

通过这些信件，华丽了解了奶奶与晋钟之间未完的爱情故事，以及为何这段感情没有结果。

故事以华丽在奶奶的墓前朗读最后一封信作为结尾，表达了对奶奶的怀念和对生命中未尽之事的思考。

通过这样的倒叙线性叙事结构，观众首先被吸引到故事的高潮，然后跟随华丽的脚步，一步步揭开奶奶过去的秘密，使得整个故事更加富有情感和深度。

070　环形叙事结构

环形叙事结构是一种非线性的叙事方式，故事的开头和结尾在某种程度上相互呼应或直接相连，形成一个闭环。

这种结构可以强调故事的主题、循环的性质或命运的轮回，同时提供给观众一种独特的叙事体验。环形叙事常常包含多重时间线，利用闪回、预示或平行叙事来构建故事。

《开端》就采用了环形叙事结构，即无限流或循环叙事的概念，来讲述故事。这部剧的核心设定是一辆公交车上的乘客发现自己被困在了一次又一次的爆炸循环中，每一次循环都会重新开始，而主角们必须找到打破循环的方法。

下面介绍环形叙事结构的创作技巧，如图6-7所示。

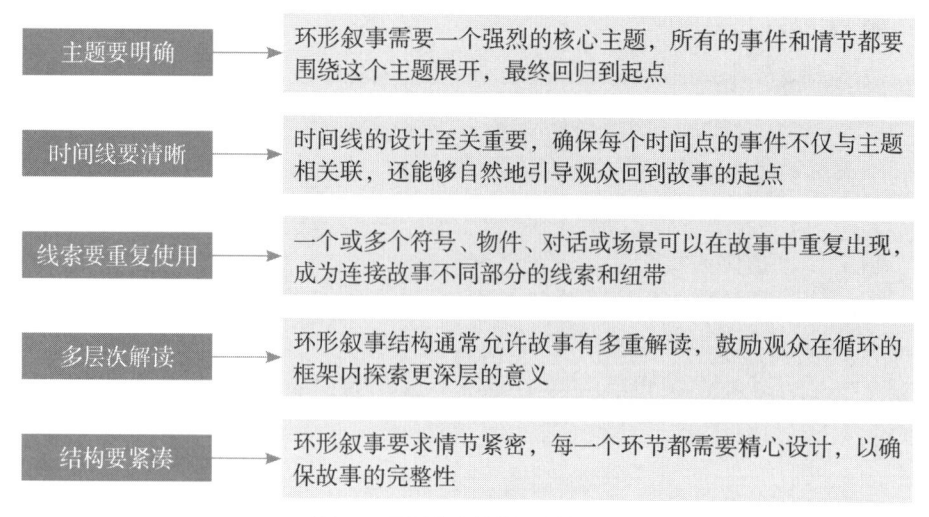

主题要明确	环形叙事需要一个强烈的核心主题，所有的事件和情节都要围绕这个主题展开，最终回归到起点
时间线要清晰	时间线的设计至关重要，确保每个时间点的事件不仅与主题相关联，还能够自然地引导观众回到故事的起点
线索要重复使用	一个或多个符号、物件、对话或场景可以在故事中重复出现，成为连接故事不同部分的线索和纽带
多层次解读	环形叙事结构通常允许故事有多重解读，鼓励观众在循环的框架内探索更深层的意义
结构要紧凑	环形叙事要求情节紧密，每一个环节都需要精心设计，以确保故事的完整性

图 6-7　环形叙事结构的创作技巧

下面以微电影《时间之环》为例，介绍环形线性叙事结构。这部电影主要讲述了一个关于时间旅行者的故事。

❶ 开端

故事以一个神秘的老人在公园里给一个小男孩一本旧日记本开始，如图6-8所示，日记本中记载了未来的一些事件。

图 6-8　一个神秘的老人在公园里给一个小男孩一本旧日记本

老人告诉小男孩，这本日记本能让他看到未来，但同时也警告他不要试图改变任何事情。

❷ 发展

小男孩开始阅读日记，其中记录的事件一件件发生，他变得越来越着迷。

日记中提到了一场即将到来的灾难，小男孩决定试图阻止它，但每次尝试都会导致意想不到的后果，反而加剧了问题。

❸ 高潮

在一次失败的尝试中，小男孩意外地触发了一个时间旅行装置，回到了过去，成了日记中描述的那个神秘老人。

他意识到自己就是那个老人，日记中的一切都是他自己的经历，而阻止灾难的关键在于接受事件的自然进程，而不是试图干预。

❹ 结尾

老年人物再次出现在公园中，将日记本交给小男孩，形成一个闭环。

故事以小男孩翻开日记本的那一刻结束，留给观众对时间、命运和循环的思考。

通过这样的环形叙事结构，《时间之环》不仅讲述了一个关于时间旅行者的故事，还探讨了命运、选择和循环的主题，最终以一种巧妙的方式将故事的开头和结尾连接在一起。

071　其他叙事结构

三幕式叙事结构、线性叙事结构、倒叙线性叙事结构和环形叙事结构在短剧和微电影中是比较常用和常见的。

为了拓展叙事结构的知识，下面继续为大家介绍6种叙事结构。

1. 七点式结构

七点式结构，有时也被称为"故事结构的7个关键转折点"，是创作者常用的一种叙事框架。它基于故事发展过程中的7个关键点，帮助创作者构建起一个有吸引力、逻辑连贯的故事。下面是这7个关键点的详细解释。

❶ 钩子

故事开始，吸引观众的注意力，通常是一个引人入胜的事件或情景。

❷ 第一个情节点

一个触发事件，推动主角离开他们的舒适区，进入故事的主要冲突。这个事件打破了现状，迫使主角采取行动。

❸ 第一个转折点

随着反面人物的出现或主要冲突的出现，筹码也随之提高，可以增加故事的紧张感和悬念，让观众更加关注主角的命运和故事的发展。

❹ 中点

故事达到一半时的高点或低点，对主角产生重大影响，比如主角获得胜利、遭遇失败或得到重要信息，改变他们对目标的看法。

❺ 第二个转折点

主要冲突出现转折，主角似乎失去了一切，增加了故事的戏剧性和紧张感，使观众或读者对主角的命运更加关注，并期待故事的下一步发展。

❻ 第二个情节点

主角发现了一些东西，帮助他们解决主要冲突或打败了对手。在这一环节，主角通过某种方式获得胜利或解决问题的关键信息，为故事的高潮和结局作铺垫。

❼ 结局

故事的主要冲突得到了解决，角色也经历了必要的最后一点发展，使他们从开始的状态转变过来。

七点式结构本身并不是革命性的，但它提供了一种清晰、有逻辑的故事构建方法，有助于创作者更好地组织和呈现故事。这种结构具有某种对称关系，可以帮助创作者把引人入胜的想法变成一个完整的故事。

需要注意的是，不同的故事和作品可能需要根据实际情况和需要进行适当的调整和变化。

2. 救猫咪节拍表

"救猫咪节拍表"是由布莱克·斯奈德（Blake Snyder）在他的书《救猫咪：电影创作者指南》中提出的一种创作技巧。

这个节拍表是一个详细的剧情指南，它将剧本分为15个基本节拍或步骤，每个节拍都在故事中扮演着特定的角色。这些节拍旨在帮助创作者构建一个符合观众期望和好莱坞传统的剧本结构。下面介绍救猫咪节拍表的主要组成部分，如图6-9所示。

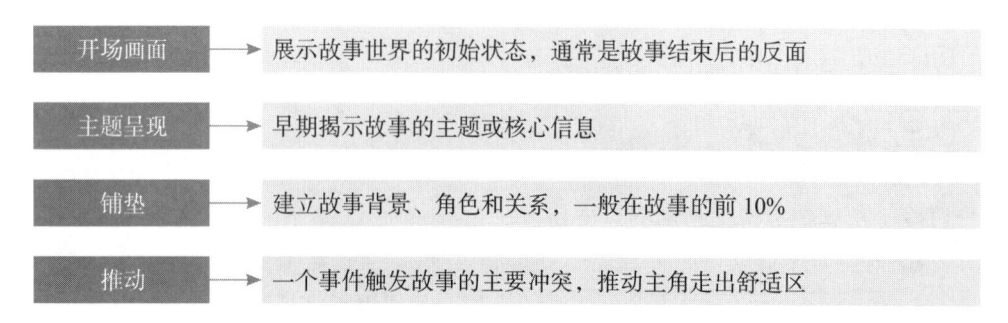

开场画面	→ 展示故事世界的初始状态，通常是故事结束后的反面
主题呈现	→ 早期揭示故事的主题或核心信息
铺垫	→ 建立故事背景、角色和关系，一般在故事的前10%
推动	→ 一个事件触发故事的主要冲突，推动主角走出舒适区

争执	→ 主角面对冲突，开始考虑行动方案，内心产生矛盾
第二幕衔接点	→ 主角做出决定，正式进入故事的冒险或冲突
B故事	→ 引入次要故事线，通常涉及情感或人际关系
游戏	→ 故事进入一系列相关场景，展示主角如何应对冲突
中点	→ 故事达到转折点，情况要么变得更好，要么变得更糟
坏人逼近	→ 冲突加剧，压力增加，对手的力量显现
一切尽失	→ 主角遭受重大挫折，几乎失去希望
灵魂黑夜	→ 主角经历最低谷，是转变的前夜
第三幕衔接点	→ 主角找到新的力量或理解，准备最后的决战
结局	→ 主角与对手进行最终对抗，冲突得到解决
最终画面	→ 显示故事结束时的世界状态，应与开场画面形成对比

图 6-9 救猫咪节拍表的主要组成部分

每个节拍都是故事中的一个关键转折点，有助于确保剧本的结构紧密、逻辑连贯。使用救猫咪节拍表可以帮助创作者在创作过程中保持故事的焦点和方向，同时确保剧本包含所有必要的组成部分，从而提高作品的吸引力和影响力。

3. 费希特曲线

费希特曲线，也称为费希特叙事曲线，是由德国哲学家约翰·戈特利布·费希特（Johann Gottlieb Fichte）提出的，用于描述叙事作品中情节发展的模式。费希特曲线是一种叙事理论，它将故事的发展分为3个主要阶段：上升、顶峰和下降。

❶ 上升

故事开始，引入角色和情节，建立冲突或问题。情节逐渐发展，观众的紧张感和兴趣逐渐增强。主角的行动和决策推动故事向高潮发展。

❷ 顶峰

故事达到高潮，冲突或问题达到最激烈的点。主角面临最大的挑战，情节的转折点出现。观众的期待和紧张感达到最高点。

❸ 下降

高潮过后,情节开始解决,冲突逐渐减少。故事走向结局,角色的问题和情节得到圆满的解决。观众的情感得到释放,故事结束。

费希特曲线强调故事的情感和心理,认为故事的吸引力在于情节的起伏和观众的情感投入。这种曲线模型可以应用于各种叙事作品,帮助创作者在构建情节时考虑故事的情感节奏和观众的体验。

4. 英雄之旅

英雄之旅是一个经典的叙事模型,它描述了一个英雄从平凡到非凡,经历一系列挑战和转变,最终获得胜利并回归社会的故事流程。

这一结构由约瑟夫·坎贝尔(Joseph Campbell)提出,后经过克里斯托弗·沃格勒(Christopher Vogler)的推广和详细阐述,被广泛应用于影视、文学和游戏等领域。下面是英雄之旅叙事结构的详细解析。

① 普通世界。英雄生活在他或她的日常生活中,人们看到他们当前的状况和生活常态。

② 召唤。英雄收到一个信号或召唤,这标志着旅程的开始,通常是一个事件、问题、危机或机遇。

③ 拒绝召唤。初次听到召唤时,英雄可能因为恐惧、不安或其他原因而拒绝。

④ 遇见导师。英雄遇到一个智慧或有经验的角色,提供指导、装备或信心,帮助他们踏上旅程。

⑤ 跨越第一门槛。英雄离开普通世界,进入未知的冒险世界,如图6-10所示。

图 6-10　进入未知的冒险世界

⑥ 考验、朋友与敌人。英雄遇到各种挑战、结交盟友并遭遇敌人。

⑦ 接近深层洞穴。英雄接近旅程的核心,即将面对最大的挑战或敌人。

⑧ 考验。英雄经历生死攸关的试炼,可能是身体上的或精神上的。

⑨ 获得回报。英雄取得胜利或得到宝藏、信息、力量或领悟。

⑩ 回归之路。英雄开始返回的旅程,可能带着新的认识或礼物。

⑪ 复活。英雄可能再次面临危险或考验,这次是为了证明他们的转变。

⑫ 回归普通世界。英雄回到原来的世界,但已经不同,他们带来了某种形式的"灵丹妙药",可能是智慧、力量或和平。

这个结构被很多好莱坞电影采用,例如《星球大战》、《指环王》和《哈利·波特》系列,以及其他流行文化作品。

每个阶段都有其特定的目的,帮助创作者塑造角色的发展和故事的高潮。虽然"英雄之旅"提供了一个强大的叙事框架,但它也可以根据具体故事的需求进行修改和适应。

5. 丹·哈蒙故事圈

丹·哈蒙故事圈是由美国编剧丹·哈蒙(Dan Harmon)创造的一个叙事模型,它将故事的发展分为八个基本步骤,形成一个闭环。这个模型受到了约瑟夫·坎贝尔的"英雄之旅"理论的启发,并被哈蒙用于他的电视作品和个人项目中。下面是丹·哈蒙故事圈的8个步骤,如图6-11所示。

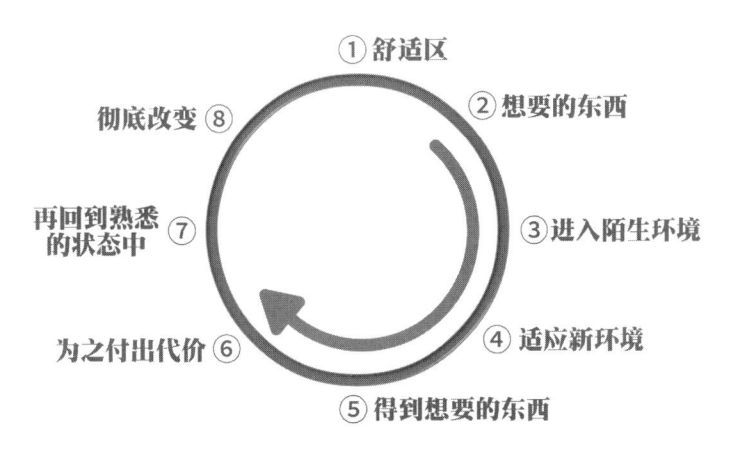

图 6-11 丹·哈蒙故事圈的 8 个步骤

丹·哈蒙故事圈强调主角的内在成长和变化,以及他们在追求愿望的过程中所经历的外部和内部冲突。这个模型可以帮助创作者组织故事,确保故事有一个清晰的开始、发展和结局,同时也能够引起观众的共鸣。

6. 弗赖塔格金字塔

弗赖塔格金字塔，也被称为弗赖塔格三角，是由德国戏剧理论家古斯塔夫·弗赖塔格（Gustav Freytag）在其著作《戏剧的技巧》中提出的一个叙事结构模型。

这个模型将故事分为5个基本部分，形成一个金字塔形状。下面是弗赖塔格金字塔的5个部分，如图6-12所示。

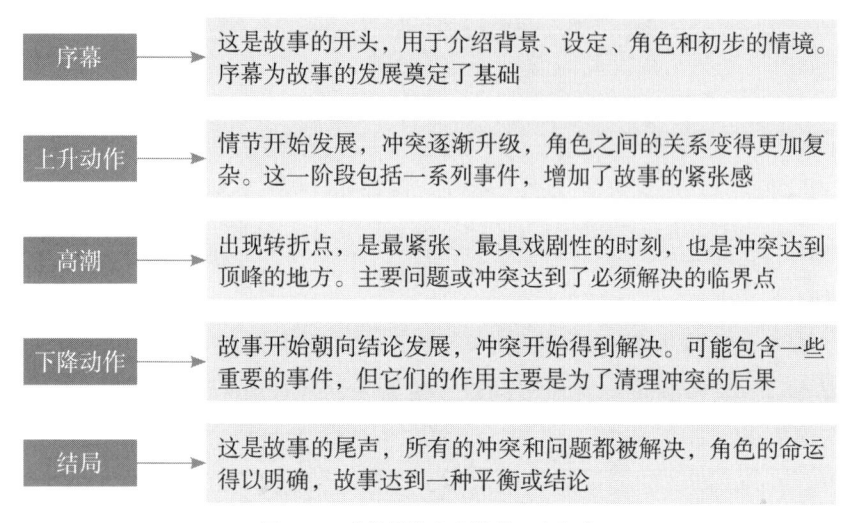

序幕	这是故事的开头，用于介绍背景、设定、角色和初步的情境。序幕为故事的发展奠定了基础
上升动作	情节开始发展，冲突逐渐升级，角色之间的关系变得更加复杂。这一阶段包括一系列事件，增加了故事的紧张感
高潮	出现转折点，是最紧张、最具戏剧性的时刻，也是冲突达到顶峰的地方。主要问题或冲突达到了必须解决的临界点
下降动作	故事开始朝向结论发展，冲突开始得到解决。可能包含一些重要的事件，但它们的作用主要是为了清理冲突的后果
结局	这是故事的尾声，所有的冲突和问题都被解决，角色的命运得以明确，故事达到一种平衡或结论

图 6-12 弗赖塔格金字塔的 5 个部分

弗赖塔格金字塔是一个经典的故事结构模型。不过，值得注意的是，这个模型并不是所有类型的故事都适用，特别是非线性叙事或非传统结构的作品，弗赖塔格金字塔可能无法完全捕捉其复杂性。

6.2 掌握短剧叙事创作手法

短剧有多种题材和类型，不同类型的短剧在叙事上有一些区别，本节将为大家介绍不同类型短剧的叙事创作手法。

072 喜剧类短剧的叙事创作手法

喜剧类短剧种类繁多，是不挑观众的一个类型，因为男女老少都热爱观看喜剧。下面为大家介绍一些喜剧的类型。

① 生活喜剧类。以日常生活中的小插曲、误会和冲突为素材，通过夸张和幽默的手法展现，让观众在笑声中感受到生活的乐趣。

例如，短剧《心里的声音》和《兄弟今天也很和睦》，讲述了家人或兄弟之间温馨搞笑的生活故事。

② 爱情喜剧类。以爱情为主线，通过一系列幽默、诙谐的桥段展现情侣或准情侣之间的甜蜜、误会和成长，让观众在笑声中感受到爱情的美好。

例如，短剧《疯了，因为你！》和《积极的体质》，都是讲述发生在恋人身上的幽默及甜蜜的故事。

③ 奇幻喜剧类。融入奇幻元素，如穿越、超能力、神话传说等，通过幽默和夸张的手法展现这些元素带来的喜剧效果。

例如，短剧《侍酒令》以其奇幻的背景、紧凑的情节和丰富的角色情感赢得了观众的喜爱，成为一部治愈人心的作品。

④ 职场喜剧类。以职场为背景，展现职场上的各种人物和事件，通过夸张和幽默的手法揭示职场上的各种问题和现象，让观众在笑声中反思职场生活。

例如，《屌丝男士》和《万万没想到》等短剧都属于职场喜剧。

喜剧类短剧的剧本叙事技巧有哪些呢？下面具体介绍，如图6-13所示。

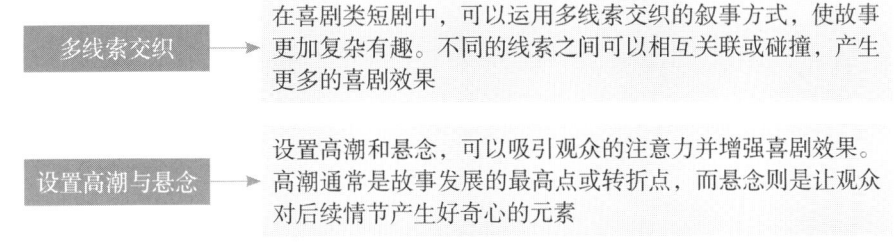

多线索交织	在喜剧类短剧中，可以运用多线索交织的叙事方式，使故事更加复杂有趣。不同的线索之间可以相互关联或碰撞，产生更多的喜剧效果
设置高潮与悬念	设置高潮和悬念，可以吸引观众的注意力并增强喜剧效果。高潮通常是故事发展的最高点或转折点，而悬念则是让观众对后续情节产生好奇心的元素

图6-13 喜剧类短剧的剧本叙事技巧

除此之外，还可以通过设置一些意想不到的情境，如误会、巧合、夸张等，来引发观众的笑声。这些情境应该具有合理性，同时又能突破观众的预期。

还运用反转和惊喜，使故事更加有趣和吸引人。反转可以是在观众意料之外的发展，而惊喜则可以是出乎意料的笑点。

喜剧类短剧的节奏应该紧凑而富有变化，避免出现冗长和拖沓的情况。创作者可以通过加快或放慢节奏，来营造不同的喜剧效果。

073 悬疑类短剧的叙事创作手法

悬疑类短剧以其引人入胜的谜团、紧张的氛围和复杂的剧情，为观众带来了一场场精彩的视听盛宴。下面介绍一些悬疑类短剧，并根据不同的特点对其进行分类和归纳。

① 时间循环与救赎。例如，《开端》和《玉姬书》都是在时间循环中拯救自己或者他人的故事。

② 家庭与秘密。例如《回来的女儿》和《妻子的秘密世界》，后者讲述了一名女子在车祸中失忆后，卷入了一系列阴谋的故事，剧情引人深思。

③ 人性与救赎。例如，《沉默的真相》是根据紫金陈的小说《长夜难明》改编的，讲述了检察官江阳历经多年，付出无数代价查清案件真相的故事。还有《漫长的季节》，也是口碑极高的短剧。

④ 复杂的剧情与谜团。例如《消失的孩子》和《长生怪谈簿》。

⑤ 神秘角色与未知事件。例如《十二夜》和《诡探》。

⑥ 传统民俗与单元案。例如《长安秘闻录》和《一双绣花鞋》。

悬疑类短剧的叙事手法多种多样，下面介绍一些常见的叙事手法。

❶ 非线性叙事

通过时间的跳跃和回溯，将故事的情节分散在不同的时间点上，让观众通过自己的推理和思考，逐步还原出整个事件的真相。

例如，《漫长的季节》采用3条时间线交错讲述2016年、1998年和1997年3个时空内的故事情节，依靠剧情"丝滑"转场的过渡方式，给予观众意料之外的观感。

❷ 误导与欺骗

运用诡计、误导和欺骗等手段，让观众难以分辨真伪，从而增加故事的复杂性和深度。

例如，在《沉默的真相》中，警方在侦破案件的过程中，不断被罪犯精心设计的陷阱和化名等手段所误导。观众在观看过程中也会跟随警方的视角，陷入这些误导之中，直到真相被最终揭晓。

❸ 分层叙事

将整个剧集划分成不同的层次，每一层次都有自己独立的故事情节，同时这些情节也是相互交织的。

例如，《无证之罪》的主线是警方追查一起连环杀人案，但同时穿插了多个支线故事，如受害者的家庭背景、凶手的心理变化等。这些支线故事不仅丰富了剧情，也为主线故事提供了更多的线索和背景信息。

除此之外，还可以运用超现实元素和手法，如梦境、幻觉、时间扭曲等，来营造一种神秘、诡异的氛围，增加故事的悬疑感。

这些叙事手法在悬疑类短剧中经常被运用，它们可以单独使用，也可以相互结合，以营造出更加引人入胜的故事。

074 古装类短剧的叙事创作手法

古装类短剧往往围绕爱情、友情、家族等主题，容易引发观众的情感共鸣，传递正能量和道德观念。古装类短剧丰富多样，下面介绍相应的类型。

① 穿越类古装短剧。主角通过某种方式穿越到古代，利用现代知识在古代生活中获得优势或改变历史。

例如，短剧《夫君请自重》讲述了少女作家沐小夕穿越到自己写的虐主小说里，与小说中的秦川产生一系列搞笑而充满张力的互动。

② 武侠类古装短剧。以古代武林为背景，描绘侠客的义行和恩怨情仇。

例如，短剧《念念无明》，讲述了隐藏身份的江湖顶级女杀手和朝廷暗卫营指挥使之间的爱情和冒险故事。

③ 宫廷类古装短剧。以古代皇宫生活为背景，展现宫廷斗争、爱恨情仇和权力争斗游戏。

例如，短剧《虚颜》讲述了小画师十七被迫换脸替嫁，在宫廷中隐藏身份，与昔日救命恩人重逢并卷入宫廷斗争的故事。

④ 奇幻类古装短剧。融合古代元素和奇幻元素，如神话、魔法等。

例如，短剧《通灵妃》讲述了丞相府大小姐千云兮自小身负异能，在古代宫廷中与夜王府的王爷展开的一段奇幻的故事。

⑤ 言情类古装短剧。以古代生活为背景，注重描绘人物之间的爱情故事。

例如，短剧《长公主在上》以短小精悍著称，讲述了霸道公主与高冷腹黑侍卫之间反套路的爱情故事。

⑥ 冒险类古装短剧。以古代为故事背景，描绘主角在冒险过程中遇到的挑战和成长。

例如，短剧《执笔》讲述了当相府嫡女苏云绮意外发现自己是小说中的恶毒女配时，决心逆天改命，在冒险中重写自己人生的故事。

当然，以上分类仅供参考。下面为大家介绍古装类短剧的叙事创作技巧。

❶ 进行倒叙叙事

故事从结尾或中间开始讲述，逐步回溯到起点，打破传统的时间线。

例如，短剧《古相思曲》，该剧采用逆向穿越的设定，男主角沈不言穿越到过去，试图改变女主角陆鸢的命运。

每一次穿越，他都能到达比上一次更早的时间点，这种倒叙的方式让观众在观看过程中，不断揭示出主人公的一生及其中的悲欢离合。

❷ 双线并行叙事

同时讲述两个或多个时间线或空间线的故事，通过交叉叙述展现复杂的情节和人物关系。

例如，短剧《锦衣迷踪》通过讲述双线并行的故事，完成双面角色的深度演绎。全剧以一个珍贵罕见的神秘药房作为线索，主人公葛德霖在古今双重时空内穿梭来去，经历生死迷局。

❸ 类型叠加

结合多种类型元素，如将爱情、悬疑、历史、武侠、穿越等元素混合，打造新的故事体验。

例如，短剧《忘川序》融合了宫廷斗争、浪漫爱情和历史等元素，形成了独特的叙事风格。

075 言情类短剧的叙事创作手法

言情类短剧是一种以爱情故事为核心，融合了现代或古代背景、轻喜剧、都市情感、校园恋爱等多种元素的电视剧类型。这类短剧通常紧凑的剧情、鲜明的人物性格、甜宠的情感线和轻松愉快的氛围吸引观众。

言情类短剧种类繁多，按照不同的风格和内容，可以大致分为以下几类。

① 古言甜宠类。例如，短剧《东栏雪》描述了夺嫡皇子褚宁远与冷酷宫女沈颜在复仇路上相互陪伴与救赎的甜虐故事。剧情紧凑，角色的颜值、演技在线，深受观众喜爱。

② 现代言情类。例如，都市言情短剧《白月光攻略手册》，讲述了网红博主姜轻语与一直把她当作白月光的男主之间的故事。

③ 穿越言情类。例如，《霸道娘子请指教》讲述了主播穿越成古代贫家继母兼婆婆的故事，充满了喜剧元素和励志情节。

④ 青春校园类。例如，短剧《橘子汽水》是一部青春爱情题材的短剧，讲述了小镇邻家女孩周渔与清冷校草言辞以及富家少爷程遇舟之间的情感纠葛，画风清新脱俗，情感真挚。

⑤ 家庭伦理类。例如，短剧《妻子的反攻》讲述了一个关于婚姻、家庭和复仇的故事。该剧涉及剧情、家庭伦理、励志和家庭言情等元素，讲述了家庭中的情感和伦理故事。

言情类短剧的叙事手法多样，下面是一些常见的叙事手法及具体举例。

❶ 灰姑娘式叙述模式

通过女主角从平凡到非凡的转变，以其与男主角的爱情故事为主线，描绘一段充满挑战和成长的爱情历程。

例如，《逃跑的灰姑娘》这部短剧讲述温暖为了救助母亲，与陆景深做了一笔交易，成为他的解药的故事。剧情中包含虐恋、替身、总裁等元素，展现了现代都市背景下的灰姑娘的故事。

❷ 三角恋模式

通过3个人物之间的情感纠葛，展现爱情的复杂性和矛盾性。

例如，《我的二分之一男友》这部短剧讲述了一段两人三角关系的故事，男女主角都患有多种难以治愈的病症，如异性亲密接触恐惧症、人格分裂症等。女主苏子滢同时爱上了人格分裂中的可爱弟和高冷哥，展现了多角恋情的复杂性。

❸ 情感描绘细腻

通过细腻地描绘人物情感，展现爱情中的甜蜜、痛苦、挣扎和成长。

例如，在《古相思曲》中，女主角与男主角之间的爱情经历了许多波折和磨难，通过细腻的描绘，观众可以深刻感受到他们之间的情感纠葛和内心的挣扎。

❹ 适当融入现实元素

在言情剧情中融入现实元素，如职场、家庭、社会等，使得故事更加贴近观众的生活。

例如，短剧《我们之间的秘密》结合现实题材创作，生活化地展开群像故事描写，并融入两地的衣、食、住、行，展现了多元文化的碰撞。

第 7 章 精美化，13 种视听语言与视觉效果

　　视听语言是创作者和观众之间交流的桥梁，通过学习和理解视听语言，创作者能够更准确地把握故事的叙述节奏和视觉表达，使短剧、微电影更加生动、有张力。学习视听语言还可以拓展创作者的创作视野和思维方式，将技巧和方法应用到自己的创作中，尝试新的叙事方式和视觉表达形式，从而丰富自己的创作手法和风格。掌握视觉效果也能拓宽视野，本章将介绍相应的内容。

7.1 掌握视听语言的元素

视听语言是指通过摄影机所拍摄出来的画面来传达拍摄者意图和情感的一种感性语言。它可以从拍摄的主题及画面的变化中，感受到拍摄者透过镜头所要表达的内容。视听语言与平常讲话的表达方式虽不同，但它们的目的相同，都是为了传达信息、表达情感。

本节将为大家介绍视听语言的基本元素。

076 画框与构图

画框是拍摄设备进行取景的范围。画框指画面的大小，是影像构建的基础，其存在界定了绘图范围和观众的欣赏区域。画框具有以下几个作用，如图7-1所示。

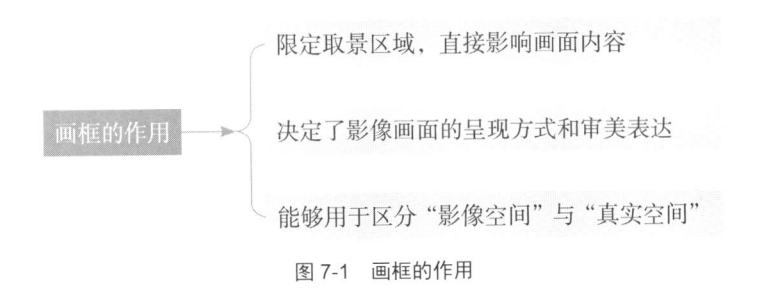

画框的作用
- 限定取景区域，直接影响画面内容
- 决定了影像画面的呈现方式和审美表达
- 能够用于区分"影像空间"与"真实空间"

图 7-1 画框的作用

通常来说，视频拍摄的画框比例为16∶9，如图7-2所示。

图 7-2 视频拍摄的画框比例为 16∶9

画框将空间分为"画内空间"和"画外空间"。"画内空间"指所拍摄的影像世界，而好的视频通常不仅呈现"画内空间"，还可以通过叙事与表意使观众联想至"画外空间"，进而传达出更为高深的含义。

因此，巧妙地构建"画外空间"也是创作者所要掌握的，具体可以参考以下几种方式。

① 拍摄被摄对象"出画"的画面，可以构建"画外空间"，结合叙事情节，能够引发观众的想象。例如，短剧中以男女主角举办完婚礼为剧终，大家在观看完之后会自然而然地联想男女主角婚后的甜蜜生活，而这些联想并未被画面呈现出来，却还是可以引发大家去想象。

② 拍摄画面中的人物指向画外的视线或动作，可以引导观众联想画外空间。

③ 在拍摄时，画面外的人或物的局部出现在画面中，如画面外人物的影子被呈现在画面内，可以唤起观众的生活经验，对人物形象产生联想。

④ 画外音。借助画面外的声音来传达某一事件或叙述某一个故事，可以打破画内空间的封闭性，引发观众的联想。

通常情况下，画框取景的范围影响着构图。通过构图，创作者可以将被摄对象、光影、色彩、线条等元素有机地组合在一起，从而形成完整的、有美感的影片。

创作者进行构图可以遵循以下4个规律，分别是突出主体、规划线条、借助几何形状和利用画框元素，如图7-3所示。

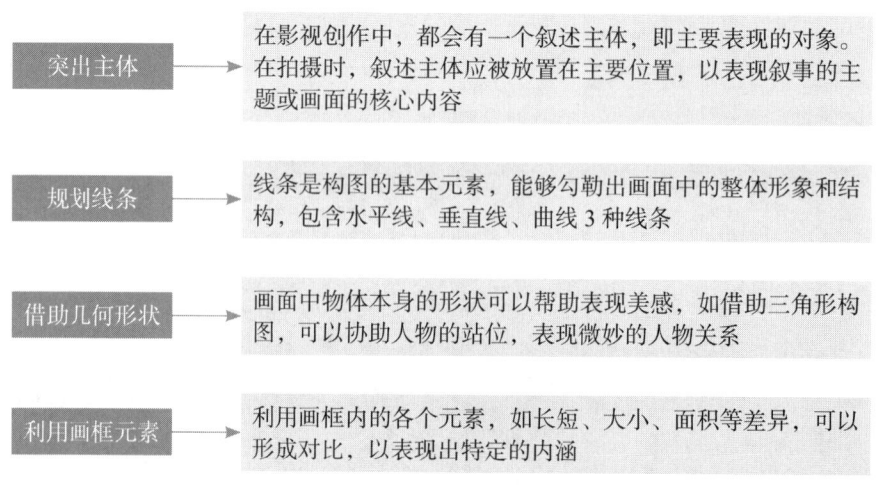

突出主体	在影视创作中，都会有一个叙述主体，即主要表现的对象。在拍摄时，叙述主体应被放置在主要位置，以表现叙事的主题或画面的核心内容
规划线条	线条是构图的基本元素，能够勾勒出画面中的整体形象和结构，包含水平线、垂直线、曲线3种线条
借助几何形状	画面中物体本身的形状可以帮助表现美感，如借助三角形构图，可以协助人物的站位，表现微妙的人物关系
利用画框元素	利用画框内的各个元素，如长短、大小、面积等差异，可以形成对比，以表现出特定的内涵

图7-3 构图的规律

077 景别与角度

景别在视听语言中扮演着至关重要的角色，它通过不同的拍摄距离和视角，形成不同的取景范围，进而对影片或摄影作品的视觉效果、情感表达和叙事结构产生深远影响。

景别可以根据画框中所截取的人或物的大小划分为远景、全景、中景、近景和特写，不同的景别呈现出不同的特征。下面介绍景别的作用和使用技巧。

❶ 在视觉表达上

不同的景别可以突出或弱化画面中的某一元素，从而引导观众的注意力。例如，特写镜头可以强调人物的面部表情或物体的细节，如图7-4所示。远景则更注重整体环境和氛围的展现，如图7-5所示。

图 7-4　特写镜头 　　　　　　　　图 7-5　远景镜头

通过选择适当的景别，可以营造出不同的氛围和情绪。远景常用于展现宽广的自然风光，营造出宁静、庄严或浪漫的氛围；而近景和特写则常用于表现紧张、激烈或亲密的情感。

❷ 在情感表达上

不同的景别可以反映拍摄者与被摄对象之间的情感距离。远景和全景通常给人一种客观、冷静的观察感，而近景和特写则更容易传达出拍摄者对被摄对象的情感投入和关注。

通过选择合适的景别，可以引发观众与被摄对象之间的情感共鸣。例如，在表现人物内心的痛苦或挣扎时，使用特写镜头可以更加直接地展现人物的情感状态，使观众更容易产生共鸣。

❸ 在叙事结构上

远景和大远景常用于影片的开头或过渡部分，用于介绍故事发生的地点、环境或背景信息。

全景和中景常用于展示人物的全貌或局部特征，帮助观众了解人物的身份、性格和状态。

近景和特写则常用于展现关键情节或细节，推动故事的发展和高潮的到来。

❹ 在观众体验上

通过不同景别的变化，可以带给观众丰富的视觉享受和审美体验。从宽广的远景到细腻的特写，不同的景别可以展现出不同的画面美感和视觉冲击力。

适当的景别选择可以增强观众的参与感和代入感。通过选择合适的景别和拍摄角度，可以让观众更加深入地了解故事和人物，产生更强烈的共鸣和情感体验。

角度是指视频创作者呈现画面的不同角度或所处的不同方位，主要包含正面拍摄、侧面拍摄、背面拍摄、平拍、仰拍、俯拍等角度。

下面介绍拍摄角度的作用和使用技巧。

❶ 塑造视觉效果

在水平角度上，正面、侧面、背面等不同的水平拍摄角度能够形成独特的视觉效果，反映出影片的整体氛围和风格。

在垂直角度上，仰拍、俯拍等垂直角度能够强调被摄物体的威严、渺小或神秘感，进一步塑造影片的视觉效果。

❷ 表达情感

正面角度常用于表现人物的正面形象，传达出正面、积极、平和的情感。

侧面角度可以展示人物的轮廓和动作，常用于表达神秘、紧张或冲突的情感。

背面角度能引导观众思考人物的内心状态或故事情节，经常用于表达人物孤独、失落或未知的情感。

平拍角度可以展示角色的日常活动、对话场景或者环境描写，让观众能够自然地融入故事中，感受到角色的真实性和环境的真实感。

仰拍角度可以强调被摄物体的威严、高大或崇高感，常用于表达尊重或压抑等情感，如图7-6所示。

俯拍角度常用于展现场景的宏大或人物的渺小，传达出掌控、轻蔑或无奈等情感，如图7-7所示。

❸ 引导观众视角

通过不同的拍摄角度，可以引导观众的视角和注意力，让观众更加关注影片中的某个元素或情节。

图 7-6 仰拍角度　　　　　　　　　图 7-7 俯拍角度

主观性角度的运用可以模拟画面主体的视角和视觉印象，更容易调动观众的参与感和注意力，引发强烈的心理感应。

❹ 增强叙事效果

角度的变化和组合能够增强影片的叙事效果，使故事更加生动、有趣和引人入胜。角度镜头语言还可以用于强调或弱化某个元素在画面中的重要性，通过改变视角来展现不同的细节或变化。

不同的景别可以强调不同的信息，拍摄角度则可以改变观众对场景的感知。创作者可以根据故事情节、人物性格和场景特点等因素来选择合适的景别和拍摄角度。

078 焦距与景深

焦距是指摄像设备镜头的光学透镜后主点到焦点的距离，单位为毫米。焦距从不同的角度可以划分为不同的类型，具体说明如下。

① 根据光学镜头焦距的可调与不可调，可以划分为变焦镜头和定焦镜头。

② 根据镜头焦距长短的不同，可以将其划分为标准镜头、长焦镜头和短焦镜头，分别介绍如下。

· 标准镜头：指焦距在35～50毫米范围内的镜头，所拍摄画面符合人眼的观赏习惯，比较客观与自然。

· 长焦镜头：又称"望远镜头"，如图7-8所示。长焦镜头的焦距通常大于50毫米，可以将远处的景物拉近拍摄，但会改变原本现实空间的视觉效果，如使用长焦镜头拍摄在纵深方向上移动的物体时，会呈现出"减速"的视觉效果。

· 短焦镜头：焦距短于标准镜头，所拍摄的画面范围较大，镜头越近，景物成像越大，反之则越小，呈现出一种"近大远小"的视觉效果。

图 7-8 长焦镜头

景深指的是"在光学镜头下,画面呈现影像清晰的纵深范围"。根据景深范围内的画面清晰程度,可以划分为浅景深与深景深。景深主要受到以下3个主要因素的影响,如图7-9所示。

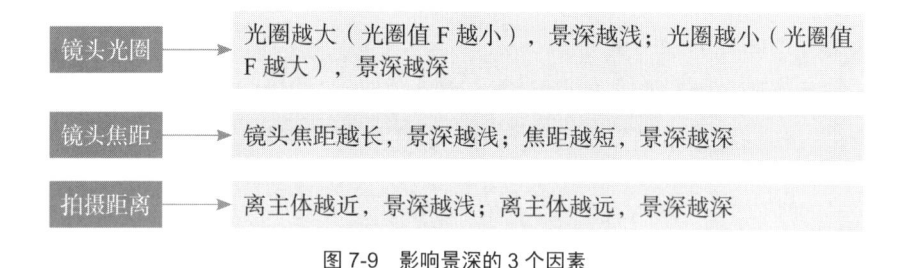

镜头光圈	→	光圈越大（光圈值 F 越小）,景深越浅;光圈越小（光圈值 F 越大）,景深越深
镜头焦距	→	镜头焦距越长,景深越浅;焦距越短,景深越深
拍摄距离	→	离主体越近,景深越浅;离主体越远,景深越深

图 7-9 影响景深的 3 个因素

其中,浅景深画面会有前景画面清晰而背景画面模糊的视觉效果;深景深则相反,如图7-10所示。

图 7-10 浅景深和深景深画面

浅景深常用于强调情感表达或特定主题,通过模糊不必要的背景细节,使观众的注意力集中在主要被摄体上。

深景深适用于需要展示广阔场景或复杂环境的叙事,帮助构建故事发生的宏观背景,让观众感受到场景的深度和广度。

通过灵活运用浅景深和深景深，拍摄者能够更好地控制图像的叙事力，引导观众的注意力，增强视觉故事的表达力。

079 光线与色彩

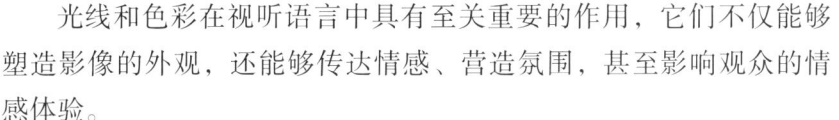

光线和色彩在视听语言中具有至关重要的作用，它们不仅能够塑造影像的外观，还能够传达情感、营造氛围，甚至影响观众的情感体验。

在影视拍摄中，光线可以分为几种不同的类型，每种类型都有其独特的视觉效果和情感表达。下面是几种常见的拍摄光线类型，如图7-11所示。

自然光线	直射光：来自太阳直接照射的光线，通常在户外使用，可以产生清晰的高对比度效果。散射光：通过云层、雾气或其他物体散射的阳光，可以产生柔和的低对比度效果。反射光：来自周围环境的光线反射到主体上，如水面、金属等反光表面
人造光线	直接光：从光源直接照射到主体上的光线，可以产生清晰的细节和强烈的阴影。软光：通过柔光箱或其他散光设备产生的光线，可以产生柔和的阴影和低对比度效果。轮廓光：从侧后方或后方照射到主体上的光线，突出主体的轮廓。背光：从背后照射到主体上的光线，可以产生剪影效果
色温光线	冷色调：蓝光较多的光线，通常在早晨或傍晚产生。暖色调：红光较多的光线，通常在中午或下午产生

图7-11 常见的拍摄光线类型

按照光线强度区分，还有高强度光和低强度光；按照光线方向区分，还有正面光、侧面光和逆光。光线主要有以下作用。

① 照明作用。光线最基本的作用是照明被摄体，使人们可以将景物拍摄下来。在摄影中，利用不同类型的光线进行创作，可以获得很多不同类型的画面效果。

② 突出强调作用。光线能够突出或强调人、景、物的造型特点。例如，逆光拍摄可以很好地勾画出物体的外形和轮廓，使画面生动有力。同时，运用光线还可以为影片确立视觉基调，协调画面的构图。

③ 情感表达作用。光线在视听语言中还具有情感表达的作用。不同的光线可以营造出不同的氛围和感觉，从而影响观众的情感体验。

例如，柔和的光线可以传达出温馨、浪漫的情感，而强烈的光线则可以传达出激烈的情感，如图7-12所示。

图 7-12　柔和的光线和强烈的光线画面对比

④ 空间塑造作用。光线还能够塑造空间感。通过光线的明暗对比和投射方向，可以营造出立体感和深度感，使画面更加生动、逼真。

从色相、饱和度、明度角度可以将色彩区分为不同的色系。不同的色彩有不同的作用，各种色彩进行搭配也可以创作出别样的视觉效果。下面为大家介绍色彩在短剧和微电影创作中的作用。

① 情感与心理影响。色彩能直接触动观众的情感，不同的颜色能引发不同的情绪反应，如红色常与激情、危险相关联，蓝色则给人宁静、冷静的感觉。

② 叙事与象征。通过色彩的变化和对比，可以隐喻情节发展，强化主题，或者表现角色的心理变化，如《末代皇帝》中对皇帝不同阶段生活的色彩描绘。

③ 时空指示。色彩可以用来区分不同的时空，如使用特定色调来标记回忆、梦境与现实，增加叙事的层次和深度。

④ 视觉引导与聚焦。色彩的鲜明对比可以引导观众注意画面中的重要元素，帮助突出主体或特定细节，如图7-13所示。

图 7-13　色彩对比鲜明的画面

⑤ 风格与美学。色彩方案是影片美学风格的一部分，使用统一或对比强烈的色彩能塑造独特的视觉风格，反映创作者的艺术追求。

综上所述，光线和色彩不仅服务于技术层面的影像呈现，更是创作者用来讲述故事、传达情感、构建世界观和提升艺术表现力的强大工具。通过精细的光线设计和色彩调配，影视作品能够更加丰富、生动，深刻地影响观众的感知与体验。

080 运动镜头与固定镜头

运动镜头，也称为移动镜头，是指摄像机在运动中拍摄的镜头。它主要通过移动摄像机机位、改变镜头光轴或变化镜头焦距来实现。运动镜头的拍摄要点在于力求画面平稳，保持画面的水平。

运动镜头的表现形式多种多样，包括推、拉、摇、移、跟、甩等镜头。每种形式都有其独特的视觉效果和表现力。

下面介绍运动镜头的作用，如图7-14所示。

突出主体	通过推、升等运镜手法，可以突出画面中的主体人物或物体
展示环境	拉镜头可以展示被摄主体所处的环境，使观众对场景有更全面的了解
增强动感	运动镜头可以使原本不动的物体产生位置的变化，使自身运动的物体更富有动感
塑造氛围	通过不同运动镜头的拍摄手法，可以营造出不同的氛围和情绪
表现时空变化	运动镜头可以连续地表现时间和空间的变化，以及视觉中心的转换，完整地记录事件的发生和发展过程

图7-14 运动镜头的作用

固定镜头则是指在拍摄视频时，镜头的机位、光轴和焦距等都保持固定不变，适合拍摄画面中有运动变化的对象，如车水马龙和日出日落等画面。

需要注意的是，如果不借助任何工具，直接手持拍摄固定镜头，画面很容易模糊或者抖动，因此创作者可以借助一些拍摄工具来保持视频画面的稳定，比如三脚架或者手持稳定器。

081 机位设定

机位设定是微电影或短剧制作中一个至关重要的环节，它指的是确定摄影机在拍摄场景中的具体位置、角度和高度。设定机位是为了实现特定的视觉效果和叙事，从而增强影片的表现力和感染力。

机位设定包含以下几个关键方面。

❶ 位置

定义：摄影机在拍摄场景中的具体地点。

作用：决定观众从哪个角度观看画面，从而影响观众对影片的感知和理解。

实例：摄影机可能被放置在场景中心、边缘或特定位置，以捕捉特定的拍摄视角和画面构图。

❷ 角度

定义：摄影机与被摄物体之间的水平角度关系，如正面、侧面、背面等。

作用：影响画面的构图和视觉效果，同时传达特定的情感和信息。

实例：正面角度通常用于表现人物的正面特征，侧面角度则强调人物的轮廓和动作，背面角度则会增加神秘感或暗示人物心情，如图7-15所示。

图 7-15 背面角度画面

❸ 高度

定义：摄影机与被摄物体之间的垂直距离关系，如平视、仰视、俯视等。

作用：影响画面的透视关系和视觉效果，同时传达创作者对场景的特定看法。

实例：平视角度通常用于表现自然、客观的视角，仰视角度则强调被摄物体的高大、威严，俯视角度则用于表现广阔的场景或强调人物的渺小。

❹ 叙事功能

机位设定不仅是技术层面的选择，更是创作者叙事策略的一部分。不同的机位设定可以强调不同的细节、人物关系和情感变化，从而推动故事的发展。

❺ 导演风格

机位设定也是导演个人风格的重要体现。不同的导演可能偏好不同的机位设定，以表达其独特的审美和叙事观念。

一般而言，在拍摄的时候，会设定多个机位，从而拍摄不同角度、高度、景别的镜头画面，不过需要保持画面的连续性和一致性，注意镜头的切换点和过渡效果，为后期剪辑提供方便。

在实际操作中，机位设定通常需要考虑多个因素的综合影响，包括场景特点、人物关系、光线条件、摄影器材等。创作者和拍摄者需要密切合作，通过不断地尝试和调整，找到最适合当前场景和叙事需要的机位。

082 场面调度

场面调度是影视制作中的一项重要技术，它涉及演员在镜头前的位置、移动和互动，以及摄像机的位置和运动。场面调度是创作者用来控制和引导演员表演、塑造场景氛围和推动情节发展的工具。以下是一些常见的场面调度技巧。

❶ 演员的位置和移动

创作者可以根据剧情和角色的情绪状态来安排演员在镜头前的位置。例如，主角可能会被安排在画面中央，以突出其角色的重要性，如图7-16所示。

图 7-16　主角被安排在画面中央

演员在镜头前的移动可以传达情感和动作，导演会指导演员在场景中的走位，以创造特定的视觉效果和情感氛围。

❷摄影机的位置和运动

摄影机的位置可以影响观众的视角和情感反应。例如，高角度拍摄可以强调角色的脆弱性，低角度拍摄可以强调角色的强大或控制力。

摄影机的移动，如推拉、跟拍、摇移等，可以引导观众的视线，增强故事的紧张感和情感表达。

❸镜头的切换和剪辑

创作者会指导摄影机操作员在特定时刻切换镜头，以展现不同角色的视角或情感状态。

创作者与剪辑师合作，通过镜头的剪辑来讲述故事，控制节奏和情感。

❹道具和环境的运用

创作者会利用道具和环境来辅助场面调度，例如，通过改变场景的布置或使用特定的道具来表达角色的情绪或推动故事的发展。

❺光线和阴影的使用

创作者会指导拍摄者使用光线和阴影来塑造场景的氛围和情感。例如，使用柔光来创造温暖的氛围，或者使用阴影来增加故事的神秘感，如图7-17所示。

图 7-17　使用阴影来增加故事的神秘感

通过精心的场面调度，创作者可以有效地控制观众的视角和情感反应，从而增强故事的叙述效果和观众的沉浸感。创作者和拍摄者需要密切合作，根据剧本和拍摄计划来制定和执行场面调度方案。

083　视频声音

视频声音是视频的重要艺术表现形式之一，与画面相搭配，可以使视频呈现出好的效果。视频声音包含人声、音乐和音效3个部分，它们各司其职，也相互联系。下面对视频声音的这3个部分内容进行详细介绍。

1. 人声

人声指短视频中的人物发出的声音，用来讲述故事、表现人物性格和传达情绪等。人声按照不同的表现方式可以分为对白、独白和旁白3种类型，具体内容如图7-18所示。

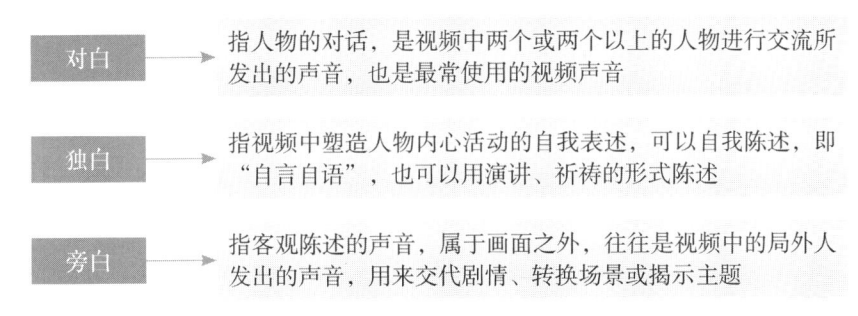

对白 → 指人物的对话，是视频中两个或两个以上的人物进行交流所发出的声音，也是最常使用的视频声音

独白 → 指视频中塑造人物内心活动的自我表述，可以自我陈述，即"自言自语"，也可以用演讲、祈祷的形式陈述

旁白 → 指客观陈述的声音，属于画面之外，往往是视频中的局外人发出的声音，用来交代剧情、转换场景或揭示主题

图 7-18 人声的表现方式

2. 音乐

音乐经过处理后融入视频，可以帮助视频呈现出更好的视听效果。一般来说，加入合适的背景音乐，可以更好地完善整个视频，也能让观众与视频中的人物共情，同悲同喜。具体而言，音乐在视频中可以发挥以下几个作用。

① 抒发情感，增强视频中的情感，引起用户共鸣；还可以起到烘托主题氛围的作用，如融入伤感的音乐，来烘托出男女主不舍离别的氛围。

② 与视频中人物的行为相对应，刻画出人物的性格。

③ 在地域风情的视频中，音乐可以展现出地方特色。

④ 在场景的切换中，可以引入一段音乐来衔接。

在选择和使用音乐时，应考虑视频的内容、风格和目标受众，以确保音乐与视频的视觉内容相协调，并能够有效地传达故事的情感和氛围。音乐的使用应该谨慎，避免过度使用或使用不合适的音乐，以免分散观众的注意力或产生负面效果。

3. 音效

音效是电影、电视、视频游戏和其他媒体中使用的声音效果，它们可以增强故事情节、情感表达和视觉体验。音效的类型和作用多种多样，以下是一些常见的音效类型，如图7-19所示。

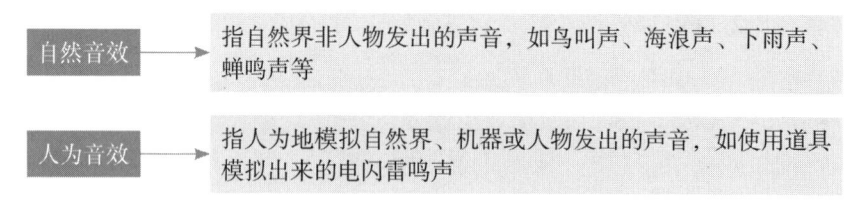

| 自然音效 | 指自然界非人物发出的声音，如鸟叫声、海浪声、下雨声、蝉鸣声等 |

| 人为音效 | 指人为地模拟自然界、机器或人物发出的声音，如使用道具模拟出来的电闪雷鸣声 |

图 7-19　常见的音效类型

音效可以营造特定的氛围和情感，通过声音的音调、节奏和强度来影响观众的感受，并能够增强场景的真实感，如通过模拟真实环境的声音来让观众更加投入故事。

在微电影、短剧等视频的制作中，音效的选择和运用是极其重要的，它们能够极大地影响画面的情感氛围和视觉风格。通过巧妙地使用不同类型的音效，创作者可以创造出独特的声音效果，增强故事的叙述效果。

7.2　掌握视觉效果的内容

视觉效果是电影、电视、视频游戏和动画等媒体作品中使用的一种技术，它通过计算机生成图像来创造或增强现实世界的视觉效果。视觉效果的内容非常广泛，本节将简要介绍一些主要内容。

084　特效制作

特效是指在电影、电视、视频游戏、戏剧和其他媒体作品中使用的各种视觉和听觉效果。特效制作的内容非常广泛，涉及多个领域和技能。下面介绍一些主要的内容。

❶ 视觉特效

在三维建模与动画方面，创建和动画化三维角色、生物、物体和环境。

在特效模拟方面，模拟复杂的自然现象和环境效果，如爆炸、大火、洪水、地震等，如图7-20所示。

在合成与剪辑方面，将实拍素材与CGI（Computer-generated imagery，三维动画）元素相结合，创造出新的场景或增强现有的场景效果，如图7-21所示。

在渲染与光照方面，使用高级渲染软件来创建逼真的图像，包括光照、阴影、反射、折射等效果。

第 7 章　精美化，13 种视听语言与视觉效果

图 7-20　模拟大火特效　　　　　图 7-21　合成月球场景画面

❷ 物理特效

在道具制作方面，制作各种道具、服装、武器和特殊效果设备。

在爆炸与烟火方面，设计和制作真实的爆炸效果、烟火效果和火焰效果。

在布景与环境设计方面，设计并搭建电影或电视节目中的布景和环境。

❸ 音频特效

在声音设计方面，设计并录制各种音效，包括环境音效、动作音效、对话音效等。

在音效剪辑方面，剪辑和调整声音效果，以增强故事的叙述效果和观众的体验。

❹ 视觉效果设计

在概念艺术方面，设计视觉概念和草图，为视觉效果提供创意和视觉指导。

在分镜与故事板方面，制作分镜和故事板，规划视觉效果的呈现方式和叙事结构。

❺ 特效制作的管理与协调

在特效团队协调方面，协调特效团队的工作，确保特效制作与整体制作进度和质量要求相匹配。

在特效预算管理方面，制定和执行特效制作的预算，确保资源的有效利用。

随着技术的不断进步，特效制作在媒体作品中的作用越来越重要，它已经成为现代电影和电视制作不可或缺的一部分。

085　合成与跟踪

合成与跟踪是视觉特效制作的关键步骤，它们涉及将多个元素组合在一起，制作出最终的画面效果。下面介绍一些合成与跟踪的主要内容。

扫码看教学视频

1. 合成

合成涉及将多个视觉元素，如实拍镜头、3D渲染元素、2D图形、动画等结合在一起，制作出最终看起来连贯、逼真的图像或场景。合成的关键内容有以下部分。

① 图层管理。将不同的视觉元素组织成图层，对每个图层可以独立调整不透明度、混合模式、动画等。

② 色彩匹配。确保不同来源的素材在色彩、曝光、饱和度等方面保持一致，以达到视觉上的统一。

③ 抠像。从绿幕或蓝幕背景中分离出主体，将其置入新的背景中，这是合成最常见的应用之一。

④ 遮罩。通过自动跟踪创建形状，用于精确控制哪些部分可见或对哪些部分应用效果。

⑤ 透视匹配。利用摄像机跟踪数据，使CG（Computer Graphics，如游戏、图片或过场动画）元素正确地融入实拍镜头中，考虑透视、景深和运动模糊等因素。

⑥ 光线与阴影匹配。添加或调整光线和阴影，使合成元素与场景照明相协调。

⑦ 深度合成。处理深度信息的合成，更精细地控制元素之间的遮挡和不透明度。

⑧ 特效与滤镜应用。使用各种特效和滤镜增强合成效果，如镜头光晕、颗粒、模糊等。

2. 跟踪

特效跟踪是影视后期制作的一种重要技术，跟踪主要有以下部分。

① 二维跟踪。跟踪平面图像中的运动，比如平移、缩放、旋转等，适用于平面替换或稳定镜头。

② 三维跟踪。分析镜头中的三维空间运动，获取摄像机的移动路径和场景的深度信息，用于精确的3D元素集成。

③ 稳定。消除素材中的相机抖动，使画面更加平稳。

④ 匹配移动。通过跟踪实拍素材来驱动3D摄像机，使得CG场景能与实拍镜头完美融合。

⑤ 前景与背景分离。在进行复杂跟踪时，可能需要先分离前景和背景，分别进行跟踪处理。

⑥ 点跟踪与平面跟踪。基于图像中的特征点或平面进行跟踪，为后续合成提供运动数据。

⑦ 自动与手动跟踪。自动跟踪适用于大多数情况，而手动跟踪则用于解决自动跟踪无法准确处理的复杂或不规则运动。

⑧ 偏移修正与优化。对跟踪结果进行微调，以纠正偏差，提高跟踪的准确性。

合成与跟踪是相辅相成的，跟踪提供了合成所需的关键运动数据，而合成则利用这些数据和其他技术制作出令人信服的视觉效果。

086　颜色校正与分级

扫码看教学视频

颜色校正和颜色分级是视觉特效和后期制作的重要环节，它们涉及对视频或图像的颜色调整，以达到特定的视觉效果或艺术风格。下面是颜色校正与颜色分级包含的内容。

1. 颜色校正

颜色校正是一个基础且客观的过程，旨在修复或标准化影片中的颜色，使其看起来自然、均衡。它通常包括以下几个方面。

① 基本色调调整。调整亮度、对比度、饱和度和色调。平衡图像的整体色调，使其看起来更加自然或符合特定的视觉效果。

② 色彩平衡。调整红、绿、蓝（RGB）通道的颜色，以解决颜色不平衡的问题。确保图像的色温和色调与场景或故事的情绪相匹配。

③ 曝光调整。调整图像的曝光，使暗部和高光细节得到更好的展现。使用曲线和直方图来控制曝光和动态范围。

④ 细节增强。增强图像的细节，如锐化和去噪，改善图像的清晰度和质感。

⑤ 色彩匹配。将多个镜头的颜色进行匹配，以确保它们在剪辑过程中看起来一致。统一不同拍摄日期的图像的颜色，减少时间差异带来的影响。

2. 颜色分级

颜色分级则是一个更为主观且创造性的过程，它在颜色校正的基础上进一步强化或改变影片的视觉风格，以传达特定的情绪、氛围或美学效果。颜色分级一般涵盖以下内容。

① 创意调色。运用色彩理论和艺术感觉，为影片赋予独特的色调，如冷色调营造疏离感，暖色调则用于营造亲切温馨的气氛，如图7-22所示。

图 7-22 冷色调与暖色调画面

② 色调映射。在HDR（高动态范围）制作中，通过色调映射来适应不同的显示设备，同时这也是打造特定视觉效果的手段。

③ 色彩分离与强调。通过增强或削弱画面中特定色彩的饱和度和亮度，引导观众的注意力，突出主题或情感。

④ 风格化处理。模仿特定的胶片质感、模拟时代风格或创造完全虚构的色彩世界。

⑤ 局部调色。使用遮罩或关键帧技术对画面中的特定区域进行单独的颜色调整，而不影响整体画面。

⑥ 光影塑造。通过色彩和对比度的调整来加强或重塑场景的光影效果，增强深度感和立体感。

综上所述，颜色校正更侧重于技术性修复和标准化，确保画面的真实与均衡；而颜色分级则专注于艺术表现和风格塑造，是实现创作者视觉意图的关键步骤。两者结合使用，极大地影响着影视作品的最终视觉效果和观众的观影体验。

087 转场效果

转场效果是后期连接不同场景或片段的重要手段，它们有助于平滑地引导观众从一个视觉内容过渡到另一个视觉内容，同时也可以增强叙事的流畅性和视觉吸引力。

转场效果大致可以分为几大类，包括基础转场、特效转场及其他创意转场技术。下面进行相应的介绍。

❶ 基础转场

例如，剪辑转场是直接、无特效地从一个镜头切换到下一个镜头；淡入转场是画面由黑逐渐变为可见内容，常用于开场或场景开始；淡出转场是画面逐渐变为黑色，常用于结束或场景过渡；闪白转场则是通过快速的白色画面实现场景切换，用于时间跳转或强调。

❷ 溶解转场

例如，交叉溶解转场是一个画面渐渐溶解为下一个画面的效果，是最常用的过渡方式之一，适用于平缓的场景转换；波纹溶解转场是一种具有水波纹理的溶解效果，可以为画面增添艺术感。

❸ 特效转场

例如，粒子效果转场可以使用粒子动画作为过渡，如火花、烟雾等，增强视觉冲击力；光影效果转场一般利用光线变化或阴影移动作为转场，营造特定氛围；遮罩转场一般通过形状、图案或动态遮罩来创意性地过渡场景，如图7-23所示；3D转场，如3D旋转、翻转等，利用三维空间效果进行转场，如图7-24所示。

图 7-23　圆形遮罩转场画面　　　　图 7-24　3D 转场画面

❹ 其他创意转场

例如，划像转场是一个画面被另一个画面"擦除"的效果，可以有多种形状和方向；叠变转场是画面分割后交错过渡到新场景，如门开效果；卷页转场模仿的是书页翻动效果，常用于故事叙述；缩放转场则通过镜头拉近或推远实现场景变换；音效转场虽然不是视觉转场，但通过特定音效桥接场景，增强转场效果。

❺ 编程转场效果（针对数字媒体）

例如，渐变效果通过利用代码控制页面或元素的不透明度变化来实现转场；3D渲染转场是利用WebGL等技术实现的三维空间中的转场效果，如环境映射转场、深度溶解等。

在实际应用中，选择合适的转场效果应考虑视频内容、风格、节奏及目标观众的感受，避免过度使用，以免分散观众的注意力或显得过于花哨。

088　文本与图形

文本与图形是视频编辑和视觉设计的重要组成部分，它们用于传达信息、增强视觉效果和表达艺术风格。下面是一些常见的文本与图形内容，如图7-25所示。

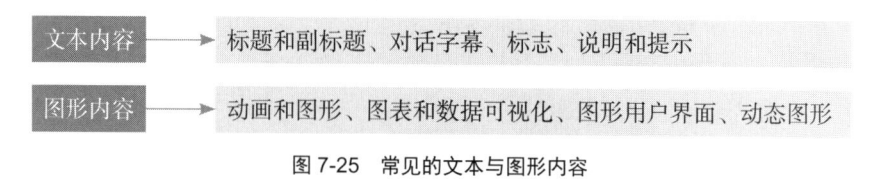

| 文本内容 | ➡ | 标题和副标题、对话字幕、标志、说明和提示 |
| 图形内容 | ➡ | 动画和图形、图表和数据可视化、图形用户界面、动态图形 |

图 7-25 常见的文本与图形内容

例如，微电影中的片头标题就是文本内容的一部分。

文本与图形能够增强视频的视觉效果和艺术风格，传达关键信息和情感。通过精心设计文本与图形，创作者可以更好地吸引观众的注意力，传达特定的情感和主题，并增强视频的整体观赏性。

第 8 章　情感线，10 种产生情感共鸣的方法

　　情感共鸣是指观众在观看短剧、微电影时，对作品中角色的情感经历产生强烈的认同和情感反应。在短剧和微电影中，情感共鸣是极为关键的，它能够让观众在短时间内深入地投入到故事中，感受到角色的情感波动，从而加深对影片主题的理解和记忆。本章将介绍相应的技巧，帮助创作者与观众建立情感联系，使观众更加投入故事，并产生共鸣。

8.1 深入探索人物内心世界

深入探索人物内心世界是剧本创作极为关键的一环，它能让角色鲜活起来，让观众感受到角色的情感深度与真实性。本节将介绍一些实用技巧，帮助创作者在剧本中更好地挖掘和表现人物的内心世界。

089 设定背景与动机

为角色设定详细的背景故事和动机，有助于观众理解他们的行为和心理。下面介绍一些技巧。

❶ 设定背景故事

详细描绘成长环境，如人物的出生地、家庭结构、教育经历、文化背景等，这些都会对其性格和行为产生深远影响。

例如，一个在贫困环境中长大的角色可能更加坚韧不拔，而一个从小接受贵族教育的角色可能会表现出一定的傲慢或礼仪感，如图8-1所示。

图 8-1　一个在贫困环境中长大的角色和一个从小接受贵族教育的角色

选择几个关键的人生转折点，如失去亲人、意外的成功或失败、重大的决定等，这些事件能够深刻塑造人物性格和价值观。

人物过去的创伤或成就会成为其行为动机的一部分。例如，一个曾经历过背叛的角色可能会变得难以信任他人，或者一个曾获得巨大成功的角色可能对再次成功有着不寻常的渴望。

❷ 明确动机

动机包含内在动机和外在动机。内在动机是角色内心深处的驱动力，如爱、复仇、自我实现、归属感等。明确角色的内在动机有助于观众理解其行为背后的逻辑。

例如，一位科学家努力研发新药，其动机可能是为了治愈患病的女儿，体现了爱与责任的内在动机。

外在动机受到外部环境或条件的影响,如金钱、权力、名誉、生存压力等。外在动机通常与故事的冲突紧密相关。

例如,一位侦探调查案件,其外在动机是解开谜团,恢复正义,同时也可能为了晋升或证明自己的能力。

❸ 动机与背景的融合

要确保人物的背景故事与动机之间有一致性和逻辑性,角色过去的经历应当合理地解释其现在的行为和选择。

人物动机可以是多层的,既有短期目标也有长远理想,这些动机相互交织,让角色更加立体。

人物的动机并非一成不变的,随着故事推进,角色经历的挑战和成长可能使其动机发生变化,这种转变是角色弧光的重要组成部分。

通过上述方法,可以为剧本中的人物构建出既真实又富有吸引力的背景故事和动机,使角色成为推动剧情发展的强大动力,同时也能深深触动观众的心灵。

090 设定独白和情感冲突

利用内心独白和回忆可以展现角色的思想和情感,也是推动故事发展和深化主题的有效手段。

下面介绍一些为人物设定独白的技巧,如图8-2所示。

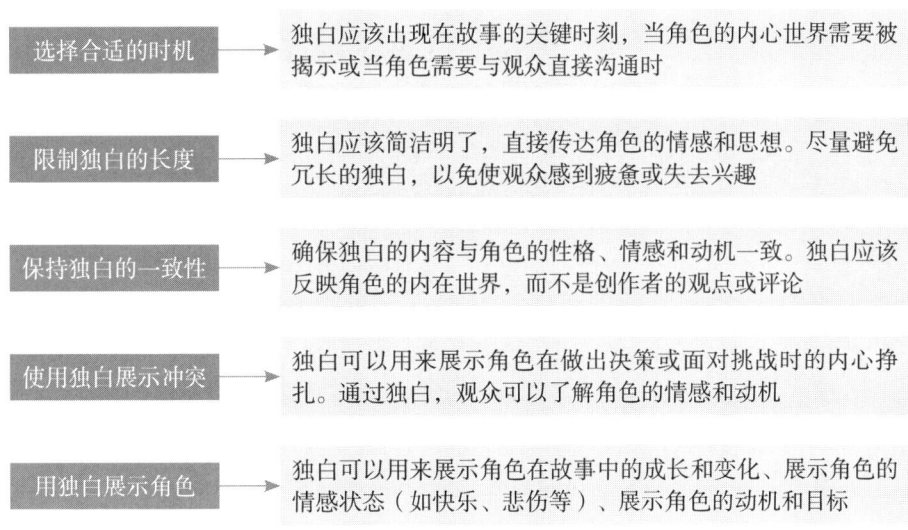

选择合适的时机	独白应该出现在故事的关键时刻,当角色的内心世界需要被揭示或当角色需要与观众直接沟通时
限制独白的长度	独白应该简洁明了,直接传达角色的情感和思想。尽量避免冗长的独白,以免使观众感到疲惫或失去兴趣
保持独白的一致性	确保独白的内容与角色的性格、情感和动机一致。独白应该反映角色的内在世界,而不是创作者的观点或评论
使用独白展示冲突	独白可以用来展示角色在做出决策或面对挑战时的内心挣扎。通过独白,观众可以了解角色的情感和动机
用独白展示角色	独白可以用来展示角色在故事中的成长和变化、展示角色的情感状态(如快乐、悲伤等)、展示角色的动机和目标

图 8-2 为人物设定独白的技巧

在剧本创作中，设定人物的情感冲突是构建戏剧张力、吸引观众注意力并促进角色成长的关键。下面是为人物设定情感冲突的一些有效的方法。

① 内在冲突与外在冲突结合。内在冲突指的是角色内心的矛盾，比如理想与现实的差距、道德抉择的挣扎、自我认同的困惑等。外在冲突则涉及角色与外界的关系，如与其他角色的争执、环境的挑战、社会规范的束缚等。

将内在冲突与外在冲突结合起来，可以创造出复杂且引人入胜的人物弧光。

② 设立目标与障碍。为角色设定清晰的目标，然后布置一系列障碍，包括物理障碍、人际关系障碍，以及内在的心理障碍。这些障碍会引发角色的情感波动，形成冲突，如图8-3所示。

图 8-3　引发角色的情感波动

③ 价值观冲突。当两个或多个角色基于不同的价值观、信念或道德观发生碰撞时，会产生强烈的情感冲突。这种冲突往往深刻且具有普遍性，能够触动观众。

④ 爱恨交织。在亲密关系中引入爱与恨、依赖与抗拒的复杂情感，如家庭成员间的误解、恋人间的矛盾等，这些都是情感冲突的丰富来源。

⑤ 秘密与揭露。角色的秘密一旦被揭露，往往会引发信任危机、背叛感或愧疚等强烈的情感反应。这种冲突可以加深人物层次，推动情节发展。

⑥ 选择与牺牲。让角色面临两难选择，每个选项都有重大代价，迫使角色在爱、责任、个人欲望之间做出艰难取舍，这种内心的挣扎会形成深刻的情感冲突。

⑦ 过去的阴影与创伤。角色过去的创伤或未解决的问题，如失去亲人、失败的经历、童年阴影等，会影响他们的现在，形成情感上的障碍和冲突。

⑧ 角色成长的阻力。设定一些事件或人物，作为角色成长道路上的阻碍，如严厉的家长、嫉妒的朋友或自己的恐惧与不自信，这些都可构成情感冲突。

⑨ 利用时间压力。给角色解决问题或实现目标设定紧迫的时间限制，增加压力，促使情感冲突迅速升级，增强紧迫感和紧张气氛。

⑩ 情感反转。通过情节设计，让角色的情感状态或关系突然发生逆转，如从敌对到合作、从信任到怀疑，这样的转变会带来强烈的戏剧性和情感冲击。

通过这些方法，可以有效地在剧本中构建多层次、多维度的情感冲突，推动故事发展，增强角色深度，使观众更加投入于故事之中。

091 使用心理分析方法

创作者可以把观众观看短剧、微电影的过程类比为心理咨询，观众是心理诊所的来访者，视频里的人物是心理咨询师。在剧本创作中，运用心理分析方法是一种深入挖掘角色内心世界的有效策略。下面介绍一些技巧，如图8-4所示。

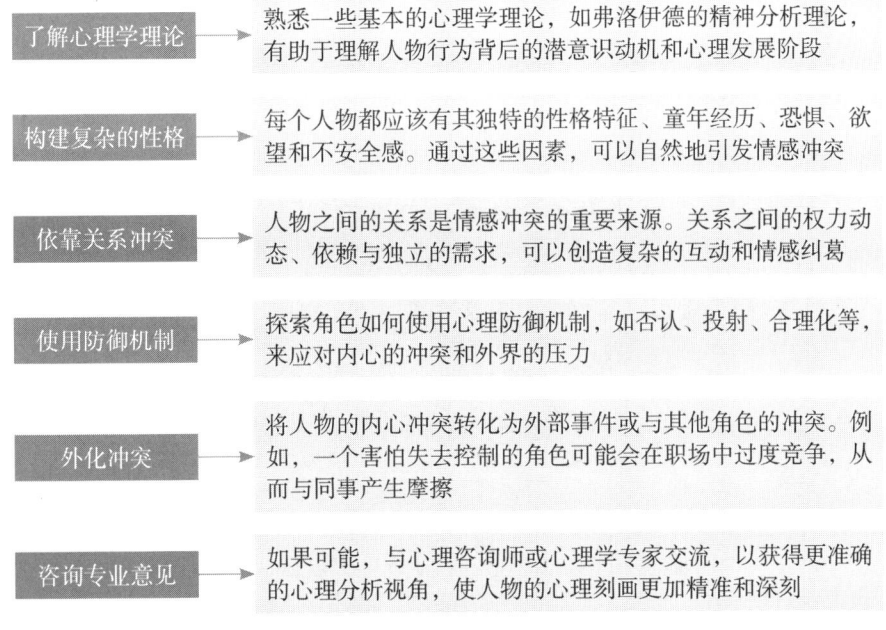

了解心理学理论	熟悉一些基本的心理学理论，如弗洛伊德的精神分析理论，有助于理解人物行为背后的潜意识动机和心理发展阶段
构建复杂的性格	每个人物都应该有其独特的性格特征、童年经历、恐惧、欲望和不安全感。通过这些因素，可以自然地引发情感冲突
依靠关系冲突	人物之间的关系是情感冲突的重要来源。关系之间的权力动态、依赖与独立的需求，可以创造复杂的互动和情感纠葛
使用防御机制	探索角色如何使用心理防御机制，如否认、投射、合理化等，来应对内心的冲突和外界的压力
外化冲突	将人物的内心冲突转化为外部事件或与其他角色的冲突。例如，一个害怕失去控制的角色可能会在职场中过度竞争，从而与同事产生摩擦
咨询专业意见	如果可能，与心理咨询师或心理学专家交流，以获得更准确的心理分析视角，使人物的心理刻画更加精准和深刻

图8-4 运用心理分析方法的技巧

通过以上方法，结合深入的心理分析，剧本中的人物情感冲突将更加丰富、立体，从而提升剧本的艺术感染力和深度。

8.2 构建引人入胜的情节

在故事中设置情感冲突，可以让观众对角色的命运产生关注。因此，通过故事的发展，构建引人入胜的情节，展现角色情感的变化和成长，可以让观众感受到角色的真实性和可信度。本节将为大家介绍一些相应的技巧。

092 设定鲜明的目标与障碍

在打造情节的时候，每个角色都应有清晰的目标，而他们在追求目标的过程中会遇到一系列挑战和障碍。这些障碍不仅可以测试角色的决心，也会使观众对他们产生同情和支持，因为人们自然会被克服困难的故事所吸引。

下面介绍一些设定目标与障碍的创作技巧。

① 明确角色愿望。首先，清晰界定每个主要角色的内心愿望或外在目标。这个目标应当是具体、可感知的，且对角色至关重要，足以驱动整个故事的发展。比如，揭露真相、寻找失散多年的亲人、赢得比赛等，如图8-5所示。

图 8-5 赢得比赛

② 注意目标的层次性。角色的目标可以有多个层次，包括短期目标、中期目标和最终目标。多层次的目标设定可以增加故事的深度和复杂性，使观众跟随角色一步步接近或远离最终目标。

③ 设计障碍与逐步升级的难度。设计与角色目标直接冲突的障碍，这些

障碍可以是外在的（如物理障碍、敌人、环境因素），也可以是内在的（如恐惧、自我怀疑、道德困境），还需要确保障碍既具有挑战性，又符合逻辑，避免过于牵强。

障碍应随着故事的进展而逐渐升级，增强故事的紧张感和紧迫感。克服每个障碍后都应迎接新的挑战，促使角色成长或改变策略，同时也让观众保持高度关注。

④ 注意障碍的逻辑性。在设定障碍时，平衡好情感共鸣与逻辑的合理性。在情感上，障碍应触动观众，让他们为角色的遭遇感到紧张或同情；在逻辑上，障碍的出现需合情合理，不能显得突兀或人为设置。

⑤ 利用时间限制。为达成目标设定时间限制，增加紧迫感。比如，必须在24小时内救出人质、在比赛时间截止前完成一道菜的烹饪等，如图8-6所示。时间的压迫感可以极大地增强故事的张力。

图8-6 在比赛时间截止前完成一道菜的烹饪

⑥ 内在冲突与外在挑战的交织。将角色的内在冲突与外在挑战结合起来，让角色在克服外在挑战的同时，面对和解决内心的矛盾，这种内外交织的冲突模式更能触动人心。例如，男主角在克服恐高症的同时，还需要参加一个攀爬比赛。

⑦ 意外转折。适时加入意外转折，使角色的目标或面临的障碍发生意料之外的变化。这不仅增加了故事的不可预测性，也为角色提供了展现复杂情感和决策的机会。例如，女主角竟然是富商失散多年的女儿，她的人生又会发生什么变化呢？

⑧ 目标与主题的统一。确保角色的目标与剧本整体的主题紧密相连。每个角色的奋斗和挑战都应为深化主题服务，使故事更加连贯且有深度。例如，在一

部校园类型的短剧里，主角的目标是考上大学，而作品的主题是积极向上、宣传正能量，刚好二者相统一，在大方向上是正确的。

通过上述方法，创作者可以有效地在剧本中设定鲜明的目标与障碍，构建一个既引人入胜又情感丰富的叙事框架。

093 制造情感弧线

情感弧线是创作剧本的一个重要元素，它描述了角色在故事中的情感变化和成长。通过情感弧线，观众能够见证角色的内心旅程，并与之产生情感共鸣。下面是一些制造情感弧线的技巧和方法。

① 确立起点。首先，明确角色在故事开始时的情感状态，包括性格特点、价值观、内心信念及潜在的心理问题，这为情感变化设定了基准线。

② 设定终点。确定角色在故事结束时希望达到的情感或性格上的变化。这可以是正面变化（如从自私到无私）、负面变化（如从理想主义到愤世嫉俗），或复杂的混合变化。

③ 定义核心冲突。核心冲突是推动情感变化的关键。它既可以是外部事件（如对抗恶势力、追求爱情），也可以是内在的挣扎（如克服恐惧、接受自我）。冲突应直接挑战角色的起点状态。

④ 设计关键事件。安排一系列关键事件或转折点，这些事件促使角色面对冲突，经历挑战和失败，从而逐渐改变其情感状态。每个事件都应加深角色的内心挣扎，推动情感弧线的发展。例如，一个落魄的律师，本来要放弃做律师了，后来为一位老人赢得了一门案子，他开始振作起来，并开展了新的业务，如图8-7所示。

图 8-7 律师和老人

⑤ 设计内心斗争与顿悟。描述角色内心的矛盾和斗争，通过自我反省或与他人的互动，角色逐渐意识到自己的缺陷或成长的必要性。一个或多个顿悟时刻是情感转变的关键点。

⑥ 制造情感高峰。创造一个或几个情感高峰，通常是冲突最为激烈、角色面临最大挑战的时刻。这些场景是角色情感转变的催化剂，也是观众产生情感共鸣的高潮。

⑦ 展示角色的变化。展示角色如何应用新获得的认识或以新的情感状态去解决问题，以及这一变化如何影响他们的行为和决策。角色的行动和选择应反映出其内心的成长。

⑧ 后果与解决方案。展示角色变化后带来的后果，无论是积极的还是消极的，以及角色如何应对这些后果，最终达到或接近预定的情感终点。

094 细节描写与感官体验

在剧情创作过程中，细节描写与感官体验是增强故事真实感和引起观众情感共鸣的关键。下面介绍一些方法，帮助创作者有效地运用这些元素。

① 视觉细节。描述场景的色彩、光影、布局，让观众能在心中构建出画面。比如，不是简单地说"房间很乱"，而是描述"书籍随意堆叠在角落，衣物散落在床脚，阳光从半拉的窗帘缝隙中斜照进来，灰尘在光柱中舞动"，如图8-8所示。

图8-8 细节化描述场景

② 听觉描写。利用声音增加场景的真实感。比如，"远处教堂的钟声缓缓敲响，与街道上偶尔传来的笑声和车轮滚过鹅卵石路的嘎吱声交织在一起"。

③ 嗅觉与味觉描写。触发观众的嗅觉和味觉记忆。比如,"厨房里弥漫着新鲜烘焙的面包的温暖香气,混杂着刚煮好的咖啡的醇厚味道"。

④ 触觉与温度。描述触感和温度,使场景更加立体。比如,"冰冷的雨水打在脸上,刺骨的寒风穿透单薄的外套,让人不禁紧了紧衣领"。

⑤ 情感与心理细节。描写角色微妙的表情变化、肢体语言和内心活动,比如,"她嘴角微微上扬,眼神中却闪过一丝不易察觉的忧伤",如图8-9所示。

⑥ 环境与氛围。通过细节营造特定的氛围。比如,"夜晚的森林,月光透过密集的树叶洒下斑驳的光影,四周的寂静被偶尔传来的夜鸟叫声打破,营造出一种神秘而又略带不安的氛围",如图8-10所示。

图 8-9　角色微妙的表情　　　　　　　图 8-10　营造特定的氛围

⑦ 选择性强调。不必在每个场景都详尽地描述所有感官的细节,而是根据情节需要选择性地突出某些细节,以增强特定的情感或推动剧情的发展。

通过这些技巧,创作者可以使剧本情节更加丰富、生动,让观众仿佛身临其境,从而加深他们的情感体验和故事的吸引力。

8.3　运用真实的情感表达

编剧在创作剧本的时候,不应该想着如何让情节变精彩,或者让事件变大,而是要关注所设置的情节和事件,是否能够产生引起观众共鸣的情感。例如,从好奇到怀疑,从快乐到伤悲,再到爱、恨等。

在剧本创作中,真实的情感表达具有至关重要的作用,它直接关系到作品的吸引力、深度,以及观众产生的共鸣的程度。

观众把情感投射到影视作品中,描述这种心理现象的词语叫作"移情",移情乃是一切影视作品打动观众的根源。本节将为大家介绍在剧本创作中,如何运用真实的情感表达来表现情感。

095　运用同情心

同情心是一个广泛的概念，既包括对好人悲惨命运的同情，又包括对坏人遭到惩罚和报应的释放。

比如，一个努力工作的单亲妈妈，为了孩子能够有更好的生活条件而不懈奋斗，即使面临重重困难也不放弃，观众会因为她的牺牲和母爱而产生同情。

再比如，当一个角色从最初的自私、冷漠，到经历一系列事件后变得关心他人、懂得珍惜，这种成长和变化会让观众看到角色的进步，从而产生同情和产生共鸣。

下面介绍一些关于如何在剧本中运用同情心的具体建议。

① 塑造有深度的角色。在剧本中，可以打造一个经历家庭悲剧或社会不公的角色。比如，一个孤儿在寻找自己的过去时，不断面临挫折和困难。观众会同情这个角色的孤独和坚韧，希望看到他找到幸福。

② 展现角色的脆弱性。即使是最强大的英雄也有软肋，因此创作者可以展现一个战士在面对自己的过去或失去亲人时的脆弱和痛苦。这种脆弱可以让观众更容易对角色产生同情。

③ 描绘角色的成长和变化。例如，在故事结尾，主角逐渐走出悲痛，开始新的生活，这一情感线索让观众看到了主角的情感成长和变化。

④ 设定合理的冲突和困境。在故事中设置一些合理的冲突和困境，如自然灾害、社会压力、人际关系等。当角色面临这些困境时，观众会更容易对他们产生同情，希望看到他们克服困难。

⑤ 展现角色之间的情感联系。在剧本中，可以描绘角色之间的深厚友谊、亲情或爱情。当这些关系破裂时，如图8-11所示，观众会更容易对角色产生同情，并希望看到他们之间的关系得到修复。

图8-11　好友关系破裂

⑥ 引入幽默元素以缓解紧张的气氛。在描绘角色的困境时，可以适当地加入一些幽默元素，以缓解紧张的气氛。这样可以让观众在同情角色的同时，也能感受到一丝轻松和愉悦。

⑦ 呈现角色的努力和奋斗。无论角色面临多大的困难，都要展现他们不断努力和奋斗的精神。这种精神会让观众对角色产生敬意和同情，希望看到他们最终取得成功。例如，《岁月神偷》中的主角，就是在生活的挫折中拼搏进取的。

⑧ 设定合理的结局。在剧本的结尾，要设定一个合理的结局，让观众看到角色的努力和奋斗得到了回报。即使结局不是完美的，也要让观众感受到角色在这一过程中获得的成长和收获。这样的结局会让观众对角色产生更深的同情和共鸣。

在剧本创作中，运用同情心需要细心地塑造角色、描绘他们的成长和变化、设定合理的冲突和困境，以及展现角色之间的情感联系。通过这些方法，可以让观众更容易对角色产生同情和共鸣，从而更深入地投入到故事中去。

096 展现对过去的怀念和对未来的期许

对过去的怀念和对未来的期许是两个在时间维度上互相对应的心理需求，也是人们一直永存的心理和情感需求，还是构建情感深度和推动故事发展的重要手段。以下是一些具体的方法。

❶ 对过去的怀念

使用闪回技术，让观众直观地看到角色过去的经历。

例如，一个中年男子在整理旧物时发现一封初恋的情书，镜头闪回到他们青涩的校园时光，展现两人甜蜜而纯真的恋情，唤起对逝去青春的怀念，如图8-12所示。

图 8-12　青涩的校园时光

角色之间对话时可以提及往昔,通过言语透露出对过去的怀念。例如,在一次家庭聚会中,老父亲讲述年轻时创业的艰辛与成就,家人围坐倾听,共同回忆家族荣耀的历史,增进家族成员间的情感联结。

利用具有象征意义的物品来触发回忆,如一张老照片、一件传家宝或一本日记本。在一部剧本中,女主角在搬家时翻出一个破旧的音乐盒,在旋转它时,音乐响起,引出她对已故母亲的深切怀念。

❷ 对未来的期许

通过角色内心的独白或与他人分享的梦想,表达对未来的憧憬。比如,一位年轻的画家在画室中对着空白画布自言自语,讲述自己梦想举办个人画展,让全世界看到自己的艺术,展现其对成功的渴望。

使用象征性场景来暗示对未来的期望。比如,一对恋人站在山顶上,眺望远方的日出,如图8-13所示,象征着他们共同对美好未来的坚定信念和无限期待。

图 8-13　一对恋人站在山顶上,眺望远方的日出

角色采取的具体行动和做出的决定反映了他们对未来的期许。比如,一名学生决定放弃稳定的工作机会,转而追求自己的创业梦想,他的选择展示了对实现个人价值和成功的深切向往。

097　调动观众的求知欲

求知欲,也就是探索欲,从未知到已知,可以让观众得到情感上的满足。对于短剧,比如悬疑类型的短剧,离不开调动观众的求知欲,求知欲是悬念情节合理存在久演不衰的心理根源。

在剧本中可以创作一些观众没见过的、没感受过的,从而调动观众的求知欲。反例就是一些金庸武侠影视剧和好莱坞大片,套路化、脸谱化的情节与人物导致观众失去了求知欲。

对于短剧而言,有哪些调动观众求知欲的方法呢?下面进行相应的介绍。

① 设置悬念。例如,在剧本的开头描述一个神秘的事件或现象,比如,"一个寂静的夜晚,小镇上唯一的图书馆突然失火,但奇怪的是,所有的书籍都完好无损。"这样的开头立刻引发了观众的好奇心,他们会想要知道为什么会发生这样的事情,以及接下来会发生什么。

② 建立未解之谜。例如,在剧情中插入一个或多个未解之谜,比如主角突然收到一封来自未知之人的信件,信中只有一串密码和一把钥匙,如图8-14所示。观众会自然而然地想要解开这个谜团,跟随主角一起探索真相。

图8-14 信中只有一串密码和一把钥匙

③ 设置角色冲突。例如,创造两个或多个角色之间的冲突,比如一个侦探和他的嫌疑人。观众会想知道谁在说谎、谁是真凶。这种角色之间的冲突和紧张关系可以极大地调动观众的求知欲。

④ 制造反转和惊喜。例如,在剧情中设置一些出乎意料的反转和惊喜,比如主角一直当作朋友的人突然背叛了他,或者一个看似无关紧要的细节在关键时刻揭示了真相。这些反转和惊喜可以不断激发观众的好奇心,让他们更加投入地观看剧情。

⑤ 逐步揭示信息。不要一次性把所有的信息都告诉观众,而是逐步揭示。比如,主角在调查一个案件时,开始只知道一些表面信息,随着剧情的推进,他逐渐发现更多的线索和细节,最终揭开真相。这种逐步揭示信息的方式可以让观

众始终保持紧张感和好奇心。

⑥ 设置开放式结局。在剧本的结尾，不要给出一个明确的答案或解决方案，而是留下一个开放式的结局。比如，主角找到了关键证据，但凶手却突然消失了，留下一个未解的谜团。这样的结局可以让观众在看完剧本后仍然保持思考和讨论，从而增强他们对剧情的记忆和兴趣。

通过这些方法，创作者可以有效地调动观众的求知欲，让他们更加投入地观看并享受你的作品。

098 借用依附和虚荣心理

依附和虚荣的心理需求在一定程度上涉及了人性的功利。观众会对强者产生崇拜之心，对弱者产生鄙视之情。这里的强者不会太强，否则将令观众产生恐惧心理，从而被归类为奇观；这里的弱者不能太弱，否则会激发观众的同情心。英雄电影是最典型的利用依附和崇拜心理需求的类型。

下面介绍一些具体的方法和技巧，帮助创作者有效地运用这两种心理元素，如图8-15所示。

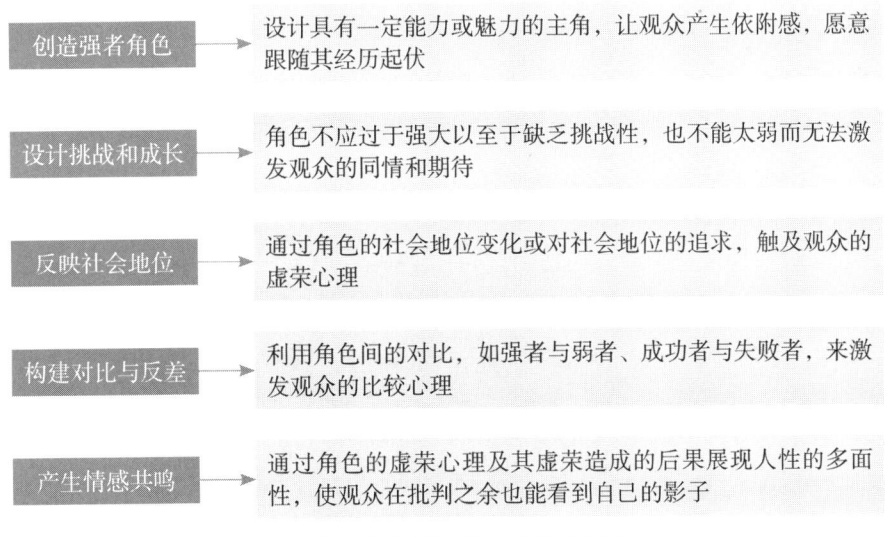

创造强者角色	设计具有一定能力或魅力的主角，让观众产生依附感，愿意跟随其经历起伏
设计挑战和成长	角色不应过于强大以至于缺乏挑战性，也不能太弱而无法激发观众的同情和期待
反映社会地位	通过角色的社会地位变化或对社会地位的追求，触及观众的虚荣心理
构建对比与反差	利用角色间的对比，如强者与弱者、成功者与失败者，来激发观众的比较心理
产生情感共鸣	通过角色的虚荣心理及其虚荣造成的后果展现人性的多面性，使观众在批判之余也能看到自己的影子

图 8-15 借用依附和虚荣心理的具体技巧

通过这些技巧和方法，创作者可以有效地运用依附和虚荣心理来增强故事的吸引力。记住，心理元素是通过情节的设置和角色的情感旅程来实现的，而不仅仅是通过叙述事件。最好通过情感的展现和表达，让观众与角色产生共鸣，从而体验到故事的情感深度。

第9章 短剧创作流程实战：《分手反转》

在学习了短剧的剧本创作流程之后，本章将带领大家进行实战学习，通过实拍短剧来教学，帮助大家巩固所学的知识。总体而言，短剧的创作流程包括创意构思确定题材和主题，建立故事结构和确定角色，设计台词和制造爽点，设置钩子、冲突和反转，以及描述大纲和完善人物。在拍摄和剪辑上，也有相应技巧。由于篇幅有限，本章短剧只拍了一集。

9.1 短剧剧本创作流程

一部精彩的短剧，首先从剧本开始，其次是前期拍摄，最后是后期处理等。剧本是比较核心和重要的环节。本节将为大家介绍短剧剧本的创作流程。

099 确定短剧的主题

确定短剧的主题是创作的第一步，也是非常重要的一步。主题是短剧的核心，它将指导整个剧情的发展和角色的塑造。

在剧本创作中，可以关注当前社会的热点问题，如环境保护、性别平等、教育改革等，可以选择一个你认为重要的社会话题作为短剧的主题。

也可以从个人经历中汲取灵感，可以是自己的故事，也可以是身边人的故事。个人经历往往能够提供真实和感人的素材。

如果没有思路，也可以从历史事件或文化传统中寻找主题，可以是对历史事件的重新解读，也可以是对某种文化传统的探讨。

深奥一点的话，可以探讨哲学问题，如自由意志、存在与本质、道德困境等，都是比较深刻的主题。

围绕人类的基本情感，如爱情、友情、家庭关系等，探讨这些情感在特定情境下的表现和变化，都能引起观众的共鸣。例如，智能机器人女友/男友，如图9-1所示，这是年轻观众比较喜欢的内容。

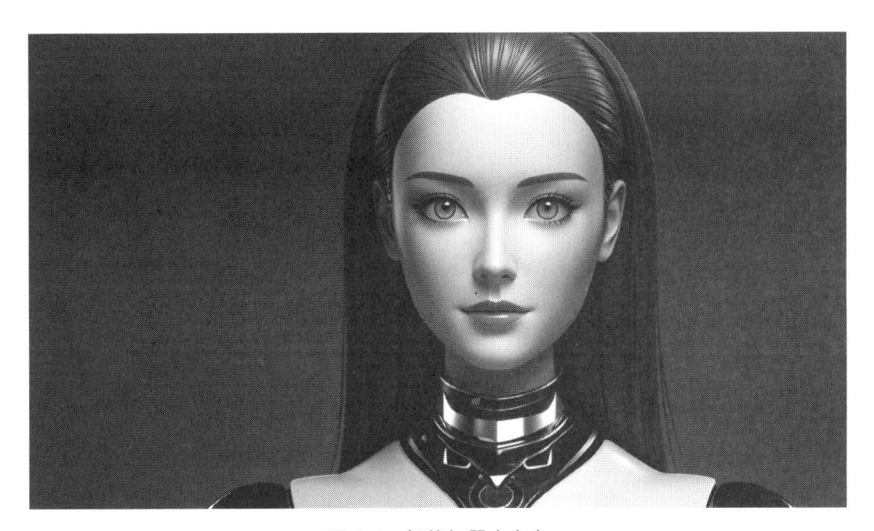

图 9-1 智能机器人女友

如果希望创作轻松幽默的短剧，可以选择一些日常生活中的小事进行夸张和讽刺，以幽默的方式反映社会现象。

有条件的创作者可以通过调查问卷、访谈等方式，了解潜在观众感兴趣的主题，以此为依据确定短剧主题。

在阅读书籍、观看电影、戏剧、听音乐的时候，可以多积累，这样可以激发创作灵感，找到感兴趣的主题。

如果是在团队中创作短剧，可以通过团队会议、头脑风暴等方式，集思广益，共同确定主题。

创作者在确定主题后，还需要对主题进行深入思考和调研，确保有足够的知识和素材来支撑这个主题。同时，主题应该是你热情所在的领域，这样才能在创作过程中保持动力和创造力。

当然，越接地气的短剧主题，观众可能越喜欢，因为老少皆宜。本次短剧的主题主要是情感话题，围绕男女生的恋爱、分手展开，同时结合了网恋的特点。

100 确定结构和角色

对于短剧的剧本创作，在确定结构的时候，可以选择不同的叙事结构，比如顺序、倒叙、插叙等。当然，最不可少的还是需要确定故事的关键情节点，如起始事件、转折点、高潮、结局。

与大型连续剧不同，短剧的剧本需要结构精简，可能一两个镜头或者一两句台词，就是整个故事的高潮和转折点。

因此，创作者需要精简叙事，尽量把最重要、最"狗血"的内容展示出来，多聚焦人物角色，用角色来带动故事的发展。

下面介绍一些确定结构和角色的技巧，如图9-2所示。

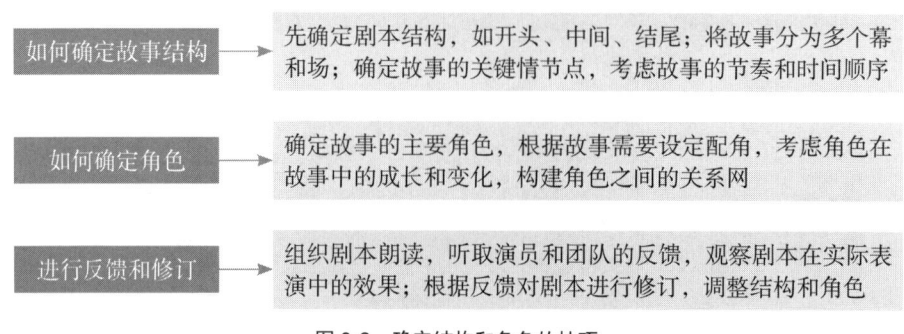

如何确定故事结构	先确定剧本结构，如开头、中间、结尾；将故事分为多个幕和场；确定故事的关键情节点，考虑故事的节奏和时间顺序
如何确定角色	确定故事的主要角色，根据故事需要设定配角，考虑角色在故事中的成长和变化，构建角色之间的关系网
进行反馈和修订	组织剧本朗读，听取演员和团队的反馈，观察剧本在实际表演中的效果；根据反馈对剧本进行修订，调整结构和角色

图9-2 确定结构和角色的技巧

由于本次短剧的主题是关于恋爱分手的，因此主要叙事结构就是顺叙，转折点就是分手反转。主要角色有恋爱双方，即男主和女主。角色人设则是在城市里工作的年轻职员，穿着打扮偏休闲化。这种角色设定，可以让观众有代入感。

101 设计人物台词

在剧本创作中，设计人物台词是塑造角色性格、推动剧情发展、表达主题和情感的关键。下面介绍一些设计台词的技巧，如图9-3所示。

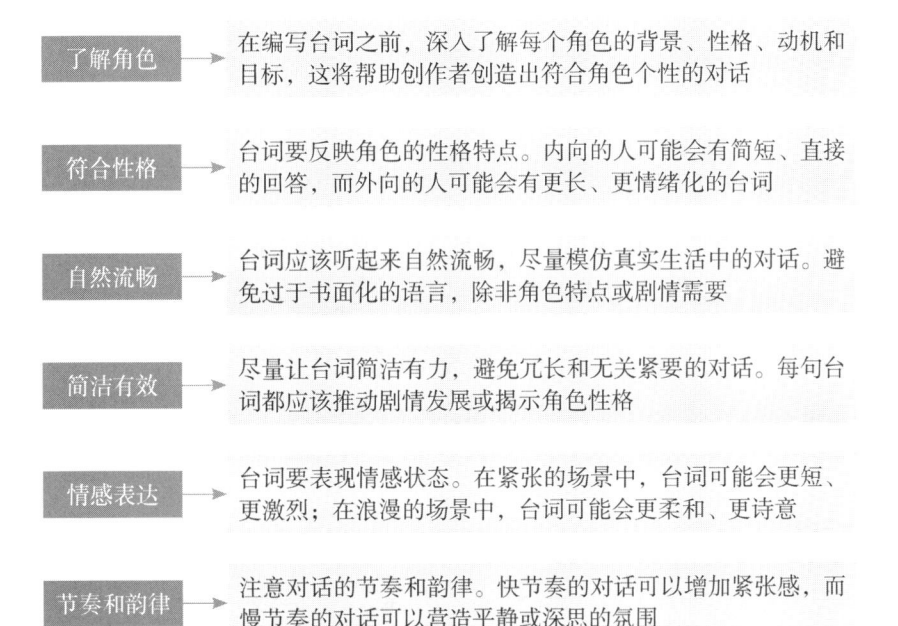

- **了解角色**：在编写台词之前，深入了解每个角色的背景、性格、动机和目标，这将帮助创作者创造出符合角色个性的对话
- **符合性格**：台词要反映角色的性格特点。内向的人可能会有简短、直接的回答，而外向的人可能会有更长、更情绪化的台词
- **自然流畅**：台词应该听起来自然流畅，尽量模仿真实生活中的对话。避免过于书面化的语言，除非角色特点或剧情需要
- **简洁有效**：尽量让台词简洁有力，避免冗长和无关紧要的对话。每句台词都应该推动剧情发展或揭示角色性格
- **情感表达**：台词要表现情感状态。在紧张的场景中，台词可能会更短、更激烈；在浪漫的场景中，台词可能会更柔和、更诗意
- **节奏和韵律**：注意对话的节奏和韵律。快节奏的对话可以增加紧张感，而慢节奏的对话可以营造平静或深思的氛围

图 9-3　设计台词的技巧

以本章短剧的剧本为例，根据剧情和角色设定，男主和女主都是年轻人，而且女主有点机灵，所以台词一般简短且轻松化，让观众可以感受到幽默和生活气息。

102 制作冲突和反转

在剧本创作中，制作冲突可以推动情节发展，还能塑造角色性格，同时增强故事张力和传递主题思想。而反转则能增加故事层次、增强情感冲击，并提升观众的参与感，让短剧更精彩。

下面介绍本章短剧冲突和反转的制作技巧。

① 制作冲突。首先，明确冲突的类型，有外在冲突和内在冲突，还有人际冲突等，这些都算是障碍。对一对要分手的男女而言，最大的冲突就是人际冲突，也就是一方想分手，而另一方不愿意，这就是分手现场最大的冲突了。

当然，对于一些分手现场的冲突，还有外部冲突，比如父母的介入，或者天气不好，比如遇到了大雨或大雪天气，如图9-4所示，导致道路不通，双方都无法及时赴约。

图 9-4　遇到了大雪天气

② 制作反转。在制作反转的时候，可以通过在剧情中引入意外的转折，颠覆观众的预期；也可以通过揭露一个重要信息，改变角色的认知和观众的理解；或者角色的内心或行为发生重大转变，导致剧情走向新的方向；还可以让剧情中的情境或力量发生逆转，如权力关系的转换、财富的得失等。

在本短剧的反转设计中，最大的反转还是围绕女主展开。男主想分手，而女主想复合，男主分手的原因是因为找到了下一任，而反转就在于，女主刚好就是男主的下一任，因为男主的下一任是他通过网络找到的。

103　描述大纲和打磨人物

在剧本创作中，描述大纲和打磨人物是两个至关重要的环节，它们各自承担着不可或缺的作用，共同为构建一部引人入胜、情感丰富且逻辑严密的作品奠定基础。

大纲是剧本的骨架，它帮助创作者清晰地规划出故事的起承转合，包括主要情节、冲突、转折点和高潮等。有了大纲，创作者就能确保故事的发展有条不紊，避免在写作过程中迷失方向。由于篇幅有限，本章短剧剧本的拍摄成品只拍了一集。下面为本章短剧第一集的大纲内容。

故事大纲：女主小果向男主阿明提出复合，阿明不想复合，还是想分手，并自称已经有新女友了。这时反转来了，没想到阿明的下一任竟然还是小果。

对创作者而言，描述大纲可以让团队、投资者都能快速地了解剧情，这有利于后续的制作，提高效率。在填写大纲细节的过程中，新的创意和灵感可能会不断涌现，还可以丰富和深化故事内容。

人物是故事的核心，他们的性格、动机、情感和成长轨迹直接影响着观众的情感投入。在打磨人物的时候，背景故事、性格特点、动机和目标、关系网，还有冲突和成长都要考虑到，尤其是前3个元素。

人物的所有语言和行动，都需要围绕设定展开，这样可以避免人物言行不一、价值观脱节的状况。

动机是推动角色行动的内在驱动力，而目标是角色在故事中努力实现的具体内容。例如，如果女主一开始就不想分手，那么女主的言语和行为前后都需要保持一致，不能半路更改人设。

对主角而言，创作者在打磨人物的时候，还可以加入一些细节。比如，男主可能是个工科男，那么在服装方面，可以穿休闲T恤、戴副眼镜，如图9-5所示，这样可以更符合人设。

图 9-5　男主穿休闲 T 恤、戴副眼镜

假如女主是一个强势且机灵的人，一定是会有所准备的，在道具上，可以为女主配副墨镜，让观众和男主都看不到女主的眼神，增加反转的魅力。

104 展示短剧剧本成品

下面为大家展示短剧剧本的成品。

短剧名称：《分手反转》

场景：公园

角色：两位主角，即阿明（男主角）和小果（女主角）。

剧情梗概：女主小果向男主阿明提出复合，阿明不想复合，还是想分手，并自称已经有新女友了。这时反转来了，没想到阿明的下一任竟然还是小果。

分镜大纲：

① 在公园里，小果正在等待阿明，阿明走过来道："有什么事吗？"小果望着阿明说："我们和好吧。"

② 阿明拒绝道："不好意思，我已经有女朋友了。"

③ 小果连忙问道："什么时候？"阿明得意地回答："有几个月了吧，我朋友圈都发了。"

④ 小果低头问："是长沙那个吗？"阿明说："嗯，我们以后还是不要再联系了吧，我怕她吃醋。"

⑤ 小果抿了抿嘴，然后说："好，那我现在登长沙的号和你谈。"阿明非常惊讶，瞪大眼睛说："什么？"

⑥ 小果继续说道："东北那个也是我，知道吗？"小果把手中的东西扔给阿明，阿明震惊，说不出话来，小果往前走，并回头说道："为了你，我可以全国连锁！"现场只留下阿明一个人凌乱中。

9.2 短剧的拍摄和制作要点

在前期确定短剧的主题、结构和角色等，可以确保短剧吸引目标观众。短剧的剧情一般比较紧凑，包含冲突、高潮和解决，剧本的篇幅是比较短的。所以，在拍摄和制作的时候，周期也比较短，制作步骤也没那么复杂。本节将介绍短剧的拍摄和制作要点。

105 寻找合适的演员和团队

寻找合适的演员和团队对短剧拍摄来说至关重要。下面介绍一些寻找演员和组建团队的策略。

1. 寻找合适的演员

演员是表演的主体，是非常重要的。下面为大家介绍一些寻找演员的方法。

① 发布试镜公告。在社交媒体、试镜网站和当地剧院发布试镜公告。

② 联系戏剧学校。联系当地的戏剧学院或表演艺术学校，询问是否有在校学生愿意参与。

③ 利用现有网络。通过自己的人际网络，如朋友、家人、同事，询问是否有合适的人选推荐。

④ 参与电影节和戏剧节。在这些活动中，可能会遇到许多有才华的演员。

⑤ 利用在线数据库。使用在线演员数据库，如"豆瓣影人"主页，如图9-6所示，列出了许多演员的资料，包括他们的作品和简介，可以在其中搜索合适的演员。

图 9-6 "豆瓣影人"主页

2. 组建团队

一般而言，拍摄短剧需要一个团队，这样不仅可以提升拍摄效率，而且能让作品更加专业。下面介绍一些组建团队的技巧。

① 通过专业招聘平台。在BOSS直聘、58同城、智联招聘等招聘网站上发布招聘信息。

② 通过行业论坛和社交媒体。加入相关的行业论坛和社交媒体群组，如微博超话、抖音短剧制作团队话题等，以寻找志同道合的专业人士。

③ 通过学校和培训机构。联系电影学院、技术学校和培训机构，寻找有才华的学生或毕业生。

④ 通过推荐和口碑。通过现有的团队成员或行业内的联系人推荐合适的人选。

⑤ 寻找实习生和志愿者。发布实习或志愿者职位，吸引有热情的人。

在挑选符合角色特质的演员时，可以用有经验的演员，也可以尝试用新人，并进行培训和签约，而且新人的薪酬一般比老演员的薪酬低。尽量选择有经验的导演、摄影师、灯光师、化妆师等，这样可以提升拍摄效率。

106 寻找合适的场景与道具

选择合适的场景可以帮助观众快速理解故事发生的时空背景，无论是现代都市、古代战场还是未来世界。道具则能够增添视觉上的细节和丰富性，使场景看起来更加真实和生动。下面为大家介绍如何寻找合适的场景与道具。

1. 寻找合适的场景

拍摄场景为故事提供了一个具体的地点和环境背景，下面介绍一些寻找合适场景的技巧。

① 明确主题与需求。首先，要明确短剧的主题、故事背景和情感基调，以便选择与之相符的场景。例如，与童真有关的故事，可以选择在游乐园，如图9-7所示。

图 9-7 游乐园

② 考虑光线与音效。光线是拍摄中不可忽视的因素，选择适合的时间段（如早晨或傍晚）或利用人工光源来营造所需的氛围。音效同样重要，要选择相对安静或能利用自然音效（如风声、鸟鸣）的场景，避免嘈杂的环境干扰拍摄和

后期制作。

③ 尽量多样且具有创意。场景的选择应多样化和创意化，追求独特和与众不同的效果能够吸引观众的眼球。可以选择一些不寻常的地点，如废弃工厂、艺术装置、城市小巷、古镇古街等。

④ 实地考察。亲自到场地考察可以更好地了解光线、声音、环境和其他细节，规划拍摄的角度和构图。预先考察还可以发现潜在的问题，提前做好准备工作，节省后期修复和调整的时间和成本。

⑤ 遵守法律法规。在选择场景时，要注意遵守法律和道德规范，尊重他人权益和私人领地。有些地方可能需要事先获得许可或支付场地费用，如私人土地、博物馆、商场等。

2. 寻找合适的道具

道具是演员表演时的重要辅助工具，通过道具，演员可以更加生动地展现角色的特点和情感，使表演更加真实可信。下面介绍一些寻找合适道具的技巧。

① 与视频内容匹配。道具的选择应该与短剧的内容相匹配，考虑到希望传达的信息、故事的情感及目标观众的兴趣。

例如，在拍摄一部与美食相关的短剧时，可以使用具有吸引力的食物作为道具，如图9-8所示；在拍摄一部古装剧时，可以使用符合朝代背景的服装和发饰道具，如图9-9所示。

图9-8　将食物作为道具　　　　图9-9　使用符合朝代背景的服装和发饰道具

② 实物与虚拟结合。实物道具是最常见的类型，但也可以考虑使用虚拟道具来增强视觉效果。随着技术的进步，虚拟道具的使用越来越流行，可以通过视频编辑软件添加各种特效、滤镜和动画效果。

③ 背景道具与装饰道具。背景道具是指用于创造特定背景和环境的道具，如家具、摆件和背景装饰，如图9-10所示；装饰道具则用于增加视频的趣味性和艺术性，如花束、书籍等，如图9-11所示。

图 9-10　家具、摆件和背景装饰　　　　图 9-11　花束道具

④ 注意细节。道具的颜色、材质和使用方式都应与短剧的主题和氛围一致。例如，温暖的颜色可以给人一种温馨和舒适的感觉，而冷色调道具则会营造出一种冷静和神秘的氛围。

⑤ 清洁与保养。在使用道具之前，要确保它们以最佳状态呈现。注意，要定期清洁和保养道具，以确保其外观和性能，避免在拍摄过程中出现问题。

综上所述，通过精心地选择和准备，可以大大提升短剧的拍摄质量和观众的观看体验。

107　短剧拍摄的注意事项

短剧拍摄涉及多个环节，从前期策划到后期制作，每个步骤都需要细致地规划和执行，最终效果如图9-12所示。

扫码看教学视频

图 9-12　最终效果

下面介绍一些拍摄短剧时的主要注意事项。

① 时间管理。制订详细的拍摄计划和时间表，并尽量遵守，这样可以提高

短剧的拍摄效率。

② 演员准备。确保演员充分了解自己的角色和台词,并进行足够的排练。

③ 技术检查。在拍摄前检查所有设备,确保其正常工作。比如,检查相机电池的电量是否充足,可以多准备几块电池。

④ 现场管理。保持拍摄现场的秩序,确保安全和效率。

⑤ 多角度拍摄。从不同的角度和距离拍摄每个场景,为剪辑提供更多的选择。尽量多拍摄一些素材,因为重拍会浪费很多人力和财力。

108 剪辑短剧的注意事项

短剧后期剪辑是视频制作非常关键的一个环节,它直接影响着短剧的叙事节奏、情感表达和整体的观赏性。下面介绍一些剪辑短剧的注意事项,如图9-13所示。

根据剧本剪辑故事	遵循剧本的故事线和情节发展,确保剪辑内容符合原剧本的创作意图。在剪辑过程中,要时刻考虑剧情的逻辑性和连贯性
整理素材	在剪辑前,对拍摄的素材进行整理和标记,确保了解每个镜头的内容和拍摄目的。对素材进行备份,防止数据丢失
控制剪辑节奏	控制好剪辑节奏,使故事既清晰又紧凑。根据剧情需要,调整镜头的长度,避免过长的静态镜头或快速剪辑造成混乱
画面和音频质量	确保所有镜头的画面质量一致,避免颜色、亮度等方面的突变。音频要清晰且无杂音,对话和音效的音量要平衡
音乐和音效	选择适合短剧风格和情感基调的音乐。音效要真实自然,增强场景的现实感
转场和视觉效果	使用合适的转场效果,使镜头之间的过渡流畅自然。对于需要视觉特效的镜头,确保特效的质量和真实感
字幕和图形	如有必要,添加清晰、易读的字幕。使用图形和文字可以增强叙事性或提供额外的信息
预览和反馈	剪辑完成后,进行最终审查,检查是否存在技术错误或不连贯的地方。确保版权信息、演职员表等都已经正确添加

图9-13 剪辑短剧的注意事项

遵循这些注意事项,创作者可以保证短剧后期剪辑的质量,确保作品能够有效地传达创作的初衷,并给观众留下深刻的印象。

第10章 微电影 AI 创作流程实战：《兔子大冒险》

　　微电影AI创作是一个涉及人工智能技术在微电影制作领域中的应用，它包括剧本创作、后期制作等多个方面。AI可以在这些环节中发挥辅助或主导作用，提高创作效率，降低制作成本，同时也可以为创作者提供更多创意灵感。在使用AI创作微电影剧本时，可以整合故事灵感；还可以使用AI软件制作分镜头画面，从而合成为一个完整的微电影画面。本章将介绍《兔子大冒险》动画微电影的AI创作流程。

第 10 章 微电影 AI 创作流程实战：《兔子大冒险》

10.1 微电影剧本 AI 创作流程

通过对AI进行提问，创作者可以使用AI创作微电影剧本，创作流程与人工写作剧本的方式一样。不过需要注意，即使是相同的提示词，AI每次生成的答复也不一样。本节将为大家介绍使用AI创作微电影剧本的流程。

109 使用AI生成微电影主题

目前，国内的AI写文案网站众多，它们利用人工智能技术为创作者提供高效、便捷的文案创作服务。剧本创作也一样，本章通过文心一言平台进行创作。

文心一言是百度研发的知识增强大语言模型，能够与人对话互动、回答问题、协助创作，高效便捷地帮助人们获取信息、知识和灵感。

创作者只需使用百度账号就可以登录文心一言，如果创作者没有百度账号，注册一个也很简单。下面为大家介绍使用AI生成微电影主题的步骤。

步骤 01 搜索并进入文心一言首页，单击页面右上角的"立即登录"按钮，如图10-1所示。

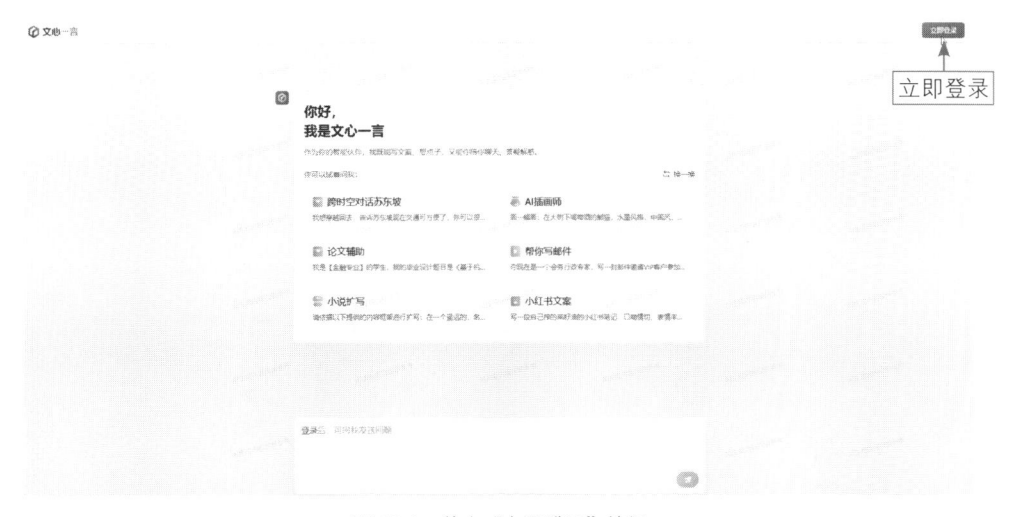

图 10-1 单击"立即登录"按钮

步骤 02 执行操作后，弹出"扫码登录"对话框，❶在"短信登录"选项卡中输入电话号码和短信验证码；❷单击"登录"按钮，如图10-2所示，登录文心一言。

173

★ 专家提醒 ★

如果创作者在手机中下载了百度App，也可以使用百度App扫码登录。

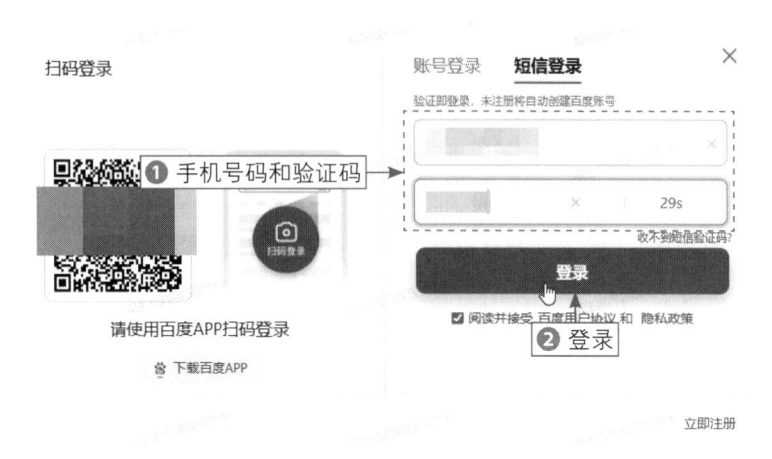

图 10-2　单击"登录"按钮

步骤03 ❶在对话窗口的输入框中输入"请你根据影视市场现状，提供一些微电影主题，答案要清晰、明了"；❷单击输入框右下角的发送按钮，如图10-3所示，即可将提示词发送给AI。

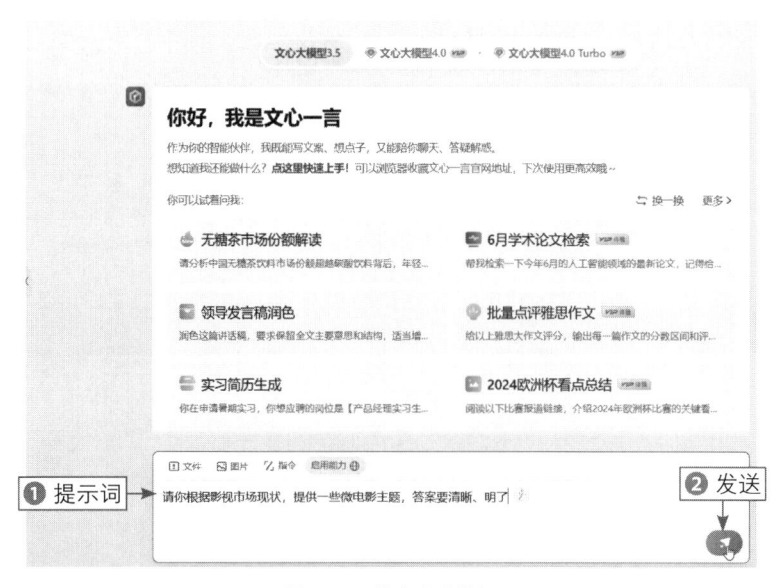

图 10-3　单击发送按钮

步骤04 稍等片刻，即可获得文心一言生成的内容，创作者可以从中挑选自己感兴趣且适合拍摄的微电影主题。

> 文心一言

微电影作为一种短小精悍、灵活多样的影视艺术形式,在影视市场中扮演着重要角色。它们往往以独特的视角和深刻的内涵触动人心,成为现代观众快节奏生活方式下的一种独特文化现象。以下是根据当前影视市场趋势,提供的一些微电影主题建议,旨在清晰、明了地展示不同方向的创作灵感。

1. 励志成长

讲述个人在逆境中不屈不挠、努力成长的故事。比如,一个年轻人在面对职业挑战、学业压力或生活困境时,如何通过自己的努力和坚持,最终实现梦想或达成目标的故事。

2. 社会热点

关注当下社会热点话题,如环境保护、网络安全、心理健康等。通过微电影的形式,展现这些话题对人们生活的影响,以及社会各界为解决这些问题所做的努力。

3. 亲情与爱情

深入挖掘亲情和爱情等细腻的情感,展现人与人之间的温情与牵挂,可以以日常生活中的小事为切入点,通过平凡而真实的场景,传达出深厚的情感力量。

4. 公益宣传

制作公益微电影,关注弱势群体或社会公益事业。通过感人至深的故事情节,唤起公众对某一社会问题或公益事业的关注和支持。

5. 文化传承

弘扬中华优秀传统文化,展示非物质文化遗产的魅力。通过微电影的形式,讲述传统技艺传承的故事,或者展现传统文化在现代社会中的新面貌和影响力。

6. 科技创新

结合最新的科技元素,探讨科技对人类生活的影响和改变,可以是以未来科技为背景的科幻故事,也可以是展现科技如何助力社会进步和人们实现梦想的现实题材。

7. 青春梦想

聚焦年轻人的青春梦想和奋斗历程,讲述他们在追求梦想的过程中所经历的挫折、挑战和成长,以及他们坚持自我、勇敢追梦的故事。

8. 城市风貌

展现特定城市或地区的独特风貌和文化底蕴。通过微电影的形式，让观众感受到不同城市的魅力所在，增进对各地文化的了解和认同。

9. 品牌故事

为企业或品牌量身定制微电影，讲述其背后的故事或传达品牌理念。通过富有感染力的故事情节和视觉效果，提升品牌形象和认知度。

10. 跨文化交流

展现不同文化之间的交流与融合。通过微电影的形式，讲述来自不同国家和地区的人们如何相互理解、尊重和学习，共同促进世界文化的多样性和繁荣。

以上主题仅为建议，实际创作时可根据具体需求和创意进行灵活调整和拓展。

110 使用AI编写微电影故事

相比人工而言，AI可以在短时间内生成大量的故事创意和剧本草案，比人工创作要快得多，有助于加快微电影的制作进程。下面介绍使用AI编写微电影故事的操作方法。

提问

请帮我以励志成长为主题，写一篇微电影冒险故事，故事不超过300字。

文心一言

在偏远的山谷中，少年林浩怀揣着对未知世界的渴望与对自我超越的梦想。一日，他偶然发现一张古老的地图，指向传说中的"勇气之巅"。他决定踏上征途，面对未知的挑战。

穿越密林，越过峭壁，林浩遭遇过野兽追击、迷路困境，每一次跌倒都让他更加勇敢。途中，他学会了团队合作，救助了同样迷路的伙伴，他们的友谊成为彼此最坚实的后盾。

终于，站在"勇气之巅"，林浩眺望远方，心中满是对未来的无限憧憬。这次冒险，不仅让他见证了自然界的壮丽，更重要的是，他找到了勇气与成长的真谛。在归途中，林浩带着满满的收获，誓将以更加坚定的步伐，继续书写属于自己的励志篇章。

★ 专家提醒 ★

如果用户对 AI 生成的故事不满意，可以单击"重新生成"按钮，让 AI 根据相同的提示词再进行生成。除此之外，也可以通过增加限定词或减少限定词来改变提示词，进行再次生成。

111 使用AI设计人物台词

AI可以在短时间内生成大量的台词内容，为创作者提供丰富的选择，节省创作时间。下面介绍使用AI设计人物台词的操作方法。

扫码看教学视频

提问

把主角改成兔子小白，并设计合乎剧情和人设的台词。

文心一言

在葱郁的山谷间，兔子小白拥有一双充满好奇的大眼睛，它总是梦想着探索那传说中的"勇气之丘"。一天，小白在洞穴深处发现了一张泛黄的地图，地图上标记着通往"勇气之丘"的秘密路径。

小白兴奋地对自己说："哇！这就是我一直寻找的冒险！我要成为第一只登上勇气之丘的兔子！"

小白踏上旅程，穿梭于密林之间。面对突如其来的狐狸的追击，它机敏地跳跃躲避，边逃边喊："哼，想追上我，可没那么容易！"

在一次迷路时，小白遇到了同样迷途的小松鼠奇奇，它们相视一笑，小白鼓励道："别怕，奇奇，我们一起找出路，团结就是力量！"

经过无数艰难险阻，当它们终于站在勇气之丘的顶端时，小白望着壮丽的风景，激动地说："看，这就是我们的成就！勇气与友谊，让我们超越了自我！"

归途中，小白的心中充满了自豪与希望，它想对所有遇到的伙伴说："记住，无论梦想多远，只要勇敢前行，终将到达心中的那片天地！"

112 使用AI设置高潮和反转

AI可以在短时间内生成多个高潮和反转，帮助创作者快速选择和决定最合适的情节安排。通过分析观众数据，AI还可以预测观众的反应，并据此设计高潮和反转，从而增强观众的沉浸感，提高观众的满意度。

扫码看教学视频

下面介绍使用AI设置高潮和反转的操作方法。

提问

在这个故事的基础上，再设计一些高潮和反转。

文心一言

在葱郁的山谷间，兔子小白怀揣着对未知的渴望，决定挑战传说中的"勇气之丘"。旅程初期，它机智地避开了狐狸的追击，并结识了同样迷路的小松鼠奇奇，两人结伴而行，相互扶持。

随着路途的深入，它们遇到了一片看似无垠的迷雾森林。正当它们陷入绝望之际，小白发现了一串神秘的脚印，似乎指向了正确的方向。跟随脚印，它们意外发现了一座隐藏的古老遗迹，里面藏有通往勇气之丘的秘密通道——一条布满陷阱与谜题的地下迷宫。

高潮一：智慧与勇气的考验

在迷宫中，小白和奇奇必须解开一系列复杂的谜题，同时躲避自动触发的陷阱。最危险的一次，它们几乎被一块巨大的落石压中，但小白凭借敏捷的身手，在最后一刻推开了奇奇，自己则惊险地躲过了巨石。这一幕，让它们的友谊更加深厚，也激发了小白内心深处的勇气。

反转一：真正的敌人

就在它们即将走出迷宫时，一个意想不到的身影出现了——一只看似友好的猫头鹰，实则是守护遗迹的守护者。它用幻术迷惑了小白和奇奇，试图阻止它们继续前进。然而，小白凭借着对朋友的信任和对梦想的坚持，识破了猫头鹰的诡计，并用智慧征服了它，让它意识到真正的勇气在于保护和帮助他人，而非一味地阻止。

高潮二：勇气之丘的真相

最终，小白和奇奇站在了勇气之丘的顶端，但眼前的景象却让它们大吃一惊。原来，"勇气之丘"并非一座高耸的山峰，而是一片开阔的草原，上面盛开着五彩斑斓的花朵，远处是和谐共处的各种动物。小白意识到，真正的"勇气之丘"是内心的成长与蜕变，是在面对困难与挑战时，依然能够坚持自我，勇敢前行的精神高地。

反转二：回归与传承

带着这份深刻的领悟，小白和奇奇踏上了归途。它们决定将这段经历以及"勇气之丘"的真正含义，传递给山谷中的每一个生灵。小白成了一名受人尊敬的冒险家，而它的故事，则像种子一样，在山谷间生根发芽，激励着更多的生灵勇敢追求自己的梦想，探索未知的世界。

113 使用AI编写故事脚本

AI可以在短时间内生成故事脚本的基本框架和内容，这比人工构思要快得多，有助于加快创作进程。下面介绍使用AI编写故事脚本的操作方法。

提问

请用上面的方法，创作一部兔子小白拯救妈妈的微电影剧本，剧情紧凑，要有高潮，不超过400字。

文心一言

【微电影剧本《小兔子大冒险》】

场景一：森林
（画面显示一片茂密的森林，阳光透过树叶洒在地上。一只小兔子在草地上蹦跳玩耍。）
旁白："在一个遥远的森林里，住着一只名叫小白的小兔子。"

场景二：小白的家
（小白回到自己的小窝，发现里面空无一人。）
小白："咦？妈妈呢？"
旁白："小白的妈妈失踪了，它决定踏上寻找妈妈的旅程。"

场景三：寻找妈妈的路上
（小白在森林中四处寻找，遇到了各种困难和挑战。）
旁白："小白在寻找妈妈的过程中，经历了许多冒险，也结识了一些朋友。"

场景四：意外的发现
（小白在一个废弃的洞穴里发现了妈妈的影子。）
小白："妈妈！"

旁白:"原来,妈妈并没有离开,而是被困在了这个洞穴里。"

场景五:救援行动

(小白和朋友们一起努力,最终救出了妈妈。)

旁白:"经过一番努力,小白成功救出了妈妈,并带她回到了家中。"

场景六:团聚

(小白和妈妈紧紧拥抱在一起,一家人终于团聚了。)

旁白:"虽然经历了许多磨难,但最终他们还是回到了温暖的家。"

结尾:

(画面渐渐淡出,小白和妈妈在夕阳下幸福地生活在一起。)

10.2 微电影 AI 视频制作流程

在确定微电影剧本之后,下一步就是要使用AI网站和后期软件制作微电影视频了。本节将使用即梦AI进行AI绘画,来完成分镜头故事板画面,然后再使用剪映电脑版制作视频,效果如图10-4所示。

图 10-4 效果展示

第 10 章 微电影 AI 创作流程实战：《兔子大冒险》

114 登录即梦AI

在即梦AI的登录页面中，如果用户有抖音账号，则可以直接打开手机中的抖音App，然后扫码登录即梦AI。下面介绍登录即梦AI的操作方法。

步骤01 在电脑中打开相应的浏览器，输入即梦AI的官方网址，打开官方网站，然后在网页的右上角单击"登录"按钮，如图10-5所示。

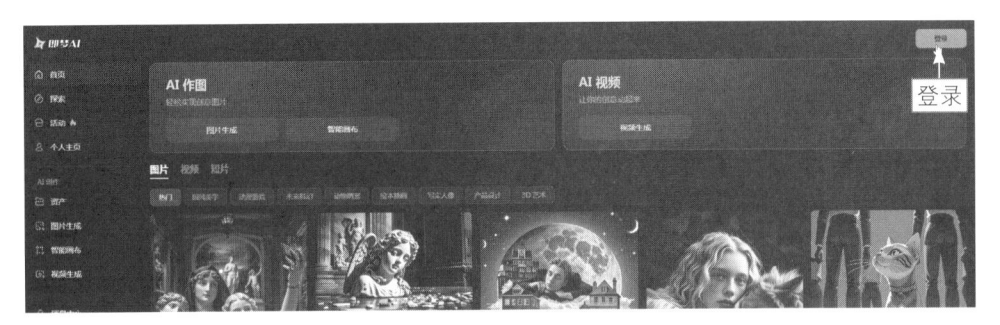

图 10-5　单击"登录"按钮（1）

步骤02 进入相应的页面，选中相关的协议复选框，单击"登录"按钮，如图10-6所示。

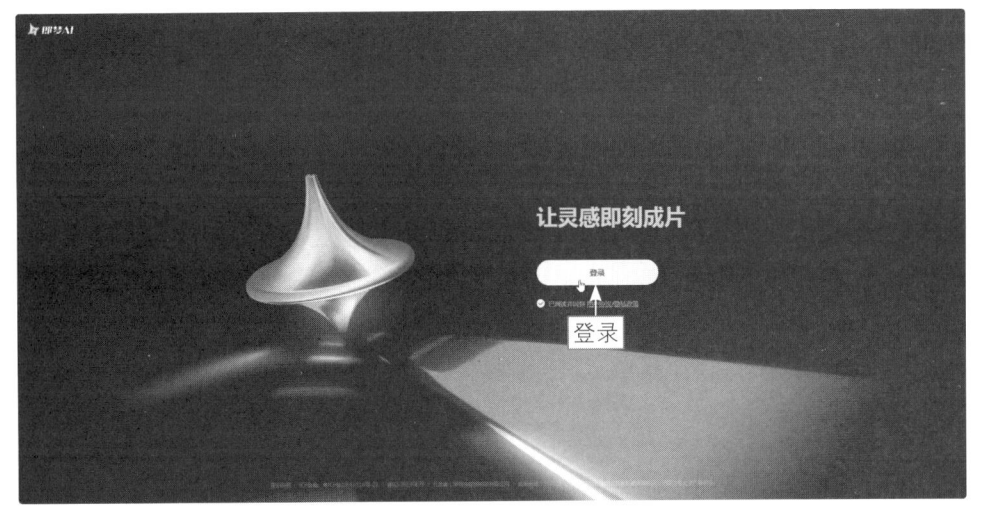

图 10-6　单击"登录"按钮（2）

步骤03 弹出抖音授权登录窗口，进入"扫码授权"选项卡，打开手机上的抖音App，然后用"我的二维码"中的"扫一扫"功能扫描窗口中的二维码，如图10-7所示，即可登录即梦AI。

爆款短剧与微电影创作：118 个编剧构思与剧本创意技巧（AI 赋能版）

图 10-7　扫描窗口中的二维码

115　使用即梦AI进行绘图

创作者可以使用即梦AI进行绘图，根据剧本内容制作分镜头画面，从而将文字转换为可视化图像。不过需要注意，即使是相同的描述词，每次生成的图片效果也不一样。下面介绍使用即梦AI进行绘图的操作方法。

扫码看教学视频

步骤 01　进入即梦AI首页，在"AI作图"选项区中单击"图片生成"按钮，如图10-8所示，进入"图片生成"页面。

图 10-8　单击"图片生成"按钮

步骤 02　在左上方的输入框中，❶输入提示词，把脚本中的场景画面和角色结合起来；❷在"比例"选项区中选择16∶9选项；❸单击"立即生成"按钮，即可生成4幅兔子图片；❹移动鼠标指针至所选的图片上并单击"下载"按钮，如图10-9所示，下载图片。

第 10 章 微电影 AI 创作流程实战：《兔子大冒险》

图 10-9 单击"下载"按钮

步骤 03 用与上面相同的操作方法，把微电影剧本中剩下的情节进行可视化处理，风格都统一为漫画风格，最后一共生成了10张图片。

116 在剪映电脑版中导入图片

使用剪映电脑版剪辑视频，创作者可以在更大的屏幕上进行视频编辑，这样可以更精确地进行剪辑、调整。下面介绍在剪映电脑版中导入图片的操作方法。

扫码看教学视频

步骤 01 在电脑中打开剪映官网，在页面中单击"立即下载"按钮，如图10-10所示，下载并安装剪映电脑版。

图 10-10 单击"立即下载"按钮

183

步骤02 下载并安装成功之后，进入剪映电脑版首页，单击"开始创作"按钮，如图10-11所示。

步骤03 进入"媒体"功能区，在"本地"选项卡中单击"导入"按钮，如图10-12所示。

图10-11 单击"开始创作"按钮　　　　图10-12 单击"导入"按钮

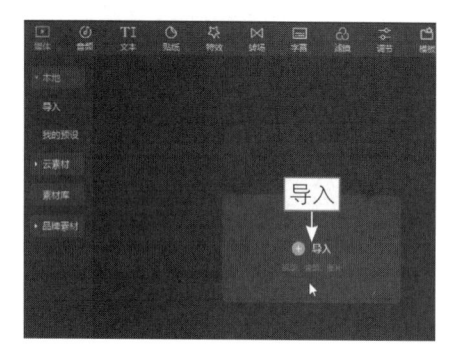

步骤04 弹出"请选择媒体资源"对话框，在相应的文件夹中，❶按【Ctrl+A】组合键全选所有的素材；❷单击"打开"按钮，如图10-13所示，导入素材。

步骤05 默认选中所有的素材，单击第1个素材右下角的"添加到轨道"按钮➕，如图10-14所示，把所有的素材按顺序依次添加到视频轨道中。

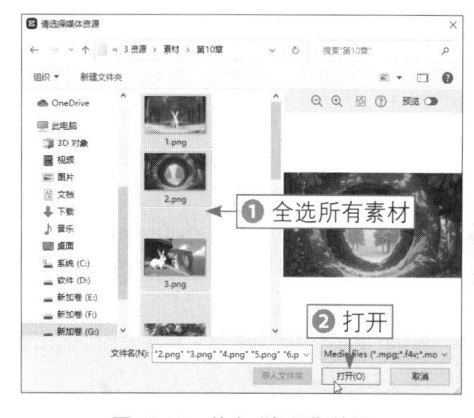

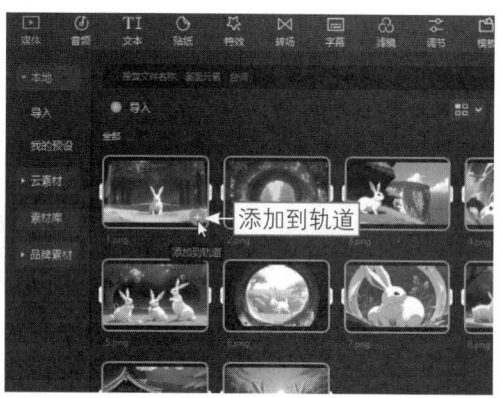

图10-13 单击"打开"按钮　　　　图10-14 单击"添加到轨道"按钮

117　在剪映电脑版中添加字幕

字幕对微电影而言是非常重要的，字幕提供了观众观看节目时的文字信息，使观众能够理解视频内容。下面介绍在剪映电脑版中添加

扫码看教学视频

字幕的操作方法。

步骤01 ❶单击"文本"按钮，进入"文本"功能区；❷单击"默认文本"右下角的"添加到轨道"按钮 ，如图10-15所示，添加文本。

步骤02 在右上角的"文本"操作区中输入故事内容，如图10-16所示。

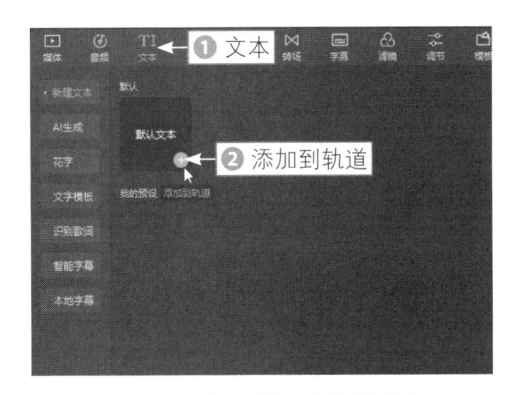

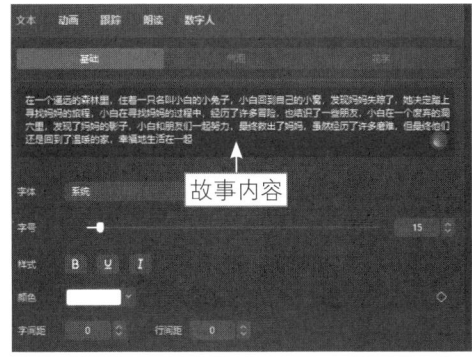

图 10-15　单击"添加到轨道"按钮　　　　图 10-16　输入故事内容

步骤03 ❶单击"朗读"按钮，进入"朗读"操作区；❷在"影视动漫"选项卡中选择"动漫海绵"选项；❸单击"开始朗读"按钮，如图10-17所示，把文字转换为音频。

步骤04 ❶根据音频内容，调整每段素材的时长；❷选择文字素材；❸单击"删除"按钮 ，如图10-18所示，删除多余的文字素材。

图 10-17　单击"开始朗读"按钮　　　　图 10-18　单击"删除"按钮

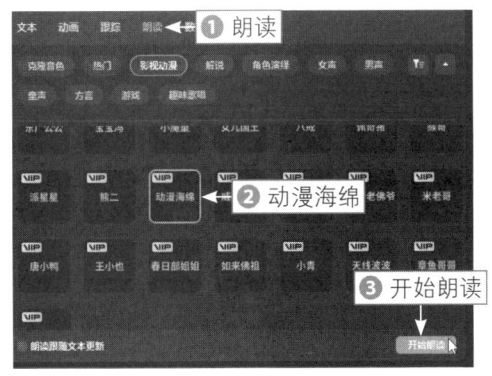

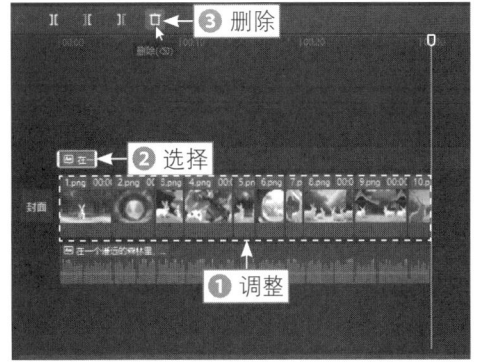

步骤05 ❶右击音频素材；❷在弹出的快捷菜单中选择"识别字幕/歌词"命令，如图10-19所示，把字幕识别出来。

步骤06 ❶设置合适的字体；❷设置"字间距"参数为2；❸选择第3个预设样式；❹调整字幕的位置，如图10-20所示。

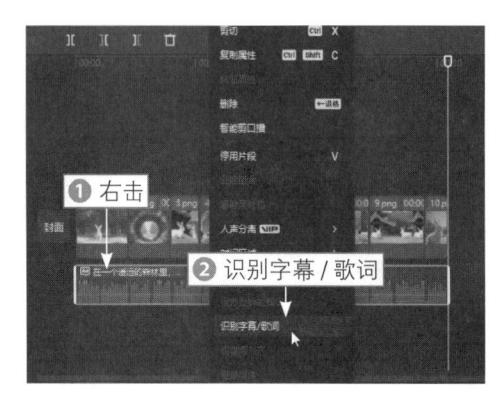

图 10-19　选择"识别字幕/歌词"命令　　　　图 10-20　调整字幕的位置

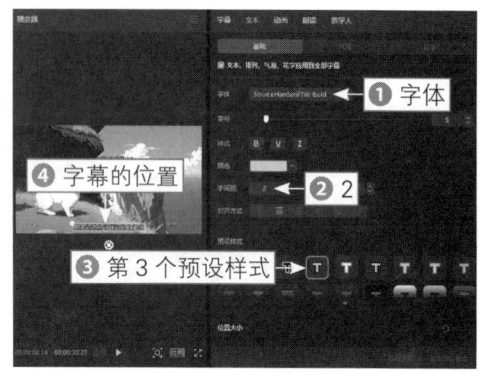

118　在剪映电脑版中添加特效

创作者可以调整素材画面，添加和制作动画特效，也可以添加剪映自带的特效，增强氛围感，让画面更具动感。下面介绍在剪映电脑版中添加特效的操作方法。

步骤01 选择第1段素材，❶单击"动画"按钮，进入"动画"操作区；❷在"入场"选项卡中选择"水墨"选项，如图10-21所示，添加入场动画。

步骤02 选择第2段素材，在"入场"选项卡中选择"烟雾弹"选项，如图10-22所示，继续添加入场动画。

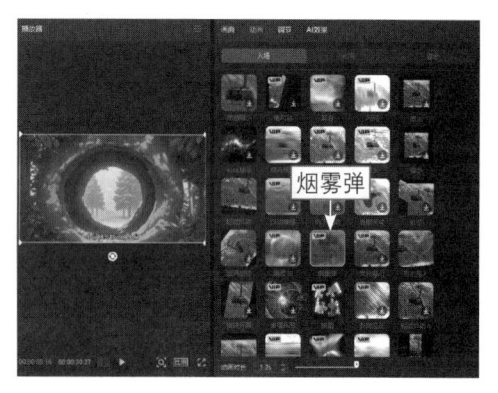

图 10-21　选择"水墨"选项　　　　图 10-22　选择"烟雾弹"选项

步骤03 选择第3段素材，拖曳时间轴至第3段素材的起始位置，在"画面"操作区中单击"缩放"参数右侧的"添加关键帧"按钮，如图10-23所示，添加关键帧。

186

步骤04 拖曳时间轴至第3段素材的末尾位置，设置"缩放"参数为110%，放大画面，如图10-24所示，对剩下的7段素材都进行同样的画面放大处理。

图 10-23　单击"添加关键帧"按钮　　　　图 10-24　设置"缩放"参数

步骤05 拖曳时间轴至第1段素材入场动画结束的位置，❶单击"特效"按钮，进入"特效"功能区；❷在"自然"选项卡中单击"晴天光线"特效右下角的"添加到轨道"按钮⊕，如图10-25所示，添加特效。

步骤06 调整"晴天光线"特效的时长，使其末尾位置与第1段素材的末尾位置对齐，如图10-26所示。

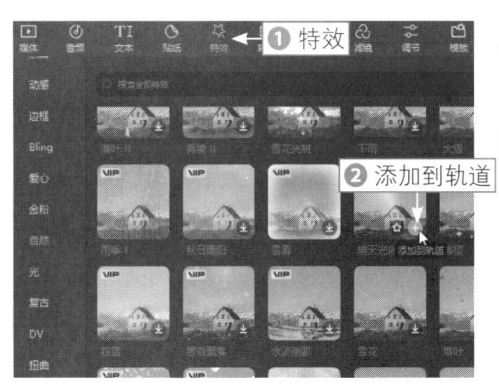

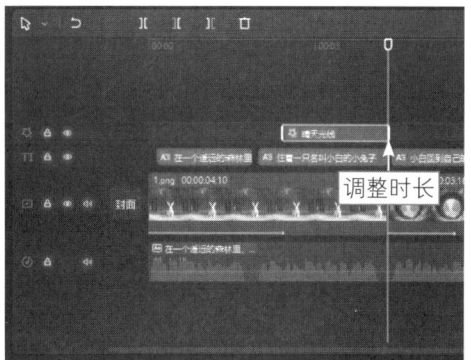

图 10-25　单击"添加到轨道"按钮　　　　图 10-26　调整"晴天光线"特效的时长

步骤07 用与上面相同的操作方法，❶为剩下的素材依次添加"浓雾"自然特效、"雪花光斑"自然特效、"火光"自然特效、"蝴蝶"氛围特效、"暗黑蝙蝠"暗黑特效、"暗黑噪点"暗黑特效、"夕阳Ⅱ"投影特效、"浪漫氛围Ⅱ"氛围特效、"浪漫氛围"氛围特效，并调整各自的时长，与相应的素材对齐；❷再调整字幕素材和特效素材的轨道位置；❸单击右上角的"导出"按钮，如图10-27所示，导出微电影视频。

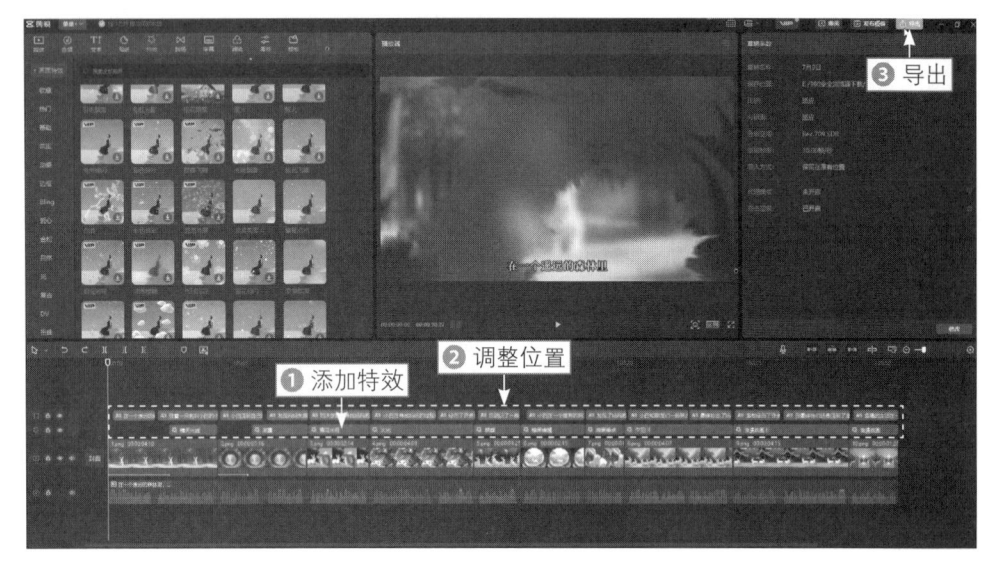

图10-27　单击"导出"按钮